THOMAS NEUMEIER

Tatzelwurm

OBERBAYERN KRIMI

emons:

Bibliografische Information der Deutschen Nationalbibliothek
Die Deutsche Nationalbibliothek verzeichnet diese Publikation in der Deutschen Nationalbibliografie; detaillierte bibliografische Daten sind im Internet über http://dnb.d-nb.de abrufbar.

FSC
www.fsc.org
MIX
Papier aus verantwortungsvollen Quellen
FSC® C083411

Umschlagmotiv: Florian Werner/LOOK-foto
Umschlaggestaltung: Tobias Doetsch
Gestaltung Innenteil: César Satz & Grafik GmbH, Köln
Lektorat: Susann Säuberlich, Neubiberg
Druck und Bindung: CPI – Clausen & Bosse, Leck
Printed in Germany 2015
ISBN 978-3-95451-665-0
Oberbayern Krimi
Originalausgabe

Dieser Roman wurde vermittelt durch
die Agentur Ashera GbR, Gottenau.

Für abwesende Freunde:
Tobias, Wülle, Frankie und Mose

Prolog

In tiefdunkler Nacht waren die einladenden Lichter des Hotelresorts »Feuriger Tatzlwurm« der letzte Hort vor der Finsternis. Gernot wäre lieber auf ein Bier ins Gasthaus eingekehrt, doch er steuerte daran vorbei. Die Abblendlichter seines Hyundais gruben sich in dunkle Baumreihen, welche die ansteigende Straße beidseitig säumten.

»Warum ausgerechnet an der Klamm?«, raunzte Agnes zum wiederholten Mal. »Der hat sie doch nicht mehr alle.« Missgelaunt und mit bockig verschränkten Armen hockte sie auf dem Beifahrersitz und würdigte ihren Chauffeur keines Blickes. »Warum kann er uns nicht einfach in der Eisdiele treffen?«

Gernot gab dazu keinen Kommentar ab. Weitere Vermutungen oder Erklärungsversuche, weshalb Jochen sie ausgerechnet hier oben sehen wollte, wären nichts als vergebliche Liebesmüh gewesen. Agnes *wollte* schlichtweg sauer sein. Er hätte sie in der Eisdiele sitzen lassen und allein fahren sollen.

Kurz hinter dem einsamen Hotel mündete die Tatzelwurmstraße nach einer felsigen Steigung in den Sudelfeldpass, dem hiesigen Teil der Deutschen Alpenstraße. Gernot bog in Richtung Bayrischzell ein. Leuchtfarbene Schilder warnten vor der Gefährlichkeit der Strecke.

Linksseitig zweigte sich bald der Zufahrtsweg zum Waldparkplatz ab, der ihr Ziel markierte. Etwa auf halber Wegstrecke erfassten die Abblendlichter wie erwartet Jochens Opel am Wegesrand. Gernot hielt seinen Wagen an.

»Wartet er hier irgendwo, oder müssen wir zur Hangstufe hochsteigen?«, nörgelte Agnes weiter.

»Himmel noch mal, ich weiß es nicht«, erwiderte Gernot und stieß die Wagentür auf. Er versuchte, seine Unsicherheit zu überspielen. Tatsächlich war er vollkommen ratlos, weshalb Jochen sie zu so später Stunde hierherbestellt haben könnte. In jüngeren Jahren hatten sie auf der Hangstufe den einen oder anderen Joint geraucht, aber diese Phase ihrer Jugend war lange vorüber.

Gernot knipste die Taschenlampe an. Bald war Vollmond, doch an diesem Abend hing eine dichte Wolkendecke am Nachthimmel und sorgte für schwärzeste Dunkelheit.

»Hast du für mich keine?«

»Nein. Bleib meinetwegen im Auto.«

»Von wegen. Ich will wissen, was er sich dabei gedacht hat. Wir könnten jetzt auch gemütlich bei Silvio sitzen.«

Die beiden machten sich auf den Weg, Gernot ging voran. Vom Hotel aus gab es einen bequemen Wanderweg zum Wasserfall, doch für trainierte junge Leute stellte der kurze Aufstieg durch den Wald kein Problem dar.

Der fast einhundert Meter tief stürzende Tatzelwurm brüllte laut. Wie ein dumpfes, bedrohliches Fauchen im nächtlichen Gespinst. Die mild-würzige Luft dieser Sommernacht war feucht von seiner Gischt.

»Jochen! Wo steckst du?«, rief Agnes ungeduldig.

Eine Antwort erfolgte nicht. Die Bäume und die schwarzen Schleier, die sie umgarnten, hüllten sich in Schweigen, stellten den Machtanspruch des Wasserfalls nicht infrage. Dann erfasste der Lichtkegel der Taschenlampe etwas, dessen Anblick Gernot einen Schauer über den Rücken jagte. Er hielt inne.

Agnes stieß ihn von hinten an. »Was ist los? Geh weiter.«

»Da liegt jemand.«

»Ach du Sch…«, hauchte Agnes.

Gernot trat näher. Die alten Wanderschuhe, die blaue Jeans, die moosgrüne Sommerjacke, er wusste, wer dort vor ihnen im feuchten Gras lag.

»Hey, Jochen. Jochen, was soll das?«

Gernot ahnte bereits, dass er keine Antwort erhalten würde. Das blanke Gestein, auf dem das Gesicht des reglosen Freundes ruhte, war merkwürdig verfärbt, beinahe glänzend, und sein hellbraunes Haar war zu dunkel.

»Jochen, lass den Blödsinn«, sagte Agnes so heiser, dass das Tosen des nahen Wasserfalls die Worte fast verschluckte.

Jochen lag auf dem Bauch. Der Farbkontrast auf dem Stein konnte nur Blut sein – Jochens Blut. Schübe von Hitze und Kälte durchfuhren Gernot. Agnes stieß einen erstickten Schrei aus.

Gernot wich einen Schritt rückwärts, drohte fast das Gleichgewicht zu verlieren. Dann fuhr er instinktiv mit der Taschenlampe im Anschlag herum. Er konnte nicht klar denken, doch Jochens SMS war keine dreißig Minuten alt. Der Gewalttäter war womöglich noch in der Nähe. Der Lichtkegel erfasste Büsche, einen nahen Felslauf und Baumstämme. Mehr gab die Nacht im Augenblick nicht preis.

»Wir müssen die Polizei holen«, piepste Agnes in ihre Hände.

Dennoch wagte sie sich näher. Gernot folgte zaghaft. Der Lichtschein seiner Lampe glitt wieder über die sterbliche Hülle seines besten Freundes. Im selben Moment nahm er aus dem Augenwinkel eine Bewegung wahr. Da war eine Veränderung in den Schatten. Er riskierte einen Blick und sah, dass die Finsternis Augen hatte – Augen und Zähne, die auf ihn zuschossen. Er fand keine Möglichkeit, auszuweichen. Etwas warf ihn um, riss ihn fort und verursachte ihm dabei brennende Schmerzen in Brust und Hals. Wie aus unendlicher Entfernung hörte er Agnes schreien. Dann hörte er nichts mehr.

Mittwoch

Eduard Lachermeier hasste seinen Wecker. An jedem Morgen fragte er sich, nachdem er ihn zum Schweigen gebracht hatte, einige Sekunden lang, warum er ein derart nervtötendes Gerät auf seinem Nachttisch stehen hatte. Nur zögerlich reifte dann stets die Erkenntnis in ihm, dass es einen Grund gab, weshalb er dem Ding tagtäglich erlaubte, ihn so unsanft aus dem Reich der Träume zu holen.

Seine Hand glitt zu Trudis Bettseite hinüber. Der weiche Bettüberzug und das sommerdünne Laken waren noch warm, doch Trudis Hintern war unauffindbar. Lachermeier schlug die Augen auf. Sonnengeschwängertes Morgenlicht fiel durch die Ritzen des nicht vollständig heruntergelassenen Rollos.

Im nächsten Augenblick wurde die Schlafzimmertür aufgestoßen.

»Alles Gute zum Geburtstag, Papi!«, stieß Michaela aus und blies zum Sturmangriff auf das elterliche Ehebett.

Lachermeier grunzte und nahm seine Jüngste in Empfang, die ihm beide Wangen und dann seine übergroße Nase abschmatzte.

»Oh, wie ich dich lieb hab, Spätzchen«, brummte er in ihr Ohr und drückte sie an sich.

»Ich habe dich auch lieb, Papi«, erwiderte Michaela.

Mittlerweile waren auch Trudi und Martha im Zimmer, wie sich Lachermeier vergegenwärtigte. Martha beugte sich zu ihrem Vater hinab und küsste ihm die Stirn – die einzige noch freie Stelle, die nicht von den Haaren ihrer kleinen Schwester bedeckt war.

»Happy Birthday, Papa.«

»Danke, Schätzchen«, entgegnete Lachermeier und befreite seinen linken Arm aus Michaelas Umklammerung, um auch seine nicht immer pflegeleichte Teenagertochter zu sich zu holen.

Nun kam Trudi zu Wort: »Na, wie fühlst du dich, alter Mann?«

Michaela fuhr zu ihrer Mami herum, wobei sie Lachermeiers Nase mit ihrem Hinterkopf attackierte. »Papi ist doch nicht alt, Mami«, wies sie sie vorwurfsvoll zurecht.

»Da hast du absolut recht, Süße«, bestätigte Lachermeier. »Mami hat einfach keine Ahnung von solchen Dingen.«

Ihr kleiner Nachzügler schmiegte sich daraufhin glücklich an seine Brust.

»Na, der Papi wird's schon wissen«, meinte Trudi und holte die angebrachte Herzlichkeit nach, indem sie ihm die Glückwünsche zärtlich ins Ohr wisperte.

Lachermeier drückte seine drei Mädchen an sich und vergaß dabei sogar seinen inbrünstigen Hass auf den Wecker.

Nach der morgendlichen Rasur sah sich Lachermeier nach Jahren erstmals wieder veranlasst, sein Gesicht im Badezimmerspiegel nach Alterserscheinungen zu überprüfen. Vage Andeutungen von Krähenfüßen, beidseitig ausgeprägte Lachfalten und geringfügige Ansätze von Grau in seinen dunklen Haaren, mehr war da noch nicht. Nun ja, fünfzig ist ja auch noch kein Alter, redete er sich beruhigend ins Gewissen.

Er legte seinen Nassrasierer beiseite, ließ seinen Bizeps spielen und kam zu dem Schluss, dass er sich vor keinem Fünfunddreißigjährigen zu verstecken brauchte. Aus Gründen, die er nicht näher hinterfragte, dachte er in dem Moment an die junge Staatsanwältin Großrausch, die ihm vergangenen Sonntag am Badestrand des Hödenauer Sees über den Weg gelaufen war.

An seinem Stammplatz am Esstisch in der Küche warteten eine Tasse duftender Kaffee und ein opulentes Stück Tiramisu auf ihn. Lachermeier war über den Anblick hocherfreut. Üblicherweise gab es neben Kaffee nur eine Schüssel Vollkornmüsli – Trudis täglicher Beitrag, ihn fit zu halten.

»Tiramisu am Morgen«, bemerkte er skeptisch. »Verstößt das nicht ziemlich grob gegen meinen Ernährungsplan?«

»Heute wollen wir mal darüber hinwegsehen«, meinte Trudi und gestikulierte ihn vornehm zu Tisch.

»Weil du heute Geburtstag hast, Papi«, klärte ihn Michaela auf, die wie jeden Morgen mit Begeisterung ihre gesüßten Cornflakes löffelte. Im Gegensatz zu ihm würde sie mit dem Frühaufstehen keinerlei Probleme haben, wenn sie zum Herbstbeginn in die Schule kam.

Martha war bereits auf dem Weg nach draußen. Jeden Moment müsste ihre Freundin Johanna aufkreuzen, mit der sie üblicherweise zur Arbeit fuhr. Die beiden hatten gemeinsam die Realschulbänke gedrückt und nun auch denselben Arbeitgeber.

Lachermeier hatte sich gerade einen köstlichen Bissen Tiramisu einverleibt, als das Telefon klingelte.

»Menschenskind, um diese Uhrzeit schon«, entfuhr es Trudi missbilligend. »Es hätte auch sein können, dass du heute freihast und wir den Vormittag im Bett verbringen.«

Sie machte sich zum Hausanschluss auf, Michaela kicherte wegen der Bettbemerkung, und Lachermeier schob sich ein weiteres Stück Tiramisu in den Mund, wohl wissend, dass er wahrscheinlich gleich ans Telefon beordert werden würde, um verwandtschaftliche Geburtstagsgrüße entgegenzunehmen.

Tatsächlich kam Trudi mit dem Mobilteil des Haustelefons in die Küche zurück und reichte es ihm weiter.

»Es ist Wankel«, raunte sie.

Diese Meldung erstaunte Lachermeier. Warum rief ihn Wankel zu Hause an? Konnte er es nicht erwarten, ihm in zwanzig Minuten im Büro zu gratulieren? Lachermeier schluckte hinunter und nahm das Telefon an seine Ohrmuschel.

»Hier Lachermeier, was gibt's?«

»Morgen, Edi«, sagte Wankel knapp. »Wie schaut's aus, bist du diensttauglich?«

»Ich fahre bald los. Was soll die Frage?«

»Die Fahrt kannst du dir sparen. Ich hole dich ab. Wir haben eine Leiche, droben am Tatzelwurm.«

»Im Hotel?«

»Nein, irgendwo beim Fall, hat es geheißen.«

»Wieder ein besoffener Amateurkraxler?«

»Ich weiß noch gar nix. Ein junger Kerl soll es sein. Mach dich fertig, ich hole dich ab.«

»Ja, ist recht«, entgegnete Lachermeier und beendete das Telefonat.

»Stress?«, fragte Trudi am Toaster.

»Könnte sein.«

Lachermeier ging aus Rücksicht auf seine kleine Tochter nicht näher auf den Sachverhalt ein. Langweilig wurde es in der Polizeiinspektion Kiefersfelden nie, aber Stress ließ sich gewöhnlich fernhalten. Der Höhepunkt seiner bisherigen Karriere als Dienststellenleiter war eine Fahndung nach einem entflohenen Gewaltverbrecher in Zusammenarbeit mit den Kufsteiner Kollegen gewesen. Vorher hatte er dem »Kommissariat Grenze« der Kripo Rosenheim angehört, das in der Kiefersfeldener Inspektion untergebracht war und sich hier am oberbayerischen Tor zum Süden überwiegend mit Autoschiebern, Schleusern und Urkundendelikten befasste.

»Der Erich steht jeden Moment vor der Tür. Bis dahin kriege ich den heißen Kaffee wahrscheinlich nicht runter.«

»Dann lass ihn draußen warten, bis du ausgetrunken hast«, schlug Trudi vor.

»Nein, besser nicht. Scheint wichtig zu sein.«

»Du bist der Inspektionsleiter. Sollte er seine Probleme nicht langsam allein auf die Reihe kriegen?«

»Das tut er schon, aber bei solchen Angelegenheiten will ich dabei sein.«

Er begegnete Trudis Blick, die daraus schließen musste, dass der Sachverhalt wohl etwas ernster war als sonst.

»Musst du einen Räuber fangen, Papi?«, fragte Michaela.

»Könnte schon sein, Spätzchen. Das wird mir der Erich nachher gleich sagen. Du kennst den Erich doch noch, oder?«

»Ja«, kiekste sie amüsiert. »Er ist der Brummelmann.«

»Was? Warum denn der Brummelmann?«

»Mami hat gesagt, er ist der Brummelmann.«

»Soso, und was bringt dir die Mami sonst noch bei, wenn ich nicht da bin?«

Lachermeier schob sich den Rest Tiramisu in den Mund und erhob sich, um sich arbeitsfertig anzuziehen. Er griff auf Zivilkleidung zurück, in der sich etwaige Vor-Ort-Befragungen unkomplizierter gestalteten.

Tatsächlich ließ Wankel nicht lange auf sich warten. Er hupte zweimal und wiederholte den Vorgang keine zehn Sekunden später. Die Zeit, sich von Trudi und seiner Tochter angemessen zu verabschieden, nahm Lachermeier sich trotzdem.

Oberkommissar Erich Wankel war mit seinem Privatwagen und ebenfalls in Zivil gekommen. »Ist das ein Scheißtag«, erklärte er, als Lachermeier auf dem Beifahrersitz Platz nahm.

Wankel war ein notorischer Fatalist, daher hinterfragte Lachermeier seinen Ausspruch nicht weiter. Bei Wankel war jeder Tag ein Scheißtag.

»Wer hat den Toten gemeldet?«, fragte er stattdessen. »Ist von einem Verbrechen auszugehen?«

»Wohl schon«, brummelte der Brummelmann. »Laut Kollege Glaubrecht hat jemand vom Hotel was von einem Gewaltopfer palavert. Der wusste aber selbst nichts Genaues. Und irgendwer wird vermisst.«

»Vermisst wird auch noch wer?«

»Hat der jedenfalls behauptet.«

»Ist der Erkennungsdienst informiert?«

»Hat Glaubrecht erledigt.«

Wankel war so wortfaul wie immer am frühen Morgen. Lachermeier wusste, dass er ähnliche Probleme mit seinem Wecker hatte wie er selbst.

In Oberaudorf nahm Wankel die Abkürzung über die Bad-Trißl-Straße auf die Tatzelwurmstraße und folgte ihrem Verlauf westwärts aus dem Ort hinaus. Entlang sattgrüner Waldstücke und Weiden, vereinzelter Weiler und Berggasthöfe brachten sie zahlreiche Höhenmeter hinter sich. Die Sonne versteckte sich hinter Wolken, doch es versprach, ein warmer Hochsommertag zu werden.

Die Fahrt von Oberaudorf zum hoch gelegenen Weiler Tatzelwurm, der im Grunde nur aus dem Wellnesshotel und seinen Nebengebäuden bestand, dauerte etwa zehn Minuten.

Vor der Pforte des Hauptgebäudes parkte ein Streifenwagen. Eine Handvoll Leute hatte sich um die zwei Beamten geschart.

Wankel stoppte sein Fahrzeug wenige Meter neben ihnen. »Arbeitet deine Tochter nicht auch hier?«, fragte er.

»Tut sie«, antwortete Lachermeier und stieg aus.

Einer der beiden Uniformierten trat ihm entgegen. »Morgen, Hauptkommissar.« Der andere debattierte mit einem der Hotelangestellten.

»Was ist hier passiert?«, fragte Lachermeier.

»Hier? Gar nichts«, antwortete der Kollege. »Aber hier ist die junge Frau entdeckt worden, die letzte Nacht dabei gewesen sein will.«

»Was bedeutet, sie ist hier entdeckt worden? Und wo will sie dabei gewesen sein?«

»Sie und ihr Freund haben in der Nähe des Falls eine Leiche gefunden. Behauptet sie jedenfalls.«

»Habt ihr das schon überprüft?«

Der Kollege nickte. »Eine Leiche haben wir nicht finden können, aber Blut. Die Rosenheimer sind gerade vorbeigerauscht. Die zwei Autos von den jungen Leuten stehen oben in der Zufahrt zum Waldparkplatz.«

»Kann ich mit der Frau reden?«

»Versuchen Sie es. Die ist ziemlich durch den Wind und wird jetzt drinnen von einem Psychologen betreut.«

»Wo kommt der denn so plötzlich her?«

»Ist ein Hotelgast.«

»Was ist mit ihrem Freund?«

»Tja, das ist die zweite Sache.«

»Tun Sie sich keinen Zwang an, deutlicher zu werden, Kollege.«

»Ihr Freund scheint verschwunden zu sein. Zumindest, wenn man ihr glauben darf. Angeblich hat ihn … *etwas geholt.*«

»Etwas geholt?« Lachermeier wiederholte bedacht leise, da sich ihnen zwischenzeitlich die meisten Anwesenden zugewandt hatten. »Wie darf ich das verstehen?«

»Keine Ahnung. Recht viel mehr als das haben wir nicht aus ihr herausbekommen. Das Madl ist ziemlich verstört. Wie es aussieht, hat sie die ganze Nacht am Hotelparkplatz verbracht. Jemand vom Hotel hat sie heute Morgen zwischen den geparkten Autos gefunden.«

»Also ist die Sache schon gestern Abend passiert?«

»Schaut so aus.«

Einer der Angestellten beschwor den Hauptkommissar, Rücksicht auf die Gäste zu nehmen und nicht zu viel Wirbel zu veranstalten. Lachermeier machte keinerlei Zusagen und ließ sich zu der vorgeblichen Zeugin in eine Gaststube führen.

Die junge Frau, ein durchaus hübsches Ding mit schmalem Gesicht und kurzen schwarzen Haaren, hatte eine dampfende Tasse vor sich auf dem Tisch stehen. Der bebrillte weißhaarige Mann neben ihr erhob sich, als er Lachermeier und Wankel eintreten sah. Er war ein wenig alterskorpulent und trug ein buntes Hawaiihemd unter seinem weißen Freizeitanzug. Weitere Gäste waren nicht anwesend.

»Ah, die Polizei, nehme ich an.« Schwungvoll streckte er Lachermeier seine Hand entgegen, ein pietätvolles Lächeln auf den beeindruckend schwülstigen Lippen. »Gestatten, Kalinka. Dr. Stanislaus Kalinka. Ich praktiziere in Budapest.«

»Der Psychodoktor«, bestach Wankel mit seiner unverbrämten Direktheit.

Lachermeier schüttelte die dargebotene Hand. »Lachermeier, Hauptkommissar. Das ist mein Kollege Wankel. Wir müssen mit der jungen Frau reden.«

Das Madl, sie war vielleicht zwei oder drei Jahre älter als Martha, war kreidebleich und starrte teilnahmslos auf die Tasse vor sich.

»Bitte seien Sie behutsam«, bat Kalinka. »Das arme Mädchen

ist traumatisiert. Ich empfehle, sie umgehend in Betreuung zu geben.«

»Wir haben eine Psychotherapeutin im Ort, ich nehme an, sie ist schon auf dem Weg hierher.«

Lachermeier schaute sich zu Wankel um, der begriff und den Raum verließ, um Frau Stockinger zu kontaktieren.

»Was ist ihr zugestoßen?«

»Das habe ich noch nicht herausfinden können, Herr Kommissar. Das braucht Zeit. Unter Umständen sehr viel Zeit.«

Lachermeier setzte sich der jungen Frau gegenüber, Kalinka erneut neben sie. Das Mädchen wippte unmerklich vor und zurück, während sie weiterhin ihre Teetasse fixierte.

»Mein Name ist Eduard Lachermeier. Ich möchte Ihnen ein paar Fragen stellen.« Er bemühte sich eines väterlich fürsorglichen Tonfalls. »Fühlen Sie sich dazu in der Lage?«

Die Angesprochene sah nur zögerlich zu ihm auf und wisperte: »Der Wurm. Der Wurm hat ihn geholt.«

»Der Wurm?«

Sie nickte und konzentrierte sich wieder auf die Tasse.

Wankel kam zurück und nahm neben Lachermeier Platz. Ein Blick von ihm verriet dem Hauptkommissar, dass die Psychologin Frau Dr. Stockinger unterwegs war.

»Wie ist Ihr Name?«, begann Lachermeier die provisorische Vernehmung.

An ihrer Stelle antwortete Kalinka. »Auch das hat sie mir noch nicht verraten. Im Augenblick möchte sie nicht sie selbst sein, verstehen Sie?«

»Sie möchte nicht sie selbst sein?«, hinterfragte Wankel. »Wieso nicht? Wer möchte sie denn sein?«

Lachermeier gebot ihm mit einem Wink, zu schweigen, und wandte sich wieder an das Mädchen. »Was ist gestern Abend passiert? Wer ist bei Ihnen gewesen, und was haben Sie hier oben gemacht?«

Sie atmete ein paarmal ein und aus, schien sprechen zu wollen, blieb dann aber doch stumm. Lachermeier dachte an seine beiden Streifenkollegen draußen, die sich offensichtlich ein bisschen geschickter angestellt und ihr zumindest ein paar Brocken entlockt hatten.

»Sie haben meinen Kollegen gesagt, Sie hätten am Fall eine Leiche gefunden«, knüpfte er an. »Ist das wahr?«

Sie nickte zaghaft. »Der Jochen ist tot.«

»Jochen? Wie ist sein Nachname?«

»Jochen ... Jochen Sichelbauer.«

Wankel notierte den Namen.

»Woher wissen Sie, dass er tot ist?«, fragte Lachermeier.

»Blut«, antwortete sie. »Blut. Überall um seinen Kopf.«

»Sie haben ihn beim Tatzelwurm gefunden?«

Auf diese Worte hin sah sie auf, als hätte sie saure Milch getrunken, und atmete schneller.

»Ganz ruhig«, sprach Kalinka behutsam auf sie ein und tätschelte ihre Hand. »Sie sind hier in vollkommener Sicherheit. Die Polizei passt auf Sie auf.«

»Wo ist Ihr Freund?«, fragte Wankel. »Hat er die Leiche auch gesehen?«

»Der Wurm«, sagte die junge Frau. »Der Wurm hat ihn sich geholt.«

»Er ist also in die Klamm gestürzt?«

Sie schüttelte den Kopf. »Der Wurm«, hauchte sie erneut aus. »Der Wurm hat ihn sich geholt.«

»Was haben Sie und Ihr Freund gestern Abend da draußen gewollt?«

»Der Wurm ...«

Wenig später verließen Lachermeier und Wankel die Gaststube. Im Augenblick machte eine weitere Befragung wenig Sinn. Das Mädchen musste erst wieder zu sich finden. Kalinka hatte sich bereit erklärt, auf sie aufzupassen, bis Frau Dr. Stockinger eintraf. Nun galt es klarzustellen, inwieweit es eine Leiche gab.

»Sagt dir dieser Name etwas, den sie genannt hat?«, fragte Wankel auf dem Weg zum Auto.

»Ich fürchte schon«, sagte Lachermeier. »Die Sichelbauer Isolde ist eine Jugendfreundin von meiner Frau. Ihr Mann war ein Spezl von mir. Er ist vor ein paar Jahren mit seinem Motorrad verunglückt. Einer ihrer beiden Buben heißt Jochen.«

»Und wer ist in die Klamm gefallen?«, stellte Wankel zur Diskussion. »Etwa ihr anderer Junge?«

»Ich bete, dass dem nicht so ist.«

»Willst du Taucher und Kletterer anfordern?«

Lachermeier verneinte. »Nicht bevor wir was Genaues wissen. Wenn da jemand runtergestürzt ist, wird der Auerbach bald etwas zutage fördern.«

»Nicht, wenn er sich irgendwo verkeilt hat.«

»Wir werden sehen.«

»Was für ein Scheißtag.«

Wankel lenkte seinen Wagen zur Sudelfeldstraße hinauf. Vielerorts war sie mautpflichtig, wie früher auch die Tatzelwurmstraße, doch allzu genau nahm man es damit nicht.

Lachermeiers Blick fiel auf ein hölzernes Gedenkkreuz am Wegesrand. Es gab deren viele hier oben. Die Strecke war ein beliebter Austragungsort für illegale Motorradrennen, die nicht selten tragisch endeten. Waldi Sichelbauer war einer der vielen, die hier oben ihr Leben gelassen hatten. Mit chronischer Sorge dachte Lachermeier an seinen Sohn Franz, der ebenfalls begeisterter Motorradfahrer war.

Am Zufahrtsweg zum Waldparkplatz fand sich eine ganze Ansammlung von Autos am Wegesrand: ein Streifenwagen, zwei Einsatzfahrzeuge vom Rosenheimer Erkennungsdienst und noch zwei weitere Exemplare, die Lachermeier nicht weiter bekannt vorkamen. Es musste sich um die Fahrzeuge der jungen Leute handeln. Beide hatten ein Rosenheimer Kennzeichen. Ein Kollege vom Erkennungsdienst machte gerade Fotos.

»Morgen. Habt ihr den Dornbacher dabei?«

»Ein Stück weiter oben«, antwortete der Kollege und deutete die bewaldete Hangschräge hinauf.

Lachermeier und Wankel machten sich an den Aufstieg. Heribert Dornbacher, ein kleiner, leicht übergewichtiger Grauschopf, obwohl er kaum vierzig war, kam ihnen mit einem strahlenden Lächeln entgegen. Er trug den weißen Kapuzenanzug, mit dem die Kollegen vom Erkennungsdienst an Tatorten üblicherweise zu Werke gingen. »Ja, wen haben wir denn da!« Mit ausgebreiteten Armen nahte er heran, als wollte er die beiden herzlich umarmen. »Unser Lachermeier Edi! Na endlich ist er da, der alte Gauner.«

Er zog den weißen Handschuh von seiner rechten Hand und reichte sie Lachermeier. »Alles Gute zu deinem großen Wiegentag, Edi! Auf die nächsten fünfzig!«

Lachermeier nahm seine Hand notgedrungen entgegen, während er hinter sich Wankel einen Schwall von Worten murmeln hörte, darunter »Kruzifix« und »völlig vergessen«.

»Ja, schon gut, danke«, entgegnete Lachermeier dem immer breiter grinsenden Dornbacher.

»Von mir auch alles Gute, Edi«, brummte Wankel von hinten. »Hab's mit all dem Mist heute Morgen völlig verschwitzt.«

»Ist schon recht, Erich«, vergab ihm Lachermeier und wandte sich wieder an Dornbacher. »Wie schaut's aus? Haben wir eine Leiche oder nicht?«

»Tjaaaa, es ist stark anzunehmen, dass wir eine haben«, erklärte Dornbacher genüsslich. »Leider haben wir sie noch nicht.«

»Was soll das denn heißen? Ist sie euch davongelaufen?«

Dornbacher bedeutete den beiden, ihm zu folgen. »Kommt mit, ich zeig's euch. Wir haben eine Menge Blut, aber bis jetzt noch keine Leiche.«

»Wahrscheinlich hat sie wer in die Klamm gestoßen«, folgerte Wankel.

»Glaube ich nicht. Die Blutspuren sind zu weit davon entfernt und führen, soweit wir das bisher sagen können, nicht zum Fall, sondern westwärts.«

»Was ist deiner Meinung nach hier passiert?«, fragte Lachermeier.

»Na, du machst mir Spaß, Edi«, meinte Dornbacher belustigt. »Wir EDler lassen uns ja gern nachsagen, Genies zu sein, meistens sind wir es auch, aber mit Wahrsagerei haben wir nix am Hut. Wir haben bis jetzt lediglich eine Stelle gefunden, an der der Blutverlust ziemlich ausgeprägt war. Der Körper muss dort eine Weile gelegen haben, bevor er weggeschleppt wurde. Recht viel mehr kann ich dir im Augenblick nicht sagen.«

»Aber du bist dir sicher, dass es eine Leiche gibt?«

»Ich würde ungern darauf schwören, aber ich halte es für äußerst wahrscheinlich.«

»Kannst du anhand des Blutverlusts eine Prognose abgeben, woran der Tote gestorben ist?«

»Auch darauf lasse ich mich nicht festnageln. Denkbar ist im Grunde jede Form äußerer Gewalteinwirkung. Vielleicht hat sich der Kandidat sogar selbst die Pulsadern aufgeschlitzt. Selbstmord wäre jedenfalls eine Erklärung dafür, warum er keine Versuche unternommen hat, von dort wegzukommen.«

»Erklär mir das näher.«

»Der Körper muss, nachdem ihm die schwere Verletzung beigebracht worden ist, noch eine Weile gelebt haben, sonst wäre nicht so viel Blut ausgetreten. Da es sich an einer einzigen Stelle konzentriert, muss er an Ort und Stelle geblieben sein. Gelassenes und berechnendes Abwarten, nachdem man sich die Arteria radialis aufgeschnitten hat, erscheint mir da recht passend.«

»Könnte das Blut nicht einfach der Schwerkraft gefolgt sein?«

»Nein. In welcher Richtung der Körper auch gelegen hat, der Neigungswinkel des Bodens ist nicht groß genug, um das zu bewerkstelligen. Man hätte ihn dazu schon an einem Baum aufhängen und ausbluten lassen müssen.«

»Irgendwelche Hinweise, wer der Betreffende sein könnte?«

»Ja, durchaus. Bei der Blutlache liegt ein Handy.«

Kurz darauf erreichten die drei den von Felsen durchzogenen Grund. Ein Mitarbeiter Dornbachers hatte eine beachtliche Blutpfütze auf blankem Stein mit einem Schildchen versehen, das eine große Eins zeigte. Ein paar Meter daneben stellte er eine Zwei auf. Ein anderer Mitarbeiter fotografierte, ein weiterer zog das rot-weiße Absperrband.

»Da haben wir das Handy gefunden«, bemerkte Dornbacher und deutete auf die Zwei. »Passt auf, dass ihr nirgendwo Erdreich eintretet. Es finden sich vielleicht noch brauchbare Abdrücke.«

Lachermeier begutachtete den Schauplatz. »Wie viele Leute sind hier oben gewesen?«

»Bestätigt nur einer, aber hier ist eine ganze Menge Gras eingedrückt, was nach meiner Ansicht auf zwei oder drei Leute hindeutet. Ein brauchbarer Sohlenabdruck ist leider nicht dabei. Aber da wären ja auch noch die beiden Autos. Ich lasse gerade prüfen, auf wen sie zugelassen sind.«

Lachermeier befürchtete schwer, zumindest einen der beiden Fahrzeughalter zu kennen.

»In welche Richtung ist der Körper weggeschleppt worden?«, fragte Wankel.

Dornbacher wies in die westlich gelegenen Waldregionen. »Mit größter Wahrscheinlichkeit da lang. Dort finden sich nicht weit von hier noch ein paar Blutspuren. Leider verlieren sie sich schon nach wenigen Metern.«

»Was könnte das bedeuten?«

»Ich nehme an, der Körper war bereits tot, als er von hier weggebracht wurde. Die kurze Blutung kam wahrscheinlich durch eine plötzliche Veränderung der Körperlage zustande.«

»Könnte es nicht sein, dass sich, wer immer hier gelegen hat, aus eigener Kraft weggeschleppt hat?«, fragte Lachermeier.

»Also, bei dem Blutverlust, von dem ich ausgehen muss, kann ich mir das schwerlich vorstellen«, sagte Dornbacher. »Der Körper hat bedeutend mehr verloren, als ihr hier auf der Felsspur sehen könnt. Den Hauptteil hat das nahe Erdreich aufgenommen. Wir werden es nach seinem Eisenanteil untersuchen, dann können wir euch eine genauere Angabe machen, von wie viel Blut wir hier etwa reden. Ich rate aber schon jetzt von Spekulationen ab, dass der Ärmste, der hier gelegen hat, die letzte Nacht überstanden haben könnte. Ich verwette meinen Maserati, dass er tot ist.«

»Die Zeugin will gesehen haben, dass sein Kopf voller Blut war. Das hört sich für mich nicht nach Selbstmord an.«

»In dem Fall hatte er wohl eine schwere Kopfverletzung, die ihm das Bewusstsein geraubt, ihn aber nicht sofort getötet hat.«

»Wie kann das passiert sein? Fremdeinwirken? Oder einfach nur ein unglücklicher Sturz?«

»Näheres könnte ich euch sagen, wenn wir die Leiche hätten, Jungs. Wir werden euch bald ein paar handfeste Fakten liefern. Das Puzzle zusammenzufügen, ist dann aber eure Aufgabe.«

»Dass irgendjemand den Toten fortgeschleppt hat, lässt auf ein Verbrechen schließen«, merkte Wankel düster an.

Lachermeier musste ihm zustimmen. Bislang deckten sich Dornbachers Mutmaßungen mit den wenigen Informationsbrocken, die sie von dem traumatisierten Mädchen erhalten hatten. Sie und ihr Freund hatten hier eine Leiche gefunden. Nach ihrer Aussage die Leiche ihres Freundes Jochen Sichelbauer. Die drängende Frage war nun, wer und aus welchen Gründen im weiteren Verlauf der Nacht den toten Körper fortgeschleppt hatte.

»Beeil dich bitte mit einem Bericht, ja?«, schloss Lachermeier und trat bereits den Rückweg an, als jemand rief: »Chef! Chef! Schauen Sie sich das mal an!«

Augenblicke später tauchte ein weiterer Mitarbeiter des Erkennungsdienstes unter den Bäumen auf und winkte Dornbacher eifrig in seine Richtung.

»Was gefunden, Nobbi?«, fragte Dornbacher und machte sich vorsichtig tänzelnd auf den Weg zu ihm.

Lachermeier und Wankel folgten.

»Noch mehr Blut. Und ein paar Stofffetzen«, erklärte der Mitarbeiter namens Nobbi seinen Fund.

Er führte die drei entlang der Schräge durch Gebüsch und an Felsrücken vorbei ein paar Höhenmeter tiefer.

»Man beachte auch die umgeknickten Zweige und Halme«, führte er an. »Sieht aus, als wäre hier etwas Schweres heruntergekugelt.«

»Sprechen wir von einem menschlichen Körper?«, fragte Lachermeier.

»Liegt auf der Hand, würde ich sagen«, meinte Nobbi.

»Aber die Leiche ist doch in die andere Richtung weggeschleppt worden«, begehrte Wankel auf.

»Das habe ich nicht bestritten, Kollege«, bestätigte Nobbi. »Hier sind wir.«

Er deutete auf eine Senke zwischen zwei Felsen. Auch ein Laie erkannte die zahlreichen Blutspritzer am Stein.

»Die Herren Schaulustigen möchten jetzt bitte hier Abstand wahren«, gebot Nobbi und nahm einen umständlichen Umweg zum Schauplatz.

Dornbacher folgte interessiert. Auch Wankel wollte hinterher, doch Lachermeier hielt ihn zurück. Sollten die beiden Fiesler ruhig in ihrem Element verweilen. Ihm genügten ihre Schlüsse.

»Hier liegen verschiedene Stofffetzen verstreut«, sagte Nobbi an seinen Chef gewandt.

Dornbacher nahm ein Stück mit einer Pinzette auf. »Polyester«, diagnostizierte er.

»Das andere sieht mir nach Baumwolle aus«, ergänzte Nobbi. »Stammt wahrscheinlich von einem T-Shirt. Das Polyester von einer Jacke.«

»Und was sagt uns das?«, raunzte Wankel zu den beiden hinunter.

»Schlussfolgerungen sind eure Angelegenheit, wir stellen nur die Gegebenheiten zusammen«, erklärte Dornbacher süffisant.

»Da vorn findet sich noch mehr Blut«, sagte Nobbi und deutete die Hangschräge entlang.

»Hmm … und wieder westwärts«, grummelte Dornbacher ohne eine Wertung, was er daraus schloss. Noch an Ort und Stelle ging er in die Hocke und winkte die beiden Kommissare zu sich. »Seht euch das mal an.«

Damit weckte er auch Nobbis Neugier, der seinem Fund in der Senke den Rücken kehrte.

Bei Dornbacher angelangt, besah sich Lachermeier die Stelle. Was er in dem Stück Erdreich identifizierte, schien der Tatzenabdruck eines großen Tieres zu sein.

»Wovon stammt das?«

»Gute Frage, Edi«, entgegnete Dornbacher. »Das tät mich jetzt auch sakrisch interessieren.«

Weniger als einen Kilometer Luftlinie entfernt, jedoch auf der anderen Seite der Gumpei-Schlucht, gruben sich indessen messerscharfe Raubtierzähne in totes Menschenfleisch.

***

Als Lachermeier und Wankel erneut auf dem Hof des »Feurigen Tatzlwurms« vorfuhren, geleitete Psychotherapeutin Frau Dr. Liesbeth Stockinger ihre neue Patientin gerade zum Auto. Das verstörte Mädchen nahm auf dem Beifahrersitz Platz, Frau Stockinger schloss hinter ihr die Wagentür.

»Wie geht es ihr?«, fragte Lachermeier.

»Ich bin zuversichtlich, dass Sie sich schon bald ausführlich mit ihr unterhalten können«, entgegnete Frau Stockinger leise, sodass sie von der jungen Frau im Wagen nicht gehört werden konnte. »Etwas hat sie furchtbar erschreckt, aber das gibt sich. Haben Sie ein wenig Geduld.«

»Fürs Erste wäre uns schon mit ihrem Namen geholfen.«

»Den kann ich Ihnen sagen. Sie heißt Agnes Kern, ist einundzwanzig Jahre alt und wohnt in Oberaudorf.«

»Hat sie Ihnen das verraten?«

»Nein, ich kenne sie. Sie ist eine Freundin von meiner Tochter.«

»Das trifft sich ja. Ihnen ist nicht zufällig bekannt, ob sie einen festen Freund hat?«

»Einen festen Freund? Nun ja, doch. Soweit ich weiß, ist sie mit einem Fluglehrer zusammen. Lassen Sie mich kurz überlegen. – Ach ja, Gernot heißt er. Gernot Kappl. Er ist Fluglehrer an der Oberaudorfer Flugschule.«

Wankel machte sich Notizen.

»Wo bringen Sie das Mädchen jetzt hin?«

Lachermeier fing bei dieser Frage einen kurzen Blick der

jungen Frau im Fond auf, bevor sie sich wieder dem Armaturenbrett zuwandte.

»Nach Hause zu ihren Eltern«, antwortete Frau Stockinger und begab sich zur Fahrertür. »Ich melde mich umgehend bei Ihnen. Ach ja, meine Glückwünsche zum Geburtstag, Herr Lachermeier.« Gezwungen lächelnd stieg sie ein.

»Was hältst du von der ganzen Sache?«, wollte Wankel auf dem Weg zurück nach Oberaudorf wissen.

»Ich glaube dem Madl, dass sie eine Leiche gefunden hat«, antwortete Lachermeier. »Wahrscheinlich ist Jochen Sichelbauer der Tote.«

»Und wo ist die Leiche jetzt?«

»Irgendwo westlich vom Tatzelwurm.«

»Fragt sich, wer eine Leiche fortschleppt.«

»Jemand, der nicht will, dass sie gefunden wird.«

»Was ist mit dem zweiten Kerl, der angeblich da oben war, diesem Fluglehrer? Hat der die Leiche weggeschleppt?«

»Keine Ahnung, Erich. Vielleicht haben wir es sogar mit zwei Leichen zu tun.«

»Du meinst also, die Blutspritzer weiter unten und die Stofffetzen, die stammen von dem anderen.«

»Erscheint mir nicht unwahrscheinlich.«

»Du willst jetzt aber doch hoffentlich nicht die Rosenheimer dazuholen.«

»Nein, vorerst nicht. Wir stellen alle verfügbaren Leute ab und informieren die Bergwacht.«

***

Die Flugschule Oberaudorf lag an der Tatzelwurmstraße. In einem Foyer fanden die beiden Beamten einen sonnengebräunten Blondschopf von etwa fünfunddreißig Jahren vor. Die Füße auf seinem Arbeitstisch, hantierte er entspannt an einem Notebook.

»Ihr seid aber früh dran«, bemerkte er, ohne einen Gruß abzuwarten oder selbst einen beizusteuern. »Der Richie wird frühestens in dreißig Minuten da sein. Ihr könnt euch derweil ein bisschen umschauen.«

Mit einer flapsigen Geste verwies er die beiden Polizisten zu einer einladenden Sitzecke, von der aus sie eine ganze Wandseite voller Panoramafotos bestaunen konnten. Auf einem Beistelltisch lagen Sportmagazine aus.

»Sie müssen uns verwechseln«, sagte Lachermeier, während er in der Innentasche seiner Jacke nach seinem Dienstausweis fischte.

»Oh, Entschuldigung«, erwiderte der Sonnyboy und sah auf. »Ihr seid gar nicht die Eckarts? Vater und Sohn?«

Diese willkürliche Annahme stieß Lachermeier nicht wenig auf. Als ob er alt genug aussehen würde, Wankels Vater zu sein. Er hielt dem Kerl seinen Ausweis unter die Nase. »Mein Name ist Lachermeier. Das ist mein Kollege Wankel. Und wer sind Sie?«

»Polizei?« Der Angesprochene schluckte verlegen und stellte seine Füße auf den Boden. »Schaller. Tobias Schaller.« Gehetzt stand er auf und reichte den Kommissaren mit einem verunglückten Grinsen die Hand. »Verzeihung. Wie kann ich Ihnen denn helfen?«

»Wir suchen Gernot Kappl. Er arbeitet hier, oder?«

»Jaja, ganz recht«, bestätigte Schaller. »Er ist aber noch nicht da. Gernot hat erst heute Nachmittag wieder einen Kurs. Vor zwei Uhr wird er nicht auftauchen.«

»Könnte sein, dass er überhaupt nicht auftaucht«, merkte Wankel an.

»Hat er etwas angestellt?«, fragte Schaller.

»Sie haben doch gewiss seine Adresse und wären bereit, sie uns zu verraten«, sagte Lachermeier.

»Klaro! Er wohnt in der Wittelsbacherstraße. Es ist das rote Reihenhaus mit dem Giebel in der Mitte. Ist ein Vier-Parteien-Haus. Links oben ist Gernots Wohnung.«

»Haben Sie privaten Umgang?«

»Eigentlich nicht, aber wir haben da neulich mal was zusammen besprochen.«

»Was denn?«

Schaller zuckte zapplig mit beiden Schultern. »Ob wir uns erweitern wollen. Ob wir demnächst auch in Griechenland und Indien fliegen wollen.«

Lachermeier drückte Schaller seine Visitenkarte in die Hand. »Sollte Herr Kappl in nächster Zeit hier auftauchen, oder sollten Sie anderweitig von ihm hören, lassen Sie es mich bitte wissen. Wenn ich nicht erreichbar bin, sprechen Sie mit meiner Sekretärin.«

»Jawohl, Herr Kommissar.«

Nur ein paar Minuten später standen die beiden Kommissare vor Gernot Kappls Wohnungstür, wurden aber nicht eingelassen.

»Scheint nicht da zu sein«, bemerkte Lachermeier.

»Ist auch schwer möglich, wenn er gerade irgendwo da oben in den Wäldern verfault«, führte Wankel trefflich an. »Einen Durchsuchungsbeschluss bekommen wir so schnell nicht auf die Reihe.«

»Nein, dafür ist es noch zu früh. Warten wir ab, was uns der Dornbacher alles erzählen kann.«

»Dann überprüfen wir jetzt den anderen? Jochen Sichelbauer?«

Das wäre die logische Vorgehensweise gewesen, doch Lachermeier widerstrebte es, ohne einen handfesten Beweis um Jochens Verbleib zum Sichelbauerhof rauszufahren und die arme Isolde aufzuschrecken. Sie hatte bereits ihren Ehemann verloren. Sollte jetzt auch noch ihrem ältesten Sohn etwas zugestoßen sein, war das Tragik genug. Lachermeier wollte sie nicht mit vagen Vermutungen foltern, wenn es sich irgendwie vermeiden ließ. Der Dornbacher würde hoffentlich rasch Ergebnisse liefern. Ansonsten blieb noch das Mädchen, um das sich die Stockinger gerade kümmerte.

***

Die vertraute Polizeiinspektion Kiefersfelden sah aus wie immer, allerdings entging Lachermeier nicht, dass ihn die Kollegen mit einem breiteren Grinsen als sonst begrüßten, was in ihm bereits eine gewisse Vorahnung schürte. Auch Frau Böhm, seine kleine, rundliche Sekretärin, hieß ihn über Gebühr freundlich in seiner Inspektion willkommen.

Als er seine Bürotür öffnete, hatte er Gewissheit, woher das ganze Gehabe rührte: Jemand war in sein Büro eingedrungen, hatte diverse Geschenke auf seinem Schreibtisch platziert und eine Grußgirlande mit den Lettern »50 prächtige Jahre« aufgehängt.

Lachermeier stöhnte obligatorisch, konnte sich einer gewissen Freude über die Aufmerksamkeit jedoch nicht erwehren.

»Alles herzlich Gute zum Geburtstag, Herr Hauptkommissar«, trug hinter ihm Frau Böhm vor und betonte hingebungsvoll jedes einzelne Wort.

»Ja. Recht schönen Dank«, entgegnete Lachermeier geduldig und ließ sie ins Zimmer. »Was ist das hier alles?«

»Zuallererst muss ich mal sämtliche Schuld hierfür auf mich nehmen«, erklärte sich Frau Böhm geschäftig und wuselte um den Schreibtisch. »Ich habe diese Aufgabe übernommen, weil Ihre Kollegen meinten, ich sei die Einzige, die Sie nicht verhaften, wenn sie in Ihr Büro einbricht.«

Nachfolgend begann sie, ihm seine Geschenke vorzustellen. Darunter waren ein Maßkrug mit einem Polizeiautomotiv, ein edles Stabfeuerzeug – die Kollegen wussten, dass er sich abends gern eine Pfeife auf der Terrasse gönnte – und eine Polizeikelle aus Plastik, die mit blinkender Schrift verkündete: »Schnauze! Ich bin hier der Chef.« Frau Böhm wiederum hatte eine mächtige Obsttorte beigesteuert.

»Ich stelle sie gleich in den Kühlschrank«, sagte sie und hob das gute Stück an. »Um die Girlande und das Konfetti brauchen Sie sich keine Sorgen zu machen, das räume ich heute Abend schon weg.« Dann rauschte sie hinaus, woraufhin sich Lachermeier endlich ein ausgedehntes Lächeln erlauben konnte.

Kurz nach der Mittagspause rief Frau Dr. Stockinger an.

»Wie schön, von Ihnen zu hören«, sagte Lachermeier. »Kann ich schon mit ihr reden?«

»Ich wäre Ihnen dankbar, wenn Sie das Gespräch auf morgen verschieben könnten«, entgegnete sie. »Ihr geht es so weit gut, aber der Schock ist noch nicht überwunden.«

»Darauf würde ich wirklich gern Rücksicht nehmen, Frau Stockinger, aber leider werden zwei junge Leute vermisst.«

»Nehmen Sie an ihrer statt mit mir vorlieb. Agnes hat mir ein paar Dinge von letzter Nacht anvertraut. Wenn Sie möchten, können wir uns austauschen.«

»Ich bitte darum. Können Sie bei uns vorbeikommen?«

»Aber ja, ich bin auf dem Weg.«

»Vielen Dank, Frau Stockinger.«

Zwanzig Minuten später saß ihm die Psychologin in seinem Büro gegenüber. Lachermeier hatte auch Wankel ins Zimmer bestellt, der nun mit grimmiger Erwartung am Fensterbrett lehnte und ausgestreutes Konfetti durch seine Finger rieseln ließ.

»Die Patientin hat keine äußeren Verletzungen?«, war Lachermeiers erste Frage.

Frau Stockinger schüttelte sacht den Kopf. »Ihr Zustand ist rein seelisch bedingt. Darüber werde ich natürlich nicht mit Ihnen sprechen.«

»Natürlich nicht. Uns interessiert das Drumherum. Was können Sie uns sagen? Was ist dem Madl da oben zugestoßen?«

»Sie und ihr Freund Gernot sind gestern Abend auf Bitten ihres Freundes Jochen zum Tatzelwurm hochgefahren.«

»Wann genau war das?«

»Gegen zweiundzwanzig Uhr.«

»Was hat Jochen Sichelbauer von den beiden gewollt? Und warum hat er sie ausgerechnet am Tatzelwurm treffen wollen?«

»Agnes versichert, dass sie das beide nicht gewusst haben. Der Treffpunkt kam möglicherweise wegen seiner Lage zustande. Jochen Sichelbauer arbeitet im Christophorusheim in

Brannenburg. Wenn man die Alpenstraße nimmt, ist es etwa der halbe Weg nach Oberaudorf.«

»Warum sollte man die nehmen?«, brummte Wankel aus dem Hintergrund. »Wenn man nach Oberaudorf will, bieten sich Flintsbach oder die Autobahn an.«

»Die beiden sind also einer Einladung von Jochen Sichelbauer gefolgt«, resümierte Lachermeier. »Wie ist diese Einladung zustande gekommen? Haben sie telefoniert?«

»Gernot hat von Jochen eine Textmessage erhalten, in der er darauf bestanden hat, dass die beiden ihn möglichst sofort treffen. Gernot und Agnes haben sich daraufhin auf den Weg gemacht.«

»Nur weiter, fahren Sie fort, Frau Stockinger.«

»Auf halbem Weg zum Waldparkplatz haben sie ihren Wagen abgestellt. Der von Jochen ist schon da gewesen. Am vereinbarten Treffpunkt haben sie ihren Freund gefunden. Allerdings hat er tot in seinem Blut gelegen, wie Agnes sagt.«

»Haben die beiden das überprüft? Ich meine, dass er tot war?«

»Agnes ist davon überzeugt.«

»Hm. Wie ging es weiter? Wohin ist die Leiche verschwunden? Und wo steckt Gernot Kappl?«

»Tja, jetzt wird die Sache besonders seltsam«, meinte Frau Stockinger und zog eine ungewohnte Schnute, die Lachermeier an anderen Tagen überaus lustig gefunden hätte. »Agnes sagt, der Tatzelwurm hätte sich den Gernot geholt.«

»Das hat sie uns gegenüber auch schon angedeutet. Also sind die beiden, nachdem sie die Leiche ihres Freundes gefunden haben, zum Fall hochgestiegen? Ist Kappl abgestürzt?«

Frau Stockinger schnutete erneut. »Mit ›Tatzelwurm‹ meint sie nicht den Wasserfall. Sie meint *den* Tatzelwurm.«

Lachermeier lehnte sich mit den neuen Eindrücken, die ihn sowohl erstaunten als auch amüsierten, in seinen Sessel zurück. Er sah Wankel, wie er sich mit seiner Auch-das-noch-Miene die Stirn knetete.

»Wir sprechen von unserem allseits geliebten Fabeltier?«, fragte Lachermeier und verschränkte die Finger vor der Brust.

»Ja, sieht so aus«, bestätigte Frau Stockinger. »Agnes sagt, der Wurm sei aus der Dunkelheit gekommen und hätte ihren Gernot fortgerissen.«

»Wie hat er denn ausgesehen, der Wurm?«, fragte Wankel.

»Sie hat ihn nicht gesehen. Die Taschenlampe hatte Gernot.«

»Wie schade. Das hätte eine wissenschaftliche Sensation werden können.«

Die Legende von Tatzelwürmern war in Alpenregionen weit verbreitet. Die von einem ganz speziellen und gefräßigen Exemplar, das angeblich seit Jahrhunderten in der Nähe des Falls hauste, war in der Umgebung überall bekannt. Bestätigt über den Weg gelaufen war das Vieh jedoch noch niemandem. Zumindest nicht in den letzten paar Jahrhunderten.

»Sie ist also dem Tatzelwurm begegnet«, sagte Lachermeier. »Aber gesehen hat sie ihn nicht.«

»So hat sie gesagt«, bestätigte Frau Stockinger.

»Ich habe immer gedacht, der Wurm hätte es auf saftige junge Madln abgesehen. Warum hat er sich dann ihren Freund und nicht sie geschnappt?«

»Erwarten Sie auf diese Frage ernsthaft eine Antwort von mir, Herr Hauptkommissar?«

Lachermeier zog nun seinerseits eine Schnute und schüttelte versöhnlich den Kopf. »Es ist nur leider so, dass man uns wohl kaum einen Haftbefehl gegen ein Fabeltier ausstellen wird.«

»Daran kann ich nichts ändern, meine Herren.«

»Nein, natürlich nicht. Sprechen Sie weiter, Frau Stockinger. Was hat das Mädchen noch ausgesagt?«

»Ich habe mit ihr doch kein Verhör durchgeführt«, empörte sich Frau Stockinger. »Es war ein Gespräch. Ich habe sie nicht ausgehorcht, sondern mir nur das angehört, was Agnes bereit war, mir zu erzählen.«

»War da auch was Sinnvolles dabei?«, ließ Wankel fallen.

Wütend fuhr Frau Stockinger auf ihrem Stuhl zu ihm herum. »Deutlich mehr, als ich bislang von Ihnen im Verlaufe dieses Gesprächs vernommen habe, Herr Oberkommissar«, giftete sie.

»Also noch mal von vorn«, beschwichtigte Lachermeier. »Gernot Kappl hat eine SMS von seinem Freund Jochen Sichelbauer erhalten, der ihn und seine Freundin Agnes Kern zu einem Treffen nahe am Wasserfall bestellt hat. Kappl und Kern haben sich auf den Weg gemacht, ihr Auto abgestellt und ihren Freund ein Stück weiter oben tot vorgefunden. Dann ist der Tatzelwurm des Weges gekommen und hat sich Kappl geschnappt. Entspricht das Frau Kerns Darstellung?«

»So in etwa«, meinte Frau Stockinger.

»Das Mädchen ist erst am nächsten Morgen am Hotelparkplatz gefunden worden. Was hat sie die ganze Nacht hindurch getrieben?«

»Ist doch klar, sie ist vor dem Wurm davongelaufen«, bemerkte Wankel. »Vielleicht hat er sie mit seinen magischen Augen verhext und in die Irre geführt.«

»Könnten wir die Sache vielleicht mit der gebotenen Ernsthaftigkeit behandeln?«, erwiderte Frau Stockinger erneut aufgebracht. »Hier geht es um eine traumatisierte junge Frau, die von einem oder vielleicht sogar von zwei toten Freunden spricht. Und Sie … Sie haben nur Hohn und Spott dafür übrig. Sie sollten sich schämen!«

Wankel hob sich ergebend beide Hände und schwieg.

Hätte der Erkennungsdienst da oben keine Blutspuren gefunden, würde Lachermeier annehmen, die beiden Kerle hätten sich mit ihrer Freundin einen makabren Scherz erlaubt. Das viele Blut aber sprach eine andere Sprache.

»Agnes Kern hat also die Leiche von Jochen Sichelbauer gesehen«, knüpfte er an. »Aber sie hat nicht gesehen, was ihrem Freund Kappl zugestoßen ist?«

»Wie sollte sie? Es war schon dunkel. Kein Mond. Sie hat gesagt, etwas Großes hätte sich auf ihn geworfen und mit sich gerissen.«

»Etwas Großes?«

»Um einen gesunden jungen Mann fortzuschleppen, braucht es eine Menge Kraft, oder meinen Sie nicht?«

Dem konnte Lachermeier nicht widersprechen. Und wenn

man an die Legende glauben wollte oder sie nur oft genug gehört hatte, lag tatsächlich nahe, dass es der Tatzelwurm war, der Kappl da oben angefallen hatte. Womöglich hatte er nach Jahrhunderten, in denen er sporadisch junge Madln verspeist hatte, Appetit auf einen jungen Burschen entwickelt.

»Was hat Frau Kern gemacht, nachdem ihr Freund … verschleppt worden ist?«

»Danach setzen leider ihre Erinnerungen aus. Bei einem solchen Erlebnis ist das nicht ungewöhnlich. Sie erinnert sich erst wieder an ihren Aufenthalt am Hotelparkplatz, wo sie von einem Angestellten angesprochen worden ist.«

»Also fehlen ihr über sechs Stunden?«

»Wie gesagt, Herr Kommissar, das ist nichts Ungewöhnliches. Ich nehme an, das arme Mädchen ist die ganze Nacht ziellos umhergeirrt und hat sich irgendwann zu den erstbesten Lichtern aufgemacht, die sie gesehen hat. Wir sollten von Glück reden, dass sie nicht irgendwo abgestürzt ist.«

»Wenn sie nach Lichtern gesucht hat, warum hat sie sich dann am Parkplatz ausgeruht, anstatt an der Pforte zu klingeln?«, warf Wankel ein.

Frau Stockinger hielt es offensichtlich nicht für nötig, seine Frage zu beantworten. »Was werden Sie jetzt unternehmen, meine Herren?«, fragte sie stattdessen.

»Wir werden uns der Sache natürlich annehmen«, antwortete Lachermeier gedehnt. »Eine Fahndung nach dem Tatzelwurm sehe ich allerdings mit Komplikationen verbunden.«

»Ich glaube ja auch nicht, dass sie dem Tatzelwurm begegnet ist«, lenkte Frau Stockinger ein. »Nichtsdestotrotz ist da oben letzte Nacht etwas Schreckliches passiert. Es hat das arme Mädchen traumatisiert. Sie ist davon überzeugt, dass ihre beiden Freunde tot sind.«

»Sie haben gesagt, Frau Kern wäre eine Freundin Ihrer Tochter. Woher kennen sich die beiden?«

»Von ihrer gemeinsamen Schulzeit. Sie sind derselbe Jahrgang. Seit sie nun derselben Partei angehören, sehen sie sich wieder öfter.«

»Wie darf ich das verstehen? Reden wir von einer politischen Partei?«

»Sie sind beide den Progressiven beigetreten. Nun ja, Agnes ist schon länger dabei. Sie hat auch mitgeholfen, den Ortsverein zu gründen.«

»Was denn für einen Ortsverein?«

»Ah, Sie wissen wohl noch gar nicht, dass es seit etwas mehr als zwei Monaten den Ortsverein der Progressiven Jugend Oberaudorf/Kiefersfelden gibt?«

»Uns bleibt auch gar nichts erspart«, murmelte Wankel im Hintergrund.

Lachermeier war diese Information in der Tat neu. »Läuft das schon offiziell?«, fragte er.

»Schon, befindet sich aber noch in der Aufbauphase«, sagte Frau Stockinger. »Meine Tochter gestaltet zurzeit eine Webpräsenz.«

»Von wem geht diese Initiative aus? Wer ist der Vorsitzende?«

»Vinzenz Wendlandt, ein sehr engagierter junger Mann. Er ist der Sohn von Blasius Wendlandt, den Sie wahrscheinlich kennen werden.«

»Gehören Kappl und Sichelbauer ebenfalls dieser Bande an?«, fragte Wankel.

»Nicht, dass ich wüsste. Gerlinde hat sie jedenfalls nie erwähnt.«

»Wer ist Gerlinde?«

»Meine Tochter.«

Wankel machte sich eine Notiz.

»Vielen Dank für Ihre Zeit, Frau Stockinger«, sagte Lachermeier und erhob sich. »Ich komme vielleicht wieder auf Sie zurück.«

Frau Stockinger tat es ihm gleich, und die beiden reichten einander die Hand zum Abschied.

»Seien Sie bitte behutsam, wenn Sie *morgen* mit Agnes sprechen.«

Das Wort »morgen« hatte sie ganz besonders betont, zweifellos, um die Polizisten heute noch von ihrer Patientin fernzuhalten.

Lachermeier zog in Betracht, sich an ihre Empfehlung zu halten. »Selbstverständlich«, sagte er.

Danach trat die Psychologin sichtbar besänftigt den Rückzug aus seinem Büro an.

»Soll ich mich an die Jagdgenossenschaft wenden?«, bemerkte Wankel. »Oder wollen wir uns lieber gleich nach einem Drachentöter umhören?«

In den zahlreichen Legenden fand der Tatzelwurm als ein drachenartiges Geschöpf Erwähnung, das, außer junge Madln zu verspeisen, auch Feuer spuckte. Andere Quellen beschrieben ihn als eine Art Kreuzung zwischen einem Wurm und einer Raubkatze. Der Name »Tatzelwurm« rührte von den beiden Tatzen, die das Tier am vorderen Rumpf hatte, während das Hinterteil das eines gewaltigen Wurms war. Bei vielen Zeichnungen wird auch der Kopf des Tieres katzenartig dargestellt.

»Wir haben da oben mit eigenen Augen einen außergewöhnlichen Pfotenabdruck gesehen, wie du dich erinnerst«, sagte Lachermeier.

»Du glaubst doch nicht im Ernst, dass letzte Nacht der Wurm umgegangen ist?«, erwiderte Wankel.

»Der Wurm nicht, aber wohl irgendein anderes Getier.« Lachermeier dachte an Bruno, den Bären, der vor einigen Jahren für eine Menge Aufmerksamkeit in den Medien gesorgt hatte. Er nahm wieder in seinem Sessel Platz.

»An was für ein Exemplar denkst du da?«, fragte Wankel.

»Eins, das groß genug ist, einen Menschen zu verschleppen. Wenn es ein Raubtier ist, hat es sicher schon früher gewildert. Wir sollten uns bei den Bergbauern umhören, ob in letzter Zeit Schafe oder Kühe gerissen worden sind.«

»Davon hätte man doch schon gehört.«

Dem musste Lachermeier zustimmen. Ein gerissenes Tier machte gewöhnlich schnell die Runde, woraufhin sich die Jäger und Landwirte zusammenrotteten, um den Räuber zur Strecke zu bringen. »Wir werden wohl abwarten müssen, was Dornbacher zutage fördert.«

Lachermeier wählte dessen Büronummer an. Wer sich meldete, war jedoch ein gewisser Riedl.

»Ist Dornbacher zu sprechen?«

»Schwer beschäftigt«, kam es zurück. »Worum geht es denn? Kann ich Ihnen helfen, Herr Hauptkommissar?«

Anhand der Stimme ging Lachermeier ein Licht auf, mit wem er da sprach. »Sind Sie etwa der Nobbi?«

»Bingo! Norbert Riedl, zu Ihren Diensten! Ach ja, alles Gute zu Ihrem Geburtstag, Herr Hauptkommissar. Hab erst später erfahren, dass Sie heute …«

»Ja, schon recht, danke«, unterbrach Lachermeier. »Sagen Sie, gibt es seit heute Morgen schon irgendwelche neuen Erkenntnisse?«

»Wir haben bei uns eine erste Blutanalyse durchgeführt, das geht ja recht schnell. Weitere Proben sind nach München gegangen. Kann noch etwas dauern, bis die sich melden.«

»Wie lange?«

»Wenn sie arg beschäftigt sind, bis zu zehn Tage.«

»Machen Sie denen gefälligst Dampf.«

»Ich werd's probieren.«

»Was haben Ihre Untersuchungen ergeben?«

»Oh, eine Menge Aufschluss«, verkündete Riedl unüberhörbar stolz. »Es handelt sich fraglos um menschliches Blut. Wir haben die beiden Blutgruppen inzwischen bestimmt.«

»Die *beiden* Blutgruppen? Wir haben es also definitiv mit zwei Opfern zu tun?«

»Ja, daran besteht kein Zweifel. Das Blut oben an der Hangstufe ist null positiv, das weiter unten in der Senke AB negativ, eine sehr spärlich gesäte Gruppierung. Ich habe herausgefunden, dass das die Blutgruppe von Gernot Kappl ist.«

»Sehr fleißig«, bemerkte Lachermeier anerkennend. »Haben Sie Einblick in medizinische Akten, oder woher wissen Sie das?«

»Ich habe einen Kumpel in der Oberaudorfer Flugschule, wo Kappl gearbeitet hat. Der hat es mir verraten. Hat in den Personalunterlagen nachgesehen. Da sind solche Angaben hinterlegt, falls mal einer einen Unfall hat.«

»Sie sprechen in der Vergangenheit, Herr Riedl. Demnach haben Sie Herrn Kappl bereits abgeschrieben?«

»Na ja, angesichts der Umstände irgendwie schon, oder? Auf jeden Fall hat er recht viel Blut verloren, die arme Sau. Zwar nicht so viel wie der andere weiter oben, aber immerhin.«

»Was können Sie uns über den Pfotenabdruck verraten?«

»Die Bezeichnung ›Pfote‹ wird dem Fundstück nicht gerecht«, antwortete Riedl gefällig. »Die Größe rechtfertigt die Bezeichnung ›Tatze‹. Wir haben sie nicht genau bestimmen können, denn der Abdruck war zu undeutlich, aber wenn Sie mich fragen, geht da oben ein Bär oder eine Großkatze um.«

»Oder ein Tatzelwurm.«

»Haha ... ja, genau, oder das.«

»Sonstige Erkenntnisse? Was ist mit dem gefundenen Handy?«

»Es hat Jochen Sichelbauer gehört.«

Lachermeier gefiel es nicht sonderlich, dass der junge Mann von den beiden Vermissten in der Vergangenheit sprach, so als wären ihre Tode bereits Fakt. Bei der Polizei galt man erst als tot, wenn es eine Leiche gab.

»Ich brauche eine Liste mit seinen letzten Verbindungen.«

»Bekommen Sie selbstverständlich mit dem Bericht.«

»Wann kann ich mit dem rechnen?«

»Morgen früh, wenn wir uns beeilen.«

»Beeilen Sie sich.«

»Für Sie doch gern, Herr Hauptkommissar.«

»Danke.« Lachermeier legte auf.

»Das Blut weiter unten passt also zu Kappl«, fasste Wankel zusammen. »Glauben die, ein Tier hat ihn angefallen?«

»Sieht ganz so aus.«

Lachermeiers Unbehagen hatte mit dem Telefonat zugenommen. Auch wenn es vorerst keine Leichen gab, erhärtete sich der Verdacht, dass dort oben zwei junge Leute ein schreckliches Ende gefunden hatten.

»Ich fürchte, es ist an der Zeit, zum Sichelbauerhof rauszufahren«, sagte Lachermeier und erhob sich schwerfällig. »Die

Isolde kann uns bestimmt sagen, ob ihr Sohn Blutgruppe null positiv gehabt hat oder nicht.«

Lachermeier schalt sich, da er nun ebenfalls die Vergangenheitsform gebraucht hatte. Leider konnte er sich den jüngsten Erkenntnissen nicht erwehren, die nicht viel Raum zur Spekulation ließen. Alles deutete darauf hin, dass Jochen Sichelbauer tot war und mit ihm wahrscheinlich auch sein Freund Kappl.

Bevor er der Isolde unter die Augen treten wollte, erbot sich noch ein Anruf im Christophorusheim in Brannenburg. Lachermeier glaubte nicht daran, doch es bestand immerhin die Möglichkeit, dass der junge Sichelbauer dort heute Morgen pünktlich zur Arbeit erschienen war.

Etliche Höhenmeter weiter oben kennzeichneten die verbliebenen Beamten des Rosenheimer Erkennungsdienstes die Blutfundorte weitläufig mit Absperrband als Tatorte und schossen letzte Fotos. Das große, lauernde Augenpaar, das sie dabei aus angeratener Entfernung beobachtete, bemerkten sie nicht.

Donnerstag

Jürgen leerte das Glas auf ex, so wie es ihm die Regeln abverlangten. Der Wodka brannte sich den Weg in seinen Magen. Indem er die Zähne zusammenbiss und seine Augen fest zukniff, konnte Jürgen dem Bedürfnis widerstehen, sich zu schütteln. Als er die Augen wieder öffnete, schaute er in vier weitere angetrunkene Gesichter.

Er hatte es bereits bereut, den Sauf- und Strip-Pokerabend in seiner Studentenbude auszurichten. Otto bestand darauf, seine penetrant stinkenden Zigarillos rauchen zu dürfen, Didi musste regelmäßig seinen Absinth auf Zucker flambieren, was ebenfalls nicht zu angenehmeren Raumdüften beitrug, und bei Ferdi bestand zunehmend Gefahr, dass er demnächst auf den Tisch reiherte.

Der Abend drohte ein Riesenreinfall zu werden, zumal zwei der drei eingeladenen Kommilitoninnen kurz vor Beginn abgesagt hatten und dem vermeintlich großartigen Spektakel von Anfang an ferngeblieben waren. Die einzig anwesende Vertreterin des schöneren Geschlechts war die resolute und trinkfeste Rosalinda, die Jürgen aufgrund jener beiden Eigenschaften alles andere als attraktiv empfand. Darüber hinaus pokerte sie viel zu gut, als dass sie empfindlich Wäsche verlor. Sie war ihren männlichen Tischgenossen deutlich überlegen. Oder wusste am besten zu mogeln.

»Karte«, röhrte Otto paffend.

Didi als Geber tat seine Pflicht. Ferdi musste angestupst werden, bevor er wieder etwas zum weiteren Spielverlauf beitragen konnte. Er verlor allmählich alle Gesichtsfarbe. Jürgen machte sich Sorgen um seine Einrichtung.

Rosalinda wollte keine Karte. Jürgen musterte sie eingehend. Zum Verdruss aller Anwesenden hatte sie noch am meisten an, und sie machte auch jetzt schon wieder den Eindruck eines Spielers, der ein unbesiegbares Blatt in den Händen hielt.

»Macht euch bereit, die Hosen runterzulassen, Jungs«, proklamierte sie mit der Miene eines überzeugten Siegers.

Nicht das war zuletzt ausschlaggebend, dass Jürgen seine Karten hinwarf und ausstieg. Er hatte bereits alle Lust an dem Spiel verloren und wollte die Bande am liebsten rauswerfen.

»Feigling«, versuchte Rosalinda ihn zu provozieren, wovon er sich jedoch nicht beeindrucken ließ.

Bei Otto und Didi klappte es erwartungsgemäß. Der Ferdi brauchte erneut einen Stoß, bis er zu dem Schluss gelangte, seine Karten besser ebenfalls niederzulegen. Mit vier Assen auf der Hand hätte er sich wahrscheinlich genauso verhalten.

Im nächsten Moment machte Jürgens Handy mit »Scotland the Brave« auf sich aufmerksam. Er hatte die Nummer, die auf dem Display angezeigt wurde, nicht in sein Adressbuch eingespeichert, doch er erkannte sie sofort. Es war der Hausanschluss vom Hof.

»Ja, was gibt's denn?«, sagte er in das Mobiltelefon und ging ins Bad, um ungestört reden zu können. Es war das erste Mal, dass ihn in Augsburg jemand von zu Hause aus anrief.

Zunächst hörte er nur ein leises Keuchen am anderen Ende der Leitung.

»Hallo? Wer ist da? Mama, bist du das?«

»Jürgen«, kam es geflüstert zurück.

Es war kaum mehr als ein Hauchen, doch Jürgen erkannte die Stimme seiner Mutter.

»Mama, was ist denn los?«, fragte er. Der Alkohol und der missglückte Abend verleiteten ihn dazu, einen unnötig genervten Ton anzuschlagen. In Wahrheit freute er sich, nach fast neun Monaten wieder von ihr zu hören. Er hatte sie damals im Streit verlassen.

»Dein Bruder«, sagte sie mit brüchiger Stimme.

Allmählich dämmerte Jürgen, dass etwas nicht in Ordnung war. »Hat er etwas angestellt?«, fragte er. »Geht es euch gut?«

»Tot ist er, sagen die.« Nur ein ersticktes Flüstern. »Sie sagen, er ist tot, Jürgen. Sie sagen, er ist tot.«

»Was? Wer sagt das?«

»Der Lachermeier Edi ist heute da gewesen. Sie sagen, der Jochen ist tot.«

Jürgen wurde schwindlig. Er nahm auf dem Toilettensitz Platz. »Mama, was redest du denn da? Was ist denn los bei euch?«

»Der Jochen«, wisperte sie nur. »Der Jochen ...«

»Was ist mit ihm?«, drängte Jürgen vehementer.

»Sie sagen, er ist tot.«

»Was heißt, sie sagen es? Ist er es oder nicht?«

»Sie haben ihn noch nicht gefunden ...«

Jürgen glaubte zu spüren, wie sich sein Innerstes zusammenschnürte. »Ist er ... irgendwo abgestürzt? Jetzt sag halt, Mama!«

Eine Antwort erhielt er nicht. Seine Mutter begann zu weinen. Sie schluchzte, wie er sie noch nie zuvor schluchzen gehört hatte.

»Ich komme zu euch«, sagte Jürgen. »Hast du gehört, Mama? Ich komme heim!«

Mit einem Mal fühlte er sich wieder vollkommen nüchtern. Er wusste, dass er es nicht war, doch das war jetzt egal. Er musste nach Hause. Er musste nach Oberaudorf.

Auch ohne zu sagen, was los war, ließ sich die Pokerrunde unkompliziert sprengen. Rosalinda wirkte gekränkt, aber das war Jürgen jetzt egal. Mit einer Flasche Sprudelwasser versuchte er, seinen Kopf klarzubekommen. Während der Fahrt von Augsburg über München nach Oberaudorf lief im Wagen zweimal das Album »Symphony Of Enchanted Lands« seiner Lieblingsband Rhapsody of Fire durch. Die Musik, die ihn sonst so bewegte, ließ ihn dieses Mal vollkommen kalt.

Seit dem Unfalltod seines Vaters war seine Mutter oftmals neben der Spur, aber so aufgelöst hatte er sie noch nie erlebt. Sollte seinem älteren Bruder tatsächlich etwas zugestoßen sein? Jochen war kein Extremsportler, kletterte überhaupt nur selten. Was also konnte passiert sein?

Ihr alter Hof, etwas außerhalb von Oberaudorf, lag in trister Dunkelheit, als Jürgen eine Stunde nach Mitternacht vorfuhr.

Lediglich aus dem Küchenfenster schimmerte Licht durch die Ritzen der geschlossenen Fensterläden. Jürgen hielt an und stieg aus. Die frische, von Heu und Wiesenblumen geschwängerte Nachtluft war ihm angenehm vertraut, dennoch brachte sie auch eine Spur Unbehagen mit sich. Er war nun wieder genau da, wo er vor neun Monaten leichtfertig geschworen hatte, nie wieder aufzuschlagen.

Er zog es vor zu klingeln, obgleich ihm der Hausschlüssel, den er noch immer bei sich trug, sicherlich Einlass verschafft hätte. Es verging fast eine Minute, bis ihm seine Mutter öffnete. In ihrem dunklen Hauskittel, der sicher zwanzig Jahre alt war und sie um mindestens zehn älter aussehen ließ, stand sie vor ihm, die Augen wässrig und gerötet, den dunklen Haarschopf unter einem noch dunkleren Tuch verborgen. Das eingefallene Gesicht war das einer Fremden.

»Komm rein.« Ein grußloses Krächzen.

Ohne ein Wort zu sagen, streifte sich Jürgen die Schuhe ab und betrat sein elterliches Haus. Der leicht modrige Geruch nahm ihn gefangen, und Jürgen konnte nicht verhindern, dass sich ein trügerisches Gefühl von Geborgenheit einstellte. Würde gleich sein Vater aus dem Wohnzimmer rufen und fragen, ob er den Bulldog aufgetankt oder den Hühnerstall richtig verriegelt hatte? Nein, sicher nicht. Und auch mit der Gegenwart seines Bruders konnte er nicht mehr rechnen.

»Sie haben beim Tatzelwurm Blut gefunden«, erklärte seine Mutter mit belegter Stimme wenig später am Esstisch. »Es ist seines, sagen sie. Die Kern Agnes behauptet, sie hat ihn da liegen sehen.«

»Was bedeutet, sie hat ihn da liegen sehen? Wo ist er denn jetzt?«

»Sie wissen es nicht. Sie sagen, die Körper seien fortgeschleppt worden.«

»*Die* Körper?«

»Der Kappl Gernot war auch mit droben.«

Gernot Kappl war Jochens bester Freund seit Kindestagen.

In Jürgens Kopf arbeitete es, doch noch verstand er nicht. »Sie werden also beide vermisst?«

»Die Kern Agnes hat der Polizei versichert, sie wären tot.«

»Mama, jetzt erzähl doch mal von Anfang an, was da oben passiert sein soll.«

»Ich weiß es doch auch nicht.« Nun war seine Mutter wieder den Tränen nah. Doch wie es schien, waren die bereits versiegt. Ihre rot geäderten Augen waren ausgetrocknet. »Die Polizei ist ja selbst noch ratlos. Niemand weiß, was los ist. Sie sagen nur, der Jochen wäre wahrscheinlich tot. Mein Jochen …«

Dann tat Jürgen etwas, das er seit Jahren nicht mehr gemacht hatte: Er umarmte seine Mutter. Sie ließ es zu und begann erneut zu schluchzen. Sie hatte Jochen ihm immer vorgezogen. Jochen war der Bodenständigere der beiden. Er, Jürgen, wiederum hatte schon mit elf angefangen, für seine Familie unerwartete und unverständliche Wege zu gehen. Sein Musiklehrer hatte ihm Schlagzeugunterricht ermöglicht. Mit dreizehn hatte er dann mit zwei Freunden aus der Umgebung seine erste Rockband gegründet. Mit Schlagzeug, Bass, Gitarre und grölendem Gesang nach Vorbild ihrer damaligen Idole Motörhead hatten sie in der Scheune eine Menge Lärm veranstaltet – sehr zum Missfallen seiner Eltern und sämtlicher Hoftiere.

Die Band hatte nicht lange Bestand, da ihr Gitarrist und Sänger mit seiner Familie nach Landshut zog. Jürgen hatte das Trommeln trotzdem nicht aufgegeben. Darüber hinaus wollte er den Geheimnissen der Musik auf die Spur kommen. Als er seinen Eltern unterbreitete, Musik studieren zu wollen, beschwor er den nächsten Streit herauf. Er hatte gegen alle Widerstände daran festgehalten. Nun studierte er an der Uni Augsburg Lehramt Musik und war nebenbei Schlagzeuger in einer Trash-Metal-Combo.

»Was hat die Kern Agnes mit alldem zu tun?«, fragte er seine Mutter behutsam.

»Sie geht doch mit dem Gernot«, antwortete sie.

»Die beiden sind ein Paar?«

Diese Konstellation erstaunte Jürgen nicht gerade wenig. Die Agnes war ein wenig jünger als er, und er kannte sie als eingebildete, pedantische Schnepfe, die sich für viel zu vieles viel zu gut war. Zu Gernot Kappl, dem Abenteurer, der schon als Teenie nichts lieber tat, als mit seinem Gleitschirm zu fliegen und auf Berge zu kraxeln, wollte sie nach seinem Dafürhalten überhaupt nicht passen. Nun ja, die Liebe ging manchmal seltsame Pfade.

»Was sagt denn die Polizei, was da oben passiert ist?«

»Sie sagen, es könnte ein großes Tier gewesen sein.«

***

»Die Presse hat Wind von der Sache bekommen«, vermeldete Kommissar Glaubrecht, als Lachermeier um kurz nach acht die Inspektion betrat. »Ist schon eine Stellungnahme formuliert, die ich weitergeben kann?«

»Nein«, entgegnete Lachermeier. »Ich lasse es Sie wissen, wenn es so weit ist. Halten Sie mir die noch ein paar Stunden auf Distanz.«

»Kein Problem, Chef. Ach ja, auch die Staatsanwältin hat angefragt, was hier los sei. Ich habe ihr von zwei Vermissten erzählt. Mehr nicht. Keine Einzelheiten.«

In seinem Büro ließ sich Lachermeier in seinen Sessel fallen. Das gestrige Gespräch mit Isolde Sichelbauer war katastrophal verlaufen. Er hatte nichts anderes erwartet. Es gab zwar noch keine Leiche, doch ließen sich die Fakten kaum anders deuten, als dass Isoldes ältester Sohn vorgestern Abend an der Hangstufe den Tod gefunden hatte. Seine Blutgruppe stimmte mit den gefundenen Blutspuren überein. Jochen hatte am fraglichen Tag gegen zwanzig Uhr seinen Dienst im Christophorusheim beendet und war danach nicht mehr gesehen worden. Isolde war dem Zusammenbruch nahe gewesen, als Lachermeier sie verließ.

Das anschließende abendliche Geburtstagsessen im Kreise seiner Familie hatte Lachermeier ein wenig aufbauen können. Sein Sohn Franz und dessen Frau Christel waren aus Tuntenhausen angereist und hatten zu seinem großen Vergnügen seinen bislang einzigen Enkel Franz-Eduard mitgebracht.

Zwanzig nach acht trat nach einem aufdringlich lauten Klopfen Wankel ins Zimmer. Er sah an diesem Morgen nicht so mies gelaunt aus wie sonst.

»Morgen, Edi«, sagte er und winkte mit einer braunen Mappe. »Ein vorläufiger Bericht vom Dornbacher.«

»Hast du ihn schon gelesen?«

»Hab ich. Freu dich mal drauf.«

Er überreichte Lachermeier den Umschlag und setzte sich ihm unaufgefordert gegenüber. »Stell dir vor, die haben da oben noch mehr so komische Abdrücke gefunden. Offenbar geht da wirklich irgendein gefährliches Vieh um.«

»Was hört man seitens der Landwirte?«

»Bis jetzt hat sich noch keiner gemeldet.«

Lachermeier schlug die Mappe auf. »Ich will mir das in Ruhe durchlesen«, sagte er zu Wankel. »Fahr noch mal nach Oberaudorf. Falls Kappl sich wieder nicht auftreiben lässt, machen wir eine Vermisstenanzeige draus.«

»Wie du meinst«, sprach Wankel ergeben und erhob sich.

Lachermeier nahm sich Dornbachers Bericht vor und studierte ihn Absatz um Absatz. Die meisten Erkenntnisse waren ihm bereits durch sein Telefonat mit Norbert Riedl bekannt. Die Blutspuren stammten von zwei unterschiedlichen Personen. Beide verloren sich westlich des Wasserfalls, wo noch ein paar weitere Abdrücke von mächtigen Tatzen gefunden worden waren. Laut Dornbachers Einschätzung stammten sie von den Vorderläufen einer Großkatze.

Lachermeier dachte an die Tatzelwurm-Legende. So, wie das Fabeltier in vielen Alpenregionen dargestellt wurde, hatte es katzenartige Vorderläufe.

Die Geschichte mit der Textnachricht stimmte ebenfalls. An Gernot Kappl ging die letzte, die mit Jochen Sichelbauers Handy verschickt worden war. Der schlichte Wortlaut war: »Trefft mich umgehend an unserer Hangstufe«. Sie war um einundzwanzig Uhr neununddreißig versendet worden. Etwa zwanzig bis dreißig Minuten später war Agnes Kern laut eigenen Angaben mit Kappl am Schauplatz eingetroffen.

Die weiter unten gefundenen Stoffreste waren in ihrer Beschaffenheit nicht weiter interessant. Es handelte sich um Baumwolle und Polyester, weltweit erhältliche Massenware. Allerdings waren sie blutbesudelt. Das traf auch auf eine Taschenlampe zu, die unter einen Busch gekullert war.

Ein Katalog von Fragen tat sich Lachermeier auf. Warum war Sichelbauers Handy am Tatort gefunden worden, nicht aber sein Körper? Warum befand es sich nicht in seiner Jacken- oder Hosentasche? Hatte er es gerade benutzen wollen, als ihn das Schicksal ereilte? Und wenn sein Körper von einem Menschen verschleppt worden war, warum hatte der das Gerät am Tatort zurückgelassen? Hatte er es übersehen? Oder sollte man es finden? Wahrscheinlich dachte Lachermeier viel zu kompliziert. Es gab eine viel einfachere Erklärung: Der Verschlepper hatte keinen Gedanken an das Handy verschwendet, weil es ihm rein um die Fleischration ging.

Dann war da noch der andere Unauffindbare, Gernot Kappl. Die Autos der beiden Vermissten gaben keinerlei Aufschluss über den Grund ihres nächtlichen Treffens. In Kappls Wagen lagen ein paar Sportmagazine und eine leere Wasserflasche. In Sichelbauers fand sich überhaupt nichts Privates außer den gesetzlich vorgeschriebenen Utensilien und Fahrzeugpapieren.

Lachermeier schob die Mappe zur Seite. Vierundzwanzig Stunden waren bereits vergangen, es gab nun zwei Dinge zu tun, die er in Ansätzen schon gestern angeleiert hatte. Zusammen mit der Bergwacht sollte eine Suche nach den beiden vermissten jungen Leuten organisiert werden. Außerdem brauchte es die Presse. Bergbauern und Touristen mussten sich darüber im Klaren sein, dass da oben wahrscheinlich ein gefährliches Raubtier umging.

***

Jürgen hatte in seinem Jugendzimmer trotz der vertrauten Umgebung erst gegen vier Uhr morgens Schlaf gefunden. Der mögliche Verlust seines großen Bruders hatte ein Loch aufgerissen, das unmöglich zu stopfen war. Sie standen sich vielleicht nicht so nahe wie andere Geschwister, doch sie hatten einander stets respektiert. Jochen war damals der Einzige in der Familie gewesen, der ihn zu seiner musikalischen Laufbahn ermutigt hatte.

Seiner Armbanduhr entnahm Jürgen, dass es schon fast zehn Uhr war. Er kroch aus den Federn, öffnete die Läden seines Fensters und ließ die Sonne herein. Mit ihr zogen Düfte von Heu, frisch gemähtem Gras und Wiesenblumen herein, was ihm ein falsches, aber kurzzeitig wohltuendes Gefühl von Geborgenheit und Unschuld bescherte.

Über den tatsächlichen Zustand seines einstigen Zuhauses konnte dieser Eindruck dennoch nicht hinwegtäuschen. Der Hof zeigte überall Spuren des Verfalls. Nach dem Tod seines Vaters hatte sich Jochen noch eine Zeit lang darum bemüht, aber da nie in Aussicht gestanden hatte, dass er den Hof eines Tages bewirtschaften würde, hielt das nicht lange an. Jochen hatte sich den Beruf des Heilerziehungspflegers auferlegt und schob eine Menge Überstunden. Ihre Mutter lebte seither von einer bescheidenen Hinterbliebenenrente.

Unten in der Küche fand Jürgen alles, um sich ein üppiges Frühstück zu bereiten. Beim Anblick der Kaffeemilch im Kühlschrank dachte er nicht ohne Wehmut daran, dass die Milch in diesem Haus vor ein paar Jahren noch frisch von den Kühen gekommen war.

Als seine Mutter von ihrem Spaziergang heimkehrte und die Küche betrat, sprach sie zunächst kein Wort. Mit einem geräuschvollen Schlürfen, wie es sich älter werdende Leute offenbar angewöhnten, nahm sie einen Schluck Kaffee, dann raunte sie quer über den Tisch: »Du musst herausfinden, was passiert ist.«

Nichts anderes hatte Jürgen vorgehabt. Er nickte.

***

Jürgen hatte den Lachermeier Edi, der zwischenzeitlich zum Dienststellenleiter der Kiefersfeldener Polizeiinspektion aufgestiegen war, als einen umgänglichen Zeitgenossen in Erinnerung. Allerdings glaubte er nicht, dass er von der Polizei im Augenblick recht viel mehr erfahren würde als gestern seine Mutter. Deshalb visierte er jene Informationsquelle an, die anscheinend unmittelbar am Geschehen teilgehabt hatte: Agnes Kern.

Die Kerns wohnten in einem hübschen Haus in der Tiroler Straße. In jüngeren Jahren hätte Jürgen ein solches Haus mitten im Ort ihrem alten Hof vorgezogen, doch seit er in der Hektik Augsburgs lebte, wusste er Abgeschiedenheit mehr denn je zu schätzen.

Er hielt am Bürgersteig an und betrat das Grundstück durch ein kleines Gartentürchen. Ein Pflasterweg entlang der Blumenrabatten lotste ihn an die Haustür. Ein paar Augenblicke nachdem er geklingelt hatte, öffnete Agnes' Vater die Tür. Hannes Kern war ein hagerer Frührentner, der seit einem Arbeitsunfall auf dem Bau ein steifes Bein hatte. Seine Frau war Handelsvertreterin und meistens unterwegs.

»Wer bist du denn? Und was willst du?«, fragte er, ohne sich mit einem Gruß aufzuhalten.

»Ich bin der Sichelbauer Jürgen. Kann ich mit deiner Tochter reden?«

»Ach ... na klar, jetzt erkenne ich dich«, erwiderte Hannes Kern und kratzte sich versonnen am Kinn. »Du bist der jüngere der beiden Sichelbauerbuben, gell? Schaust deinem Bruder recht ähnlich.«

»Ist die Agnes da? Darf ich reinkommen?«

»Also, meinetwegen. Der Agnes geht es gar nicht gut, aber weil du es bist ...«

»Danke.«

»Wie geht's denn der Mutter?«

»Nicht so besonders.«

»Tut mir schon leid mit deinem Bruder.«

Hannes Kern geleitete Jürgen auf die Terrasse. Dort saß

Agnes im Schatten eines gewaltigen Sonnenschirms in einer Hängeschaukel und starrte ausdruckslos Löcher in die Luft.

»Du hast Besuch, Liebes«, sagte Hannes sanft und zog sich einem Hausdiener gleich ins Wohnzimmer zurück.

Als einziger Nachwuchs des Hauses hatte Agnes ihre Eltern schon in Kindestagen völlig in der Hand gehabt, wie Jürgen sich erinnerte. Leider entwickelten extrem verhätschelte Kinder oft keinen sonderlich angenehmen Charakter. Jürgen hatte mit ihr jedenfalls nie viel anfangen können. Sie hatte ihre Clique, er die seine. Nur in Gerlinde Stockinger hatten sie eine gemeinsame Freundin gehabt.

»Wo kommst du denn her?«, fragte sie, nachdem sie sich seiner Gegenwart bewusst geworden war.

»Woher wohl«, entgegnete er. »Ich bin letzte Nacht aus Augsburg hergefahren. Den Grund dürftest du kennen.«

Sie nickte, ohne ihm in die Augen zu schauen, und setzte sich gerader hin.

Jürgen nahm auf einem der Gartenstühle Platz. »Wo ist mein Bruder?«, fragte er geradeheraus.

»Das fragen sich momentan viele«, bemerkte Agnes.

»Komm mir nicht so, sondern sag mir, was da droben los war!«

Er war lauter geworden als beabsichtigt. Agnes hatte sicher selbst schwer an der Angelegenheit zu kauen.

»Tut mir leid«, fügte er gefasster hinzu. »Aber könnte mir vielleicht endlich mal jemand erklären, was eigentlich passiert ist? Mama weiß nicht viel, die Polizei weiß nicht viel, sie sagen nur, du seist dabei gewesen. Stimmt das?«

»Natürlich bin ich dabei gewesen«, antwortete Agnes mit belegter Stimme.

»Also gut, dann erzähl mir, was los war. Was ist mit meinem Bruder?«

»Wir haben ihn auf der Hangstufe gefunden.«

»Wo Gernot und er manchmal gekifft haben?«

»Genau da.«

»Und weiter?«

»Dein Bruder ist tot, Jürgen.«

»Wie kannst du so sicher sein?«

»Alles war voller Blut. Sein Kopf … auf dem blanken Gestein … alles voller Blut.«

»Habt ihr seine Vitalzeichen überprüft?«

»Wie? Nein, dazu haben wir gar keine Gelegenheit gehabt.«

»Warum nicht, zefix noch mal? Was war da oben los?«

Agnes wurde zusehends bleicher. »Scheiße, Jürgen, niemand glaubt mir, was ich gesehen habe«, murmelte sie in Richtung Terrassenboden.

»Was soll das denn heißen?«

Sie hob den Kopf wieder und schaute Jürgen geradewegs in die Augen. »Der Tatzelwurm, Jürgen. Der Tatzelwurm hat sich Gernot geholt. Und anschließend wahrscheinlich auch deinen Bruder.«

Jürgen glaubte, sich verhört zu haben. Der Tatzelwurm war ein überregional bekannter Wasserfall. Er war aber auch ein legendäres Fabelwesen. »Erklär mir das genauer.«

Agnes seufzte leidend. »Was soll ich denn da noch groß erklären? Kaum hatten wir deinen Bruder entdeckt, da hat uns etwas angegriffen. Es hat sich auf Gernot gestürzt und ihn mit sich den Abhang hinuntergerissen. Ich habe es nicht genau sehen können, weil Gernot die Taschenlampe hatte, aber es war etwas Riesiges. Ich habe ein schreckliches Fauchen und Gernots Schreie gehört, dann war es auch schon wieder vorbei …«

»Was? Was war vorbei?«

»Was ich gerade erzählt hab. Es hat ihn sich geholt. Was soll es denn sonst gewesen sein, wenn nicht der Tatzelwurm?«

»Du willst mir hier weismachen, Gernot und mein Bruder wären vom Tatzelwurm geholt worden?«

»Ja … Nein … ich weiß es doch auch nicht, Herrgott, Scheiße noch mal!«

Jürgen brauchte eine Weile, seine neuen Eindrücke zu sortieren. Agnes war keine große Leuchte, aber eine Spinnerin war sie eigentlich auch nicht. Zumindest früher nicht.

»Du hast gerade gesagt, mein Bruder wäre schon tot gewesen, als ihr angekommen seid. Woran soll er denn gestorben sein? Woher das viele Blut?«

»Was weiß denn ich?«, antwortete sie schulterzuckend. »Wahrscheinlich hat ihn das Tier kurz vorher angegriffen.«

»Der Tatzelwurm.«

»Was auch immer.«

»Du musst doch was gesehen haben.«

»Nein. Wie denn? Es war stockfinster. Und Gernot hat, wie gesagt, die Lampe gehabt. Wer weiß, vielleicht war das der Grund, warum es ihn angegriffen hat und nicht mich.«

Sie schauderte, was Jürgen nicht entging.

»Du bist dir vollkommen sicher, dass der Jochen tot war, als ihr ihn gefunden habt?«

»Ja. Ich meine … ja, schon, natürlich. Bitte, Jürgen, mach dir bloß keine Hoffnungen. Du bist nicht dabei gewesen. Das viele Blut überall … und dann der Wurm.«

»Du kannst doch nicht allen Ernstes glauben, du wärst da oben dem Tatzelwurm begegnet.«

»Ich werde dazu gar nichts mehr sagen. Kapiert? Gar nichts mehr. Ihr haltet mich doch ohnehin bloß für verrückt.«

»Du glaubst, der Gernot ist auch tot?«

Agnes hielt sich den gesenkten Kopf und schüttelte ihn dabei. »Ich weiß nicht mehr, was ich glauben soll. Ich weiß gar nichts mehr. Bitte lass mich jetzt allein.«

»Ich gehe erst, wenn ich alles weiß.«

»Ich habe dir doch schon alles erzählt. Mehr weiß ich nicht. Und glauben willst du mir ohnehin nicht.«

»Das fällt mir tatsächlich schwer. Was wolltet ihr mitten in der Nacht überhaupt da oben?«

»Keine Ahnung. Dein Bruder wollte, dass wir kommen. Er hat Gernot eine Nachricht geschickt.«

»Ihr beide oder nur Gernot?«

»Wir beide.«

»Wie spät war es, als ihr oben angekommen seid?«

»So gegen zehn.«

»Wo seid ihr vorher gewesen?«

»In Silvios Eisdiele.«

»Ihr habt meinen Bruder gefunden, habt ihn für tot erklärt, und dann ist Gernot vom Tatzelwurm angegriffen worden?«

»Ja, Mensch, genauso war es.«

»Und du? Wie bist du dem Monster entkommen?«

»Ich weiß nicht mal, ob es mich gejagt hat.«

»Wieso weißt du das nicht?«

»Weil ich einen scheiß Schock oder so was gehabt hab. Verdammt, jetzt stell mir doch nicht so saublöde Fragen. Ich bin abgehauen, nachdem Gernot von irgendeinem riesigen Vieh angegriffen worden ist. Ich weiß nicht, wohin ich gelaufen bin. Am Morgen haben sie mich am Hotelparkplatz gefunden.«

»Also nur ein paar Meter weiter.«

»Ja. Und?«

»Nichts ... schon gut.«

»War's das jetzt? Könntest du mich bitte allein lassen? Wahrscheinlich taucht jeden Augenblick die Polizei auf und stellt mir dieselben dämlichen Fragen.«

»Inwieweit kannst du dir überhaupt sicher sein, dass es Jochen war, den ihr da oben gefunden habt?«

»Voll und ganz bin ich mir sicher.«

»Also hast du sein Gesicht gesehen?«

»Nein. Aber das brauchte ich auch nicht zu sehen, um zu wissen, dass er das gewesen ist. Er war es, Jürgen. Sieh es endlich ein. Dein Bruder ist tot.«

Wenig später verließ Jürgen das Anwesen der Kerns. Von seiner Mutter hatte er erfahren, dass man Jochens Handy am Tatort gefunden hatte. Sie wiederum hatte diese Information vom Lachermeier Edi höchstpersönlich.

Jürgen konnte sich der Realität nicht länger verwehren. Sein großer Bruder war tot. Er verspürte ein großes Bedürfnis, mit jemandem darüber zu reden. Seine Mutter war definitiv die falsche Person dafür, deshalb fiel ihm jemand ein, an den er schon mehrfach gedacht hatte, seit er wieder in Oberaudorf war: seine Exfreundin, die Stockinger Gerlinde.

***

»Wir sind alle Sklaven der Pharmaindustrie«, verkündete Wankel, als er ohne anzuklopfen Lachermeiers Büro überfiel.

»Was du nicht sagst«, bemerkte der, ließ sich dadurch aber nicht von seiner Arbeit abhalten. Er wusste in etwa, was nun kam. Beim letzten Gespräch dieser Art waren sie laut Wankel alle Sklaven des Internets gewesen.

»Wir haben zwar heutzutage so was wie Meinungsfreiheit, Redefreiheit, Versammlungsfreiheit und den ganzen Kram, aber dafür haben wir uns an viel schlimmere Ketten legen lassen«, fuhr Wankel fort und nahm griesgrämig vor Lachermeiers Schreibtisch Platz. »Wir sind abhängig von dem chemischen Dreck, den uns die Pharmakonzerne reinschaufeln.«

»Was schaufeln sie dir denn rein?«

»Mir? Gar nichts. Ich trete nicht in deren Schnappfallen und mache mich nicht zu einem dieser Deppen, deren tägliches Wohlbefinden von irgendwelchen Vitaminpillen und Muntermachern abhängig ist.«

»Das freut mich für dich. Wie kommst du auf das Thema?«

»Ich komme gerade von Kappls Wohnung. Der Typ ist nach wie vor nicht aufzutreiben. Aber seine Nachbarn habe ich kennengelernt. Ein nettes Ehepaar, Anfang sechzig, die mich auf einen Kaffee eingeladen haben. Stell dir vor, die haben in ihrer Küche einen regelrechten Schrein voller Pillen, Tabletten und Kapseln.«

»Vielleicht sind sie krank?«

»Quatsch. Ich habe mir das Zeug angesehen. Lauter Zeug, das eigentlich vollkommen überflüssig ist. Pillen zum Munterwerden, Pillen zum Einschlafen, Pillen für eine bessere Verdauung, Pillen für mehr Konzentrationsfähigkeit, Pillen für Alltagsdepressionen, Pillen für einen ausgeglichenen Cholesterinhaushalt, Vitaminpillen, Eiweißpillen, Eisenpillen – eine ganze Palette von Gesundheitskillern. Ist dir klar, was solche Menschen jeden Tag an Dreck und Giftstoffen in ihre Körper pumpen? Zum Ausgleich nehmen sie dann noch mehr Pillen, um das Ungleichgewicht wieder auszugleichen – und schieben sich damit noch viel mehr Dreck rein. Was glaubst du, wie viele Menschen in unseren Breitengraden schon abhängig von dem Zeug sind? Wenn ich ein Terrorist wäre, der unsere Gesellschaft vernichten will, würde ich bei den Pharmakonzernen anfangen. Mit denen bricht das gesamte Kartenhaus zusammen. Wenn du all den Menschen ihre kleinen Pillen plötzlich wegnimmst, würde wahrscheinlich die Hälfte von ihnen an den Mangel- und Entzugserscheinungen elendig krepieren. Dabei bräuchten die sich alle nur einigermaßen ausgewogen zu ernähren, dann wäre das ganze Gift, das sie tagtäglich in sich reinkippen und sie abhängig macht, vollkommen unnötig.«

»Hast du von dem freundlichen Ehepaar auch noch andere Erkenntnisse gewonnen, außer dass unsere Gesellschaft am Ende ist?«

»Was? Nein. Sie haben nur gemeint, Kappl sei ein vorbildlicher Nachbar. Es gäbe keine Probleme mit Müll und auch nicht mit Lärm. Scheinen sich gut vertragen zu haben.«

»Hat Kappl Familie in der Gegend?«

»Die Eltern leben am Starnberger See. Scheinen vor ein paar Jahren zu Geld gekommen zu sein. Da haben sie ihr Haus in Niederaudorf verkauft und sind weggezogen.«

Lachermeier war froh, dass solche Fiesel- und Recherchearbeit seine Untergebenen für ihn erledigten, seit er zum Chef aufgestiegen war.

»Geschwister?«

»Zwei Schwestern, beide älter als er und beide in Straubing verheiratet.«

»Wie lange ist er schon in der Oberaudorfer Flugschule angestellt?«

»Seit seinem achtzehnten Lebensjahr, also seit etwa acht Jahren. War wohl das, was man einen leidenschaftlichen Flieger nennt.«

Lachermeier hatte sich damit abgefunden, dass es durchaus angebracht war, von den beiden Vermissten in der Vergangenheitsform zu sprechen.

»Was haben wir über Jochen Sichelbauer?«

»Heilerziehungspfleger im Christophorusheim in Brannenburg. Selber Jahrgang wie Kappl. Hat auf dem Hof seiner Eltern gewohnt.«

»Irgendwelche besonderen Aktivitäten?«

»Keine, die der Polizei bekannt wären.«

»Hatte er eine Freundin?«

»Woher soll ich das wissen? Du hast dich doch gestern mit seiner Mutter unterhalten, oder?«

»Nach einer Freundin habe ich leider nicht gefragt«, sagte Lachermeier und sah ein, dass er schlampig gearbeitet hatte. Isoldes Verzweiflung hatte ihm schlichtweg die Luft abgeschnürt. Vor ein paar Jahren hatte er ihr unterbreiten müssen, dass ihr Mann tödlich mit seinem Motorrad verunglückt war, nun war es ihr Sohn. Ihr Sohn, der offenbar einer Raubkatze zum Opfer gefallen war.

Doch entsprach das überhaupt der Wahrheit? Agnes Kern hatte gestern ausgesagt, sie hätten Jochen Sichelbauers blutüberströmte Leiche an der Hangstufe liegen sehen. Würde eine Raubkatze ihre Beute einfach so herumliegen lassen? Möglicherweise war sie auf Distanz gegangen, weil sie die Ankunft zweier weiterer Personen gehört oder gewittert hatte. Vielleicht hatte Jochen Sichelbauers bislang noch unbestätigtes Ableben aber auch gar nichts mit dem Raubtier zu tun.

Lachermeier vermerkte sich geistig, umgehend mit einem Zoologen Kontakt aufzunehmen und ihn über das geläufige Jagdverhalten von Großkatzen und Bären auszufragen.

»Wann nehmen wir uns Agnes Kern vor?«, fragte Wankel.

»Jetzt gleich«, sagte Lachermeier und erhob sich.

Die koordinierte Suche nach den beiden Vermissten hatte er in Glaubrechts Hände delegiert, somit konnten sich Wankel und er ganz den Hintergründen dieser mysteriösen Angelegenheit zuwenden.

Wankel hatte sich noch nicht aus seinem Stuhl erhoben, als es an der Tür klopfte.

»Herein«, bat Lachermeier.

In Erwartung, gleich Glaubrechts eifrig bemühtes Gesicht zu sehen, stutzte er, als er durch die Milchglasscheibe in der sich öffnenden Tür die Silhouette einer wohlproportionierten Frau erspähte. Staatsanwältin Frau Dr. Gloria Großrausch betrat sein Büro, das halblange schwarze Haar heute offen und wehend. Eine Erscheinung wie ein frischer Sommerwind.

»Frau Staatsanwältin«, sagte Lachermeier. »Frau Böhm hat sie gar nicht angemeldet. Was verschafft mir die Ehre?«

Sie schürzte ihre Lippen und formte ein süffisantes Lächeln. »Tja, was wird das wohl sein? Es gehen bereits wildeste Gerüchte um. Denen gehe ich nach.«

»Jetzt sagen Sie mir nicht, die sind schon bis nach Rosenheim vorgedrungen.«

»Nein, ich bin zufällig in der Gegend und habe sie bei der Gelegenheit aufgeschnappt.«

Sie hatte hier in Kiefersfelden eine Affäre mit einem geschiedenen Scheidungsanwalt, wie sich in der Polizeiinspektion unlängst herumgesprochen hatte. Zum Leidwesen einiger junger Kollegen, die diesen Job gern selbst übernommen hätten.

»Also dann, weihen Sie mich ein«, setzte sie mit einer einladenden Geste nach. »Was ist da oben am Tatzelwurm passiert, Hauptkommissar?«

»Wir jagen einen menschenfressenden Drachen«, merkte Wankel brummig von der Seite an. Auch bei den seltenen Gelegenheiten, bei denen er sich einmal nicht über Frau Großrauschs Namen lustig machte, hatte er üblicherweise kein gutes Wort für die engagierte junge Frau übrig.

Sie fuhr zu ihm herum. »Einen wunderschönen guten Morgen, Oberkommissar Wankel. Sie machen ein Gesicht, als wäre heute Morgen schon wieder die Welt untergegangen. Verraten Sie es mir. Ist sie untergegangen?«

»Leider nicht.«

»Na ja, was nicht ist, kann ja noch werden.« Sie wandte sich wieder an Lachermeier. »Ist es wahr, was man sich erzählt? Sind da oben zwei junge Leute von einem Tier angefallen und umgebracht worden?«

»Bevor wir keine Leichen haben, haben wir es nur mit zwei Vermissten zu tun.«

»Ich habe von einer Zeugin gehört. Wer ist sie?«

»Eine junge Frau aus Oberaudorf. Wir wollten uns gerade auf den Weg zu ihr machen. Gestern war sie noch nicht vernehmungsfähig. Ihr Freund ist einer der Vermissten.«

»Schließen Sie ein Verbrechen aus?«

»Nein, ganz und gar nicht. Zwar scheint irgendein Raubtier seinen Beitrag geleistet zu haben, aber nach den gestrigen Worten der Zeugin hat es bereits einen Toten gegeben, noch bevor das Raubtier aufgetaucht ist.«

»Von was für einem Tier sprechen wir?«

»Bär oder Großkatze, vermutlich.«

»Tatzelwurm«, fügte Wankel hinzu.

»Das Tier hat also den Freund der Zeugin angegriffen?«

»So hat sie versichert«, antwortete Lachermeier. »Sie sind ja schon erstaunlich gut informiert.«

»Das scheint bereits die halbe Gegend zu sein. Könnte das Tier nicht auch für das erste Opfer verantwortlich sein?«

»Das gilt es noch herauszufinden.«

»Nun gut. Halten Sie mich bitte auf dem Laufenden.« Sie war bereits auf dem Weg zur Tür, als sie noch einmal innehielt. »Ach ja … nachträglich meine Glückwünsche zu Ihrem gestrigen Geburtstag, Herr Hauptkommissar.«

»Ja. Danke.«

»Fünfzig … ein stolzes Alter, nicht?«

»So stolz nun auch wieder nicht.«

»Sie haben sich jedenfalls gut gehalten«, merkte sie noch an, bevor sie durch die Tür verschwand.

Lachermeier wog ihre Worte ab. Wie hatte sie das gemeint? War das wirklich als Kompliment zu verstehen? Oder hielt sie ihn mit dem gestrigen Tag für einen alten Zausel, der zu seinem eigenen Glück noch einigermaßen was hermachte? Nachträglich ärgerte er sich über ihre Bemerkung. Dieses kleine Fräulein mit ihren kaum dreißig Jahren hatte gut reden. Aber auch vor ihr würden Falten und erste graue Haare über kurz oder lang nicht haltmachen.

»Fahren wir jetzt endlich?«, holte ihn Wankel aus seinen Gedanken.

***

Das Gespräch mit Agnes Kern im Garten ihres schönen Elternhauses erwies sich als weit weniger ergiebig, als Lachermeier sich erhofft hatte. Gestern hatte er aus ihren Worten in Verbindung mit Dornbachers Theorien geschlossen, Jochen Sichelbauer wäre da oben ermordet worden. Entweder hätte ein eingeschlagener Schädel oder eine schwere Stich- oder Schnittwunde für sein Ableben gesorgt.

An diesem neuen Tag war Agnes Kern kaum weniger verlegen als gestern, über ihre Erlebnisse in jener verhängnisvollen Nacht zu sprechen. Sie war sich nach wie vor vollkommen sicher, dass Jochen Sichelbauer tot war, aber dass er ermordet wurde, das konnte oder wollte sie nicht bestätigen.

Lachermeier hatte noch keinen Zoologen kontaktiert, aber es kam ihm seltsam vor, dass ein Raubtier Beute erlegte und sie dann irgendwo liegen ließ. War es nicht wahrscheinlicher, dass es durch das ausgeflossene Blut des Toten überhaupt erst angelockt worden war?

Zuletzt lebend gesehen hatte Agnes Kern den vermissten Sichelbauer in der Nacht zum Sonntag, als sie bei sich zu Hause eine Party gefeiert hatte.

Darüber hinaus hatte das Gespräch mit der Zeugin nur eine weitere Erkenntnis gebracht: Kurz vor den beiden Polizisten war sie von Jürgen Sichelbauer besucht worden, dem jüngeren der beiden Sichelbauerbuben, der ihr ebenfalls eine Menge Fragen zum Verbleib seines Bruders gestellt hatte. Lachermeier konnte das nachvollziehen. Solange es keine Gewissheit oder wenigstens eine offizielle Stellungnahme gab, klammerten sich Hinterbliebene an jeden Strohhalm.

»Was jetzt?«, stellte Wankel zur Diskussion.

»Die Stockinger hat gestern gemeint, ihre Tochter Gerlinde wäre mit der Agnes befreundet«, sagte Lachermeier. »Daraus schließe ich, dass sie wahrscheinlich auch mit den beiden Vermissten bekannt war. Wir sollten uns mal mit ihr unterhalten.«

»Klingt vernünftig. Wo finden wir das Mädel um diese Zeit?«

»Das kann ich dir genau sagen. Sie hat eine pharmazeutische Ausbildung angefangen und will Heilpraktikerin werden, sobald sie das vorgeschriebene Mindestalter erreicht hat. Zurzeit absolviert sie ein Praktikum bei dem Naturheiler Alfons Federer.«

»Woher weißt du solche Sachen?«

»Ich höre den Leuten zu, wenn sie erzählen.«

»Sie kehrt also den Pharmatypen den Rücken, um Menschen auf Naturbasis zu helfen? Damit zähle ich sie zu den Leuten, die mir sympathisch sind.«

»Im Ernst? Ich hab gar nicht gewusst, dass es jemanden gibt, der dir sympathisch ist.«

»Sag nicht so einen Blödsinn. Ich mag fast jeden. Im Normalfall lebe ich in vollkommener Harmonie und Eintracht mit mir selbst und meiner Umwelt.«

»Das reden dir deine Meditations-CDs ein.«

»Nix, das Zeug höre ich mir schon lange nicht mehr an.«

»Was hast du eigentlich gegen unser Fräulein Riesensuff?« Lachermeier biss sich auf die Zunge, weil er nun ungewollt den Kosenamen verwendet hatte, den Wankel ansonsten immer für die Staatsanwältin gebrauchte.

»Ich? Ich habe überhaupt nichts gegen sie.«

***

Als die beiden Beamten an Alfons Federers Naturheilpraxis vorfuhren, verabschiedete an der Türschwelle gerade eine junge Frau einen jungen Mann mit einem Kuss auf die Wange.

»Wenn hier alle Patienten so verabschiedet werden, wechsle ich demnächst meinen Doktor«, sagte Wankel.

Lachermeier hatte den jungen Mann mit den halblangen blonden Haaren erkannt. Es war Jürgen Sichelbauer. Nicht ohne ein Schmunzeln dachte er an einen Vorfall vor einigen Jahren zurück, als eine Gruppe besorgter Touristen in der Oberaudorfer Touristikinformation seltsam quiekende und scheppernde Laute gemeldet hatten, die sie während ihrer Wandertour vernommen haben wollten. Die Kiefersfeldener Polizei hatte sich der Sache angenommen und die Übeltäter schnell ausfindig gemacht. Jürgen und zwei seiner Freunde hatten in der großen Scheune vom Sichelbauerhof mit ihren provisorischen Instrumenten ein wenig Musik gemacht – oder etwas, das sie dafür hielten.

»Der Junge ist uns einen Schritt voraus«, merkte Lachermeier an.

»Der? Wieso? Wer ist das?«

»Jürgen Sichelbauer, der jüngere Bruder von Jochen Sichelbauer.«

»Was gibt's über den zu wissen?«

»Studiert irgendwo, soweit ich weiß.«

»Gut. Den sollten wir uns als Nächstes vorknöpfen.«

»Später. Jetzt halten wir uns erst mal an Gerlinde Stockinger. Ich wette, wir haben sie gerade gesehen. Die Ähnlichkeit mit ihrer Mutter ist frappierend.«

Wie sich nicht ganz überraschend herausstellte, war die junge Frau mit den halblangen dunklen Haaren, die Jürgen Sichelbauer so herzlich an der Pforte verabschiedet hatte, tatsächlich Gerlinde Stockinger, die Tochter der Psychotherapeutin. Sie erklärte sich anstandslos bereit, mit den beiden Beamten zu reden, musste sich nur kurz bei ihrem Förderer Federer abmelden.

Die Vernehmung fand unter einer schattigen Laube an der Rückseite der Praxis statt. Alfons Federer hatte um das Kubusgebäude einen beneidenswerten Prachtgarten angelegt. Rosen- und Lavendeldüfte stiegen Lachermeier wohltuend in die Nase. Er war froh, dass Trudi nicht dabei war, die hier sofort auf neue Ideen käme, ihren eigenen Garten umzugestalten.

»Sie werden also Heilpraktikerin«, stellte er fest, um der Vernehmung einen weniger dienstlichen Einstieg zu verpassen.

»Das habe ich vor, ja«, bestätigte Gerlinde. »Wo meine Mutter sich dem geistigen Wohlbefinden der Menschen widmet, nehme ich mit den Körpern vorlieb.«

»Ich kenne Ihre Mutter. Sie hat schon ein paarmal von Ihnen erzählt.«

»Ah, verstehe, Sie nehmen regelmäßig Sitzungen bei ihr, wie? Sie hat viele Polizisten in Betreuung.«

»Nun, nein, das habe ich noch nicht nötig gehabt«, stritt Lachermeier wahrheitsgemäß ab.

Wankel enthielt sich eines Kommentars.

»Was wollte der Herr Sichelbauer vorhin von Ihnen?«, fragte Lachermeier.

Sie wurde ein wenig verlegen, als sie antwortete: »Na ja, über seinen Bruder wollte er mit mir reden.«

»Haben Sie es getan?«

»Ein wenig. Na ja, oberflächlich halt. Wir treffen uns heute Abend, um ausführlicher zu plaudern.«

»Wie gut kennen Sie seinen Bruder denn?«

»Nur flüchtig.«

»Wie flüchtig?«

»Na ja, sein Busenfreund, der Gernot, war mit einer Freundin von mir zusammen, so ist man sich halt ab und an über den Weg gelaufen. Ich spreche von der Kern Agnes, aber das wissen Sie ja selbstverständlich.«

»Wie ist Ihr Verhältnis zu Frau Kerns Freund? Zu Gernot Kappl?«

»Ich hab ihn gemocht. Sympathischer Kerl.«

»Wann haben Sie ihn zum letzten Mal gesehen?«

»Samstagabend auf einer Party bei Agnes.«

»Ist auch der Sichelbauer auf dieser Party gewesen?«

»Ja, war er. Ich weiß gar nicht, wann ich den zuvor zum

letzten Mal getroffen habe. Muss Wochen her sein. Der ist nicht so oft unter die Leute gegangen.«

»Worüber haben Sie mit den beiden an dem Abend geplaudert?«

»Gar nicht. Ich meine, klar wechselt man das eine oder andere Wort, aber ich könnte mich nicht erinnern, mit einem der beiden ein Gespräch geführt zu haben. Wie das halt so ist auf Partys.«

Mal wieder ein Symptom des Generationenkonflikts, dachte Lachermeier bei sich. Wenn er zu Grillpartys eingeladen war oder zu anderen Festivitäten ging, erachtete er die geführten Gespräche eigentlich immer als die Essenz solcher Abende. Die junge Generation dagegen wechselte nur ein paar Worte bei lauter Musik und erinnerte sich schon am nächsten Tag nicht mehr daran, worum es gegangen war.

»Wann haben Sie zuletzt mit Agnes Kern Kontakt gehabt?«

»Gestern Abend. Wir haben telefoniert. Ich hab wissen wollen, was an den Gerüchten dran ist, die man so hört. Sie hat mir am Telefon alles erzählt.«

»Ihre Mutter hat uns gegenüber erwähnt, Sie seien in letzter Zeit oft mit der Agnes zusammen gewesen, weil Sie beide gemeinsame Interessen haben. Entspricht das den Tatsachen?«

»Voll und ganz. Wir sind politisch aktiv.«

»Sie gehören beide dem Ortsverein der Progressiven an, richtig?«

»Progressive Jugend Oberaudorf/Kiefersfelden«, verbesserte Gerlinde.

»Wie viele Mitglieder gibt's denn schon?«

»Zwölf – aber es werden mehr.«

»Dank des Engagements des jungen Herrn Wendlandt, hat man mir gesagt.«

»Oh ja, der Vinzenz ist wirklich sehr engagiert. Er war von Anfang an der Motor der Bewegung.«

»Wofür setzt ihr euch ein?«

»In erster Linie für die Wahrung unserer Wiesen und Wälder, die möglicherweise neuen Bauvorhaben weichen müssen.

Wir positionieren uns gegen die Gentechnik, die immer mehr nach Europa schwappt. Darüber hinaus fordern wir eine akzeptable Frauenquote vor allem in den Führungspositionen unserer hiesigen Betriebe und eine bessere Einbeziehung von Zugezogenen ins Ortsgeschehen, unabhängig davon, ob diese aus Mecklenburg oder vom Kaukasus stammen. Besuchen Sie doch einfach mal eine unserer Informationsveranstaltungen.«

»Ich denke darüber nach«, antwortete Lachermeier salomonisch. Er respektierte Jugendliche, die sich politisch engagierten. Leider war bei solch hehrem Ansinnen zumeist auch eine Menge Naivität im Spiel. Nichtsdestotrotz bewiesen diese jungen Leute, dass ihnen die Zukunft ihrer Welt wichtig war, und das war weit mehr, als man von vielen anderen dieser Tage erwarten durfte.

»Zählen Jochen Sichelbauer und Gernot Kappl auch zu eurer Gruppe?«, setzte Lachermeier die Befragung fort.

»Oh nein, nicht doch. Die beiden haben dem Jugendverband der Reputschisten angehört.«

»Sie sprechen wiederholt in der Vergangenheit von den beiden. Wie können Sie so sicher sein, dass sie tot sind?«

»Ja … sind sie das denn nicht?« Erstmals wirkte Gerlinde Stockinger verunsichert. »Die Agnes hat das so gesagt. Also, dass sie tot sind. Stimmt das etwa gar nicht?«

»Bis jetzt sind sie nur vermisst. Aber fahren Sie fort. Die Jungs gehören also den Reputschisten an?«

»Ja, so ist es.«

»Sind die hier im Ort ebenfalls organisiert? Gibt es noch mehr davon?«

»Nicht, dass ich wüsste. Von Jochen und Gernot weiß ich es halt durch Agnes.«

»Haben diese unterschiedlichen Parteizugehörigkeiten nicht zu Spannungen geführt? Vor allem zwischen Agnes und Gernot?«

»Manchmal zu heftigen Diskussionen, aber nie zu Spannungen. Ich finde es bescheuert, wenn sich Menschen aufgrund verschiedener politischer Ansichten und Auffassungen

Freundschaften verbauen. Wir stehen über diesen Dingen. Man kann schließlich über alles diskutieren. Darüber hinaus haben Progressive und Reputschisten vor allem in ökologischer Hinsicht eine ganze Menge Schnittpunkte.«

»Ist es mit anderen aus eurer Gruppe zu Reibungen gekommen?«

»Na ja, der Vinzenz hat es gar nicht gern gesehen, dass die Agnes mit einem Reputschisten gegangen ist. Aber er hat es akzeptiert. Man sollte da nicht so engstirnig sein. Im Grunde wollen wir doch alle eine bessere Zukunft. Wir haben nur verschiedene Lösungsansätze.«

»Ist Ihnen bekannt, ob Jochen und Gernot mit irgendjemandem Streit gehabt haben? Oder auch nur einer von beiden?«

»Nein, davon weiß ich nichts. Nun ja, allzu gut kannte ich die zwei ja auch nicht. Vor allem den Jochen nicht.«

»Worüber werden Sie dann heute Abend mit seinem Bruder plaudern?«

Zum zweiten Mal im Verlaufe dieses Gesprächs wirkte die junge Stockinger ertappt. »Nun … über dies und das«, gab sie neutral zur Antwort. »Über früher und so. Wir sind mal zusammen gewesen.«

Lachermeier akzeptierte das. Die Privatsphäre potenzieller Verdächtiger ging ihn vorläufig nichts an.

»Eine letzte Frage noch, Frau Stockinger: Wo haben Sie den Dienstagabend verbracht?«

»Zu Hause. Meine Mutter kann das bestätigen, wenn Sie sie fragen wollen.«

Wenig später saßen Lachermeier und Wankel wieder im Wagen und waren auf dem Rückweg nach Kiefersfelden. Wankel lenkte das Fahrzeug. Er war seit der Vernehmung verdächtig still.

»Hier sind also unterschiedliche politische Strömungen im Spiel«, fasste Lachermeier versonnen zusammen.

»Und erwischt hat es ausgerechnet die beiden Reputschisten«, brummte Wankel.

»In der Tat«, bestätigte Lachermeier. »Möchtest du andeuten, dass da Methode dahinterstecken könnte? Hat jemand ein gefräßiges Haustier auf Reputschisten abgerichtet?«

»Das wohl nicht.«

»Eine politische Meinung kann heutzutage jedenfalls nicht Grund genug sein, jemanden umzubringen.«

»Und die von den beiden schon gar nicht. Jedenfalls nicht, wenn man es mit halbwegs zurechnungsfähigen Leuten zu tun hat.«

»Wie meinst du das?«

»Ich wähle die auch. Die Reputschisten, meine ich.«

»Tatsächlich? Ich habe gedacht, du und deine Frau, ihr wärt ebenfalls Parteimitglieder der Progressiven. Beim Polizeiball vor ein paar Jahren habt ihr mal Flyer verteilt. Das weiß ich noch genau.«

»Das ist lange her. Um unsere Wälder zu bewahren, brauche ich *die* jedenfalls nicht. Heute sind das nur noch realitätsferne Spinner. Wollen dem Volk mit aller Gewalt ihre krankhaften Phantasien aufzwingen und untergraben unsere Gesellschaft damit immer mehr. Als ob wir nicht jetzt schon ein gewaltiges Integrationsproblem in den meisten Großstädten hätten.«

»Tja, unser Land ist aber auf Zuwanderer angewiesen. Was wir in den nächsten Jahren zum Beispiel an Pflegekräften benötigen, können wir unmöglich mit unserer derzeitigen Bevölkerung stemmen. Wir brauchen junge, engagierte Zuwanderer.«

»Dagegen sagt ja auch keiner was. Wir können um jeden froh sein, der sich bei uns in die Gesellschaft eingliedert. Mir geht es um die, die sich dem verweigern. Kanada, Australien, Norwegen, Schweiz, alle sind schlau genug, ausschließlich nützliche, anständige Leute aufzunehmen, die der Gesellschaft etwas zurückgeben. Wir nicht. Das Ergebnis siehst du in den Großstädten. Wir haben zahllose Subkulturen im Land. Wir lassen sie an unserem Sozialwesen teilhaben, an unserem Gesundheitssystem, an unseren Renten, und sie quittieren es uns mit ihrer Ablehnung, nennen uns ›Kartoffel‹ und ›Schweinefresser‹ und heißen unsere Frauen ›Huren‹ und ›Schlampen‹, bloß weil sie sich auch ohne vorherige Heirat flachlegen lassen.«

»Du steigerst dich gerade in was rein.«

»Keineswegs. Die älteste Tochter meiner Schwester hat es am eigenen Leib erfahren müssen. Martha heißt sie. Heißt nicht auch eine von deinen Töchter so?«

»Ja, die ältere, wie du sehr genau weißt.«

»Unsere Martha war eine Weile mit so einem Typen zusammen. Er sei so charmant, hat sie immer getönt. Ich habe keine Ahnung, was die Jugend von heute unter ›charmant‹ versteht, aber der Kerl war alles andere als das. Er war so ein Proll, mit alldem lächerlichen Gehabe, das sie gewöhnlich zur Schau tragen, du weißt schon. Irgendwann hat er angefangen, sie zu prügeln, wenn sie nicht pariert hat. Wollte das Patriarchentum, das ihm seine Großeltern beigebracht haben, auch hierzulande ausleben. Die Drecksau hat sie mehrfach grün und blau geschlagen, sage ich dir. Zum Schluss ist es ganz schlimm geworden. Drei Zähne hat sie verloren, eine Platzwunde am Kopf, zwei Rippen waren angebrochen.«

»Ihr habt den Kerl doch angezeigt, oder?«

»Klar, war eine ganz tolle Sache. Gekriegt hat er eine Bewährungsstrafe. Er läuft ihr noch immer jeden Tag mit seinen Freunden über den Weg, lacht sie aus und bedroht sie. Dumme deutsche Schlampen flachlegen, das ist bei denen ein Volkssport. Wenn ich nicht Polizist wäre, würde ich mir den Kerl und seine Freunde mal vorknöpfen. Ein Therapeut hat meiner Schwester jetzt geraten, Martha auf eine andere Schule zu schicken. Das musst du dir mal vorstellen. Die führen sich hier auf, spucken auf allen Anstand und was unsere Gesellschaft ausmacht, aber meine Nichte ist es, die den Rückzug antreten soll. Weil unser Schulsystem und unsere Gesetze unfähig sind, mit solchen Typen fertigzuwerden.«

»Das ist natürlich tragisch. Trotzdem kannst du das nicht pauschalisieren. Die meisten Zuwanderer haben sich in unsere Gesellschaft integriert.«

»Mag schon sein, trotzdem gibt es genug andere. Hat bei vielen natürlich mit ihrer fundamentalistischen Religionsauffassung zu tun. Die möchten hier nur allzu gern die Scharia einführen, damit sie ungestraft Frauen verprügeln und vergewaltigen können. Über kurz oder lang werden die auch eine Partei haben. Wo soll das hinführen? Kannst du mir das verraten, Edi?«

»Herrschaftszeiten, Erich! Keine Partei oder sonst wie geartete Organisation hat vor, bei uns die Scharia einzuführen.«

»Das sagen sie natürlich nicht öffentlich, aber das würden so manche verflucht gern. Und irgendwann haben sie genug Unterstützer.«

»Jetzt komm mal wieder runter.«

»Das ist die Realität, Edi! Durch arrangierte Ehen und mittelfristige Beschäftigungsverhältnisse wandern diese Leute seit Jahren in unser Sozialsystem ein. Ist doch kein Wunder, dass die sich hier wie Könige und Paschas fühlen und sich auch so aufführen. Und das ist noch lange nicht alles. Das ist nur die Spitze des Eisbergs. Manche hirnlose Politiker würden ja gern auch noch die Verteilung von Beamtenstellen mit einer Quote regeln, damit per Gesetzeszwang Beamtenstellen auch an solche vergeben werden. Verstehst du? Es sollen nicht mehr die Qualifiziertesten und Fleißigsten genommen werden, sondern per Gesetzeszwang solche. Wann werden wir dann wohl den ersten Richter haben, der den Täter eines Ehrenmordes gehen lässt, weil er am Tod einer ungehorsamen Frau oder an einem Ungläubigen nichts Schlimmes sieht? Oder an einer Vergewaltigung?«

»So ein Szenario ist Blödsinn, und das weißt du.«

»Nichtsdestotrotz höhlen die damit zunehmend unser Wertesystem aus. Weißt du, wollten sie eine solche Quote unserem olympischen Leichtathletikkader auferlegen oder unseren Skifahrern, unseren Langläufern oder unserer Fußballnationalmannschaft, dann wäre es mir eigentlich scheißegal. Aber es ist mir nicht egal, wenn es um die wichtigsten Positionen in unserem Staatsgebilde geht.«

Von dieser Quotensache hörte Lachermeier zum ersten Mal, was wohl daran lag, dass er sich nur selten mit dem vollen Ideenspektrum der Parteien befasste. Er wählte üblicherweise die,

die es gerade am besten mit der Polizei meinten. In letzterem Fall musste er Wankel jedenfalls voll und ganz beipflichten. Jeder in Deutschland hatte die Möglichkeit, durch Fleiß und ein sauberes Führungszeugnis zum Beamten aufzusteigen. Dies gewährleistete, dass nur die besten Kandidaten diese verantwortungsvollen und sogar staatstragenden Posten bekamen und später ausfüllten. Dieses Auswahlverfahren mit einer Quote zu manipulieren, war ein Hohn.

»Weißt du, die meisten gut integrierten Zuwanderer fragen sich ja selbst, warum unser Staat, unsere Gesellschaft das alles mit sich machen lässt«, fuhr Wankel gequält fort. »Die leiden schließlich auch unter denen, die sich partout nicht integrieren wollen und in ihren Parallelgesellschaften leben. Weil man durch solche nur allzu leicht alle Immigranten in denselben Topf wirft.«

»Und die Reputschisten sind deiner Meinung nach die, die das Ganze wieder einrenken könnten?«

»Die Progressiven sind jedenfalls die Falschen.«

»Ich nehme an, das junge Fräulein Stockinger ist dir nun nicht mehr so sympathisch wie bei unserer Anreise.«

»Ach, die sind halt noch jung und wissen es nicht besser. Aber die lernen es auch noch. Wahrscheinlich erst, wenn es zu spät ist.«

***

Bislang hatte die Suche nach den beiden Vermissten nichts ergeben, wie Kommissar Glaubrecht Lachermeier zuletzt berichtet hatte. Die Kollegen hatten sich in Zusammenarbeit mit der Bergwacht und ein paar Jägern vom Tatort aus systematisch westwärts vorgearbeitet, doch mehr als die ungewöhnlichen Tatzenabdrücke, die auch der Erkennungsdienst schon benannt hatte, war bis dato nicht gefunden worden. Vom Verbleib der beiden jungen Leute fehlte jede Spur. Auch Gernot Kappls Handy anzuwählen, brachte nach wie vor kein Ergebnis.

Kurz nach fünf verließ Lachermeier seine Inspektion und

überließ den Laden der Spätschicht. Trudi hatte ihm zum Abendessen ihre eigene Version von Königsberger Klopsen versprochen, die sie sinnigerweise Kiefersfeldener Klopse nannte, und die wollte er sich keinesfalls entgehen lassen. Umso enttäuschter war er, als er beim Eintritt ins Haus kein Fleisch, sondern nur gedünstetes Gemüse roch.

»Wo sind meine Klopse?«, fragte er in die Küche, wo Trudi wie erwartet am Herd stand.

»Ich hab kurzfristig umdisponieren müssen, tut mir leid, Schatz«, entgegnete sie und begrüßte ihn mit einem Küsschen. »Wir haben heute Abend einen Gast, und ich war mir nicht sicher, inwieweit er Fleisch isst.«

»Einen Gast? Wen denn?«

»Marthas neuen Freund.«

»Sie hat schon wieder einen neuen? Was ist denn mit dem Robert? Der war doch so nett, hat sie immer gesagt.«

»Frag sie doch selbst.«

Lachermeier hatte aufgehört, die festen Freunde seiner Tochter zu zählen. Sie war das genaue Gegenteil ihres Bruders. Der Franz hatte bereits mit zwanzig seine Jugendliebe Christel geheiratet und war mittlerweile selbst Vater. Dass Martha diesen imaginären Zeitplan ebenfalls einhielt, wagte Lachermeier zu bezweifeln. In klammer Vorahnung blickte er zehn Jahre in die Zukunft. Wenn er dann kurz vor der Pensionierung stand, würde der ganze Zirkus mit festen Freunden und Liebeskummer durch Michaela noch einmal von vorn losgehen.

»Wer ist denn ihr Neuer?«, rief Lachermeier durchs Haus, während er sich im Bad Gesicht und Hände wusch. »Kenne ich ihn?«

»Sein Name ist Kasim!«, rief Trudi zurück.

»Was? Wie bitte?«

Im selben Moment kam Michaela mit ihrem Plüschelefanten Bertram um die Ecke gehopst und grinste ihren Papi einnehmend an. »Marthas Freund ist ein Türke«, verkündete sie, stolz über ihr Wissen.

»Na bravo«, seufzte Lachermeier, bevor er sein Gesicht trocknete und sich von seiner Jüngsten einen Willkommenskuss holte.

»Wo kommt dieser Türke denn her?«, fragte er wenig später in der Küche.

»Ich verfüge natürlich nicht über die Kombinationsgabe eines Kriminalkommissars, aber ich tippe mal auf die Türkei«, erwiderte Trudi. »Du kannst ihn ja fragen, wenn du mit ihm am Tisch sitzt.«

Kasim war ein durchaus stattlicher Kerl, wie Lachermeier befand. Groß, schlank, rasiert, sanfte Augen und eine angenehme Stimme, die ein beispielhaftes Deutsch mit bayerischem Einschlag sprach. Wie sich herausstellte, war er der Sohn des Feinkosthändlers, bei dem Trudi immer den in Öl und Oliven eingelegten Schafskäse kaufte. Ein guter erster Eindruck, aber die Geschichte von Wankels verprügelter Nichte machte Lachermeier dennoch misstrauisch. Bei günstiger Gelegenheit, als Martha und Trudi den Tisch abräumten, nahm er den jungen Mann im Flur beiseite.

»Okay, sag's mir freiheraus, Kasim«, redete Lachermeier eindringlich auf ihn ein, nicht aggressiv, aber druckvoll. »Sag's mir offen und ehrlich: Spielen sich in deinem Kopf irgendwelche Phantasien ab, meiner Tochter in welcher Form auch immer wehzutun?«

Kasim schluckte und wirkte ziemlich vor den Kopf gestoßen. »A-a-aber nein. Natürlich nicht, Herr Lachermeier. Ich ... ich mag Ihre Tochter doch. Sehr gern sogar. Ich würde ihr nie ein Leid zufügen.«

Lachermeier blieb skeptisch. »Tatsächlich nicht? Du wirst sie also weder schlagen noch sie zu irgendwas gewaltsam zwingen?«

»Wie? Nein! Niemals. Wirklich. Niemals.«

Fürs Erste war Lachermeier besänftigt, wenngleich ihm klar war, dass man mit derartigen Vorhaben natürlich nicht hausieren ging. »Nun gut. Falls du es nämlich tätest, Freundchen, würdest du mich von einer Seite kennenlernen, die du garantiert nicht schätzen würdest. Wenn du sie aber anständig behandelst, können wir Freunde werden.«

»Da-das wünsche ich mir, Herr Lachermeier.«

»Freut mich. Ich mir nämlich auch. Willst du noch einen Verdauungsschnaps?«

»Nein. Nein, vielen Dank. Weil, wissen Sie, ich muss noch Auto fahren.«

»Aha. Nun, wenn das so ist, darf es wenigstens etwas Obst oder was Süßes zum Nachtisch sein?«

»Sehr gern. Sehr gern, Herr Lachermeier.«

Alles in allem war Lachermeier zumindest nicht unzufrieden mit dem neuesten Fang seiner Tochter. Sie hatte schon wesentlich schlimmere Typen angeschleppt. Mit kaltem Grauen erinnerte er sich an diesen fünfunddreißigjährigen Tramper aus Berlin vom letzten Sommer, der in Kiefersfelden ein paar Tage Zwischenstopp gemacht hatte und beim Essen erzählte, er sei auf der Suche nach irgendeiner Götterstadt, die gebaut wurde, als die Erde noch flach war und die Seewege noch nicht krumm. Martha hätte sich ihm beinahe angeschlossen.

»Gibt's morgen Abend meine Klopse?«, brummte Lachermeier hernach bei einem Glas Wein auf der Terrasse.

»Versprochen«, sagte Trudi.

Ein mächtiger Schatten schob sich durch den Dämmerwald. Mit stechend weißen Augen begutachtete er das einsame Gehöft der Familie Fleckenstein. Es war seit hundertneunzig Jahren in Familienbesitz, was der Schatten aber nicht wusste und was ihn auch nicht interessierte. Oma Fleckenstein trieb gerade kreischend ihre beiden kichernden Enkel vor sich her und scheuchte sie ins Haus. Ihre Schwiegertochter überprüfte noch einmal die Stalltür, bevor sie ihnen ins Haus folgte. Für saftiges Fleisch interessierte sich der Schatten schon mehr. Er schlich näher.

***

Jürgen hatte sich mit Gerlinde im »Café Hahn« verabredet, einem derzeit angeblich angesagten Szenelokal. Er hätte sich lieber in seiner alten Stammkneipe mit ihr unterhalten, doch bestand dort Gefahr, dass er allzu viele frühere Weggefährten antraf, für die er im Moment keinen Nerv hatte.

Das »Café Hahn« war erst kürzlich renoviert worden. Jürgen kannte den Laden unter einem anderen Namen als gemütliche Landkneipe. Nun war daraus ein greller Schuppen mit vielfarbigen Lichtern und inflationär verwendeten dreieckigen Mustern geworden, der vorwiegend junges Volk anzog. Gerlinde und er hatten an einem Ecktisch Platz genommen. Die musikalische Backgroundberieselung bestand aus dem üblichen langweiligen Firlefanz, der sich in den Charts tummelte. Gerlinde wusste natürlich, wie es um seinen Musikgeschmack bestellt war.

»Nicht ganz das, was du dir unter einer guten Kneipe vorstellst, was?«, fragte sie, was er zwanglos bejahte.

»Bist du oft hier?«

»Ja, sehr oft. Das ›Café Hahn‹ ist gewissermaßen unsere Parteizentrale.«

»Wie das denn?«

»Unser Vorsitzender, der Vinzenz, hat dieses Gebäude von seinem Vater gepachtet. Da bietet es sich doch an, hier unsere Treffen abzuhalten.«

»Ernsthaft? Der Vinzenz ist hier der Chef? Ach du meine Güte. Da wundert mich gar nichts mehr. Der hat noch nie Geschmack gehabt.«

»Na, na! Halt dich ein wenig im Zaum, ja? Das hier mag nicht dein Geschmack sein, aber es hat Stil. Das ›Hahn‹ läuft gut, folglich kann Vinzenz nicht alles falsch machen, oder siehst du das anders?«

Jürgen gab darauf nur ein Brummen von sich.

»Wo geht man denn in Augsburg hin, wenn man sich amüsieren will?«

»Es gibt ein paar gute Kneipen.«

»Was treibst du da so die ganze Zeit? Außer lernen, meine ich.«

»Ich bin Schlagzeuger in einer Band und gebe nebenher Unterricht, um mein Auskommen aufzubessern. Im Moment habe ich zwei Schüler. Einer ist neun, der andere elf.«

»Du spielst in einer Band? Kenne ich euch?«

»Unwahrscheinlich. Aber wir erarbeiten uns regional langsam einen Namen. Mit etwas Glück dürfen wir nächstes Jahr bei einem Festival im Vorprogramm von Kreator auftreten.«

»Sagt mir nichts, der Name.«

»Habe ich auch nicht erwartet.«

»Wie heißt eure Band?«

»›Süßwassermolasse‹.«

Gerlinde kräuselte die Lippen und musterte ihn amüsiert. »Klingt irgendwie dämlich.«

»Tut ›Café Hahn‹ auch. Erzähl mir, was ihr hier macht. Warum *dieses* Café? Warum der Vinzenz?«

»Na ja, er hat damals die Initiative ergriffen. Von ihm kommen die meisten Ideen. Er ist kein sonderlich guter Redner, aber er kann andere von seinen Ideen überzeugen. Er will etwas verändern. Etwas bewegen. Genau das will ich auch.«

»Und deshalb gehörst du jetzt der Progressiven Jugend Oberaudorf/Kiefersfelden an?«

»Passt dir das nicht?«

»Geht mich nichts an.«

»Morgen Abend ist hier eine kleine Informationsveranstaltung. Wie wär's, wenn du kommst?«

»Mach ich. Ich würde zu gern mal hören, was unser Vinzenz dieser Tage so von sich gibt. In der Schule ist er vorwiegend mit seiner Blödheit aufgefallen.«

»Er hat sich verändert, genau wie du. So wie wir alle, nehme ich an.«

Jürgen hielt vergeblich Ausschau nach dem Vereinsvorsitzenden. Im Moment wurde der Betrieb von zwei Frauen geschmissen. Wendlandt senior, der alte Herr vom Vinzenz, besaß eine Menge Grund in und um Oberaudorf. Jürgen bezweifelte, dass es sein Sohn ohne ihn zu etwas gebracht hätte. Nun aber war er mit dreiundzwanzig Jahren immerhin Chef eines offenbar gut laufenden Cafés und dazu Ortsvorsitzender einer politischen Bewegung. Inwieweit er auf welchem Gebiet zu etwas taugte, galt es noch herauszufinden.

»Haben sich Gernot und mein Bruder auch manchmal hier sehen lassen?«

»Sie waren nur bei einer einzigen Veranstaltung dabei, wenn du das meinst«, antwortete Gerlinde. »Agnes hat sie mal mitgebracht.«

»Und?«

»Nichts weiter. Sie haben zugehört und sind wieder gegangen. Wir haben uns ganz gut unterhalten, finde ich.«

»Wie gut bist du mit der Agnes befreundet?«

»Na ja, neuerdings wieder ziemlich gut, würde ich sagen.«

»Mit ›neuerdings‹ meinst du, seit ihr beide zu Vinzenz Wendlandts Fanclub gehört?«

»Was soll denn das? Bist du etwa eifersüchtig? Wir sind kein Fanclub. Von niemandem. Wir versuchen schlichtweg, politischen Einfluss zu nehmen.«

»Besteht Aussicht auf Erfolg?«

»Man muss nur oft genug gehört werden, irgendwann denken die Leute über das Gesagte nach.«

»Soso, was du nicht sagst.«

»Wo stehst du politisch?«

»Das werde ich dir jetzt nicht auf die Nase binden.«

Jürgen mochte Gerlinde, vertraute ihr sogar, doch sie ließ gerade ein wenig den Anschein einer militanten Aktivistin durchschimmern.

In Augsburg hatte er gelernt, dass man solchen Leuten gegenüber aufpassen musste, wollte man keinen handfesten Streit vom Zaun brechen oder gar dauerhafte Anfeindungen heraufbeschwören. Andererseits schien Gerlindes politische Ausrichtung für seinen Bruder und Gernot kein großes Problem gewesen zu sein.

»Hat der Jochen zuletzt eine Freundin gehabt?«

»Ich glaube nicht«, antwortete sie. »Falls doch, weiß ich nichts von ihr.«

»Wie gut war die Agnes mit ihm befreundet?«

»Ich habe sie nie schlecht über ihn reden hören.«

»Könnte sie etwas über ihn wissen, was du nicht weißt?«

»Blöde Frage, natürlich. Durch Gernot war sie ja öfter mit ihm zusammen.«

»Vertraust du ihr?«

»Der Agnes? Inwiefern?«

»Was soll man davon halten, wenn sie erzählt, sie wäre beim Wasserfall einem Monster begegnet?«

Gerlinde zuckte mit den Schultern. »Sie hat sich das sicherlich nicht ausgedacht, wenn du das meinst.«

»Also sind Gernot und mein Bruder vom Tatzelwurm geholt worden?«

»Woher soll ich das wissen? Ich bin nicht dabei gewesen.«

»Wer hat sonst noch Umgang mit meinem Bruder?«

»Kann ich dir nicht sagen. Ich weiß es ganz einfach nicht, Jürgen.«

Jochen hatte nie sonderlich viele Freunde gehabt, wie sich Jürgen erinnerte. Als ihr Vater noch gelebt hatte, war ihm der Hof sehr wichtig gewesen. Nach seinem Tod schien die Heilerziehungspflege diese Lücke auszufüllen. Über das Berufliche hinaus hatte er neben Gernot nie viele soziale Kontakte aufrechterhalten. Es hatte ein oder zwei Freundinnen gegeben, die ihm was bedeutet hatten, einem Verein aber hatte er nie angehört. Dass er dem Jugendverband der Reputschisten beigetreten war, hatte Jürgen ziemlich erstaunt. Ihm wurde bewusst, dass er in Oberaudorf wahrscheinlich an der falschen Stelle nachforschte. Vielleicht hatte Jochen in Brannenburg bei seiner Arbeit ein paar Freunde, womöglich sogar eine Geliebte. Er nahm sich für morgen einen Besuch im Christophorusheim vor.

Freitag

Noch vor Sonnenaufgang setzte sich Jürgen in seinen Wagen und fuhr die Tatzelwurmstraße hinauf. Er nahm den Umweg auf seinem Weg nach Brannenburg in Kauf, um das Gedenkkreuz seines Vaters zu besuchen, das dort oben alles andere als einsam am Wegesrand stand. Die Deutsche Alpenstraße, so wunderschöne Panoramen sie seinen Benutzern bot, war vor allem für Motorradfahrer gefährlich. Sein Vater war damals frontal mit einem Auto zusammengestoßen, das seine Kurve geschnitten hatte. Mit seinem Tod hatte sich alles verändert. Eine Welt war für ihn zusammengebrochen. Mit Jochens Tod hatte sich das nun wiederholt.

Doch war Jochen überhaupt tot? Es gab bislang keine Leiche. Agnes behauptete, ihn in seinem Blut liegen gesehen zu haben. Seine Vitalzeichen hatte sie jedoch nicht überprüft. Hatte Jochen geblufft? War das alles eine Täuschung? Im Christophorusheim hätte er sicherlich keine Probleme gehabt, an medizinische Utensilien ranzukommen. Hatte er über Wochen hinweg womöglich sein Blut abgezapft, um die beiden Freunde zu foppen? Möglicherweise hatte er auch einfach fremdes Blut verwendet. Doch falls dem so wäre, welchen Grund hätte er dann gehabt, seinen Freunden und der ganzen Welt seinen Tod vorzutäuschen? Und was war Gernot in jener Nacht zugestoßen? Waren die beiden womöglich ein verschworenes Team? Hatten sie das inszeniert, um Agnes zu schocken? Derart schlechte Scherze sahen Jochen zwar nicht ähnlich, aber Gernot hätte an so etwas sicherlich seine Freude.

Diese Theorie war sehr dünn, wie sich Jürgen eingestand, aber so schnell wollte er seinen Bruder nicht aufgeben. Nicht, bevor er Gewissheit hatte. Er sprach am Gedenkkreuz ein kurzes Gebet, wobei er sich nicht sicher war, ob es seinem Vater oder seinem Bruder galt, dann fuhr er weiter nach Brannenburg.

Als Bruder eines geschätzten Mitarbeiters, der dieser Tage tragischerweise vermisst wurde, war Jürgen im Christophorusheim herzlich willkommen. Sogar die Hausleiterin lud ihn zu sich in ihr Büro ein. Sie lobte Jochens Engagement und Einsatzbereitschaft für die Hausbewohner in höchsten Tönen und versicherte Jürgen ihr tiefstes Mitgefühl. Neue Erkenntnisse brachte das Gespräch leider nicht mit sich. Sein Privatleben schien Jochen hier mit niemandem geteilt zu haben.

Nach dem Gespräch mit der Hausleiterin führte einer der Angestellten Jürgen herum und machte ihn mit Jochens Arbeitsumfeld vertraut. Das Christophorusheim war ein Wohnheim für Kinder und junge Erwachsene mit Behinderung. Jürgen wurde grob in Jochens Aufgaben als Heilerziehungspflegehelfer eingeführt und einer Gruppe von Kindern vorgestellt, die ihm geschlossen antrugen, wie sehr sie seinen Bruder lieb hätten. Jürgen war so gerührt, dass ihm beinahe die Tränen kamen. Er hatte mit Jochen nie viel über seine Arbeit gesprochen, weil ihn das Thema geistig behinderte Menschen immer beunruhigt hatte.

Kurz darauf trat eine weitere Angestellte an Jürgen heran. Sie war um die fünfundzwanzig, blond und ziemlich dick. Sie stellte sich als Fiona Kerschensteiner vor. In einer ruhigen Ecke vertraute sie ihm an, dass sie mit seinem Bruder eine Affäre hatte.

***

Zum neuen Morgen war die Suche nach den beiden Vermissten wieder aufgenommen worden. Es war Eile geboten, denn es sah nach Regen aus, was alle weiteren Anstrengungen bedeutend erschweren würde. Das Wasser würde sämtliche eventuell vorhandenen Spuren wegschwemmen.

Lachermeier fuhr kurz nach neun zur Hangstufe hinauf, um sich noch einmal einen Eindruck vom Tatort zu verschaffen. Der Bereich war nach wie vor mit Absperrband versiegelt, doch wie ihm neuerliche Sohlenabdrücke verrieten, hatte das ein paar Schaulustige wohl nicht davon abgehalten, den Ort zu besichtigen, an dem nach Jahrhunderten der Tatzelwurm wieder zugeschlagen hatte.

Schon bevor die aktuelle Ausgabe der Tageszeitung vor einem gefährlichen Tier in der Umgebung der Gumpei-Schlucht gewarnt hatte, war die Angelegenheit in aller Munde gewesen. Dass der Tatort inzwischen von diversen Fotografen und Möchtegernabenteurern gefunden worden war, konnte nicht weiter überraschen. Der Vorfall schlug Wellen, aus denen nicht zuletzt die örtliche Touristikbranche Kapital schlagen würde.

Lachermeier kam in den Sinn, dass das alles eine gezielte PR-Aktion sein könnte, verwarf den Gedanken aber wieder. Eine derartige Geschmacklosigkeit traute er keinem seiner Pappenheimer zu.

Er besah sich noch einmal die beachtliche Menge Blut an jener Stelle, an der laut Agnes Kern Jochen Sichelbauer gelegen hatte. Sollte ihm ein Tier die Halsschlagader aufgerissen haben, woraufhin er hier verblutet war?

Die meisten Raubtiere brachten ihre Beute umgehend in Sicherheit, bunkerten sie in ihren Höhlen oder vergruben sie, wie Lachermeier mittlerweile recherchiert hatte. Auf das, was hier geschehen war, konnte er sich keinen Reim machen.

Er kam erneut zu dem Schluss, dass hier ein Verbrechen verübt worden war. Jochen Sichelbauer hatte hier draußen seine Freunde treffen wollen. Aber noch bevor das Treffen zustande gekommen war, hatte ihn jemand umgebracht. Dann stießen Kappl und Kern hinzu. Sie fanden die Leiche. Das viele Blut hatte aber auch einen Räuber angelockt, der sich postwendend auf Kappl gestürzt hatte.

Lachermeier befühlte seine Dienstwaffe. Angesichts der Aussicht, hier oben einem gefräßigen Raubtier über den Weg zu laufen, hatte er sein Schulterholster heute Morgen überaus gern umgeschnallt. Wankel hätte vermutlich ein ganzes Arsenal mitgenommen.

Lachermeier überlegte, wie er weiter vorgehen sollte. Ein Besuch an Sichelbauers Arbeitsplatz im Christophorusheim stand an, darüber hinaus schien ihm ein Gespräch mit Vinzenz Wendlandt angebracht. Wendlandt und die beiden Vermissten waren immerhin politische Rivalen.

Sein Handy meldete sich. Der Anrufer war Glaubrecht.

»Was ist los?«

»Wir haben sie gefunden, Chef«, entgegnete Glaubrecht. Die Verbindung war ausnahmsweise ziemlich gut, was hier oben eine Besonderheit war. »Es ist entsetzlich.«

»Was habt ihr gefunden?«

»Die Leichen, Chef. Oder was von ihnen noch übrig ist.«

»Wo seid ihr?«

»Einer der Jäger hat gestern Abend Spuren einer Großkatze entdeckt. Allerdings nicht westlich vom Tatzelwurm, sondern südöstlich. Dorthin haben wir heute unsere Suche gelenkt und sind fündig geworden. Das Vieh hat sie vergraben.«

Das war eine Gewohnheit von Raubkatzen. Eine belastbare Studie, wie Tatzelwürmer so etwas handhabten, ließ sich leider nicht auftreiben.

»Wie finde ich euch?«

»Ganz schwierig, Chef. Ich weiß im Augenblick selbst nicht exakt, wie weit unten wir schon sind. Der Auerbach fließt jedenfalls ganz in der Nähe.«

***

Lachermeier hatte erhebliche Mühe, seine Kollegen und die Leute von der Bergwacht ausfindig zu machen und zu ihnen zu stoßen. Auf den weglosen steilen Hängen war er ein paarmal gefährlich ausgerutscht. Noch schwerer hatten es die Kollegen vom Erkennungsdienst, die dreißig Minuten nach ihm ankamen und allerlei Gerätschaften mit sich schleppten. Mit ihnen traf auch Wankel bei dem schwer zugänglichen Waldhang südlich der Tatzelwurmstraße ein.

»Wir bauen hernach bei der Bergung der Leichen auf die Hilfe der Bergwacht und aller anderen«, gebot Dornbacher streng in Richtung der freiwilligen Helfer.

Mit Sorge schaute Lachermeier zu dem graupelig werdenden Himmel hoch. Bei Regen würden die Bergung und der Rückweg ziemlich abenteuerlich werden.

Die Leichen waren fast vollständig vergraben in einer Erdhöhle gefunden worden. Lachermeier blieb der Anblick leider nicht erspart. Den Torsos waren große Brocken Fleisch entrissen worden, des Weiteren fehlten ganze Gliedmaßen. Die Köpfe waren noch dran, jedoch so verschmutzt, dass sie vorläufig unmöglich zu identifizieren waren.

»Was für ein Scheißvieh ist dafür verantwortlich?«, brummte Wankel in das Taschentuch, das er sich wegen der Geruchsbildung vorhielt.

»Eine Raubkatze, da gehe ich jede Wette ein«, sagte Dornbacher, wenngleich Wankels Frage routiniert an Lachermeier gerichtet war.

Die Höhle war leer, versicherten die Kollegen, Lachermeier verspürte dennoch kein Bedürfnis, sich darin umzusehen. Das hier war Angelegenheit der Forstbehörde. Ihn interessierte nur, ob einer der beiden Toten schon tot gewesen war, *bevor* ihn das Vieh als Abendessen auserkoren hatte. Eine Frage, die ihm nur die Rechtsmedizin beantworten konnte.

»Wir müssen sie umgehend identifizieren«, sagte er an Dornbacher gewandt. »Wie lange wird es dauern, bis ihr Erkenntnisse liefern könnt?«

»Schwer zu prognostizieren«, antwortete Dornbacher, der die vorsichtigen Grabungen seiner Untergebenen aufmerksam überwachte. »Wir werden die Gesichter säubern, damit du einen Blick drauf werfen kannst, aber dann gehen sie nach München. Kann sich schon ein paar Tage hinziehen, bis die so richtig in die Gänge kommen. Falls sie gerade etwas Dringenderes zu tun haben, müssen wir leider hinten anstehen.«

»Sag denen, sie sollen sich gefälligst beeilen, sonst schicken wir die nächsten Leichen nach Innsbruck.«

»Wenn unser Leichenbeschauer von einer unnatürlichen Todesursache ausgeht, dürfte es ein wenig schneller gehen.«

»Was denn«, meldete sich Wankel zu Wort. »Ist halb von

einem Vieh aufgefressen zu werden in eurem Verein etwa eine natürliche Todesursache?«

»Entschuldige, ich habe mich unklar ausgedrückt. Ich meinte, wenn man deutliche Anzeichen geltend machen kann, die auf ein begangenes Verbrechen schließen lassen.«

»Wann kannst du erste Ergebnisse liefern?«, insistierte Lachermeier.

»Wenn ich Überstunden mache, heute Abend.«

»Mach Überstunden«, bat Lachermeier, bevor er sich zum Gehen umwandte.

Wankel schloss sich ihm an, und Lachermeier musste sich eingestehen, dass er froh war, den Rückweg durch den Wald nicht allein bestreiten zu müssen.

»Irgendwo in diesem Wald lauert also eine gefährliche Raubkatze«, raunte Wankel finster.

Lachermeier entging nicht, dass der Kollege unter seiner Jacke die Hand auf der Pistole ruhen hatte. »Eine Warnung ging zwar bereits mit der Zeitung raus, aber wir sollten allen Hoteliers und Pensionswirten noch einmal eine ausdrückliche Empfehlung aussprechen, im Moment bloß keine Touristen in die Wälder zu lassen. Bevor das Tier nicht erlegt oder eingefangen ist, stellt es für jeden eine Gefahr dar.«

Wankel nickte grimmig. »Was für ein Kaliber braucht man, um eine Großkatze zu erlegen?«

»Ich fürchte, unsere Dienstwaffen reichen dafür nicht aus.«

»Dann müssen wir auf den Kopf und auf die Augen von dem Vieh zielen.«

Irgendwo knackte ein Ast. Wankel wirbelte herum, wobei er seine Pistole in Anschlag brachte. Keine zehn Meter entfernt schrie ein asiatisches Pärchen erschrocken auf und warf sich auf den Waldboden.

»AAAH!«, schrie auch Wankel, nahm aber sofort seine Pistole hoch, nachdem er registriert hatte, dass es sich nicht um eine sich anschleichende Raubkatze handelte.

»Scusi! Scusi!«, rief er und fuchtelte wild mit seiner freien Hand herum. *»No tirare! No tirare, señora y señor!«* Warum er

in einem seltsamen Mix aus Italienisch und Spanisch sprach, obwohl es sich vermutlich um Japaner handelte, konnte er allenfalls selbst beantworten. »Nix *tirare* hier.«

Die beiden Angesprochenen schauten äußerst skeptisch aus, aber nachdem Wankel seine Pistole weggesteckt hatte, erhoben sie sich. Der Mann half seiner grazilen Begleiterin zuvorkommend auf die Beine und winkte den Polizisten mit einem silbernen Ding in seiner Hand zu.

Lachermeier identifizierte eine Digicam.

»Daazelwum!«, rief der Mann mit einem gewinnenden Lächeln. »Daazelwum!«

»Nix! Das ist jetzt vorbei«, erwiderte Wankel mit einer wegwischenden Handbewegung. »Hier wird nix mehr fotografiert. Schaut, dass ihr in euer Hotel kommt. Hier ist ein gefährliches Vieh unterwegs.« Etwas leiser fügte er für Lachermeier hinzu: »Glaubst du, die verstehen mich?«

»Eher nicht«, antwortete Lachermeier. »Du solltest zur Verständigung einen Tiger nachmachen.«

»Das überlasse ich dir.«

Lachermeier sah davon ab, sich lächerlich zu machen, als er den Touristen entgegentrat. Bei Asiaten tat er sich bedeutend schwerer, das Alter zu erraten, aber er schätzte die beiden auf um die vierzig.

»Daazelwum!«, rief der Mann noch einmal begeistert und bedeutete seine Kamera.

»Kein Tatzelwurm«, erwiderte Lachermeier. »Raubkatze.« Er deutete in die Richtung, wo er das Hotel vermutete. »Sie müssen in Ihr Hotel zurück. Es ist gefährlich hier draußen.«

Der Japaner nickte, als würde er zustimmen, und wedelte wieder mit seiner Digicam. »Daazelwum. Foto. Foto Daazelwum.«

»Nix mehr Foto«, schnarrte Wankel hinter Lachermeier. »Gefährliches Vieh. GRRRAARRR! Fressen euch beide auf, wenn ihr nicht aufpasst.«

»Warte mal«, sagte Lachermeier, dem allmählich ein Licht aufging. »Erich, ich glaube, die haben gar nicht vor, den Wurm zu fotografieren.«

»Was dann? Essen die Tatzelwürmer in China?«

»Ich glaube, sie haben ihn schon fotografiert.« Lachermeier deutete auf die Digicam. Eine ähnliche hatte ihm der Franz zu Weihnachten geschenkt. Er hatte bis heute noch nicht herausgefunden, wie sie funktionierte.

»Ist da der Tatzelwurm drauf?«, fragte er die beiden.

Er erntete ein stolzes Nicken. Prompt drückte der Mann ein paar Knöpfe auf dem Gerät und lud die beiden Beamten per Handzeichen ein, an seinen jüngsten Schnappschüssen teilzuhaben.

Das erste Foto, das Lachermeier auf dem kleinen Display zu Gesicht bekam, zeigte die liebreizende Begleiterin des Mannes neben einer Felswand. Die Wetterverhältnisse, auf die ein Stück Himmel über ihr schließen ließ, passten zum heutigen Tag. Der Fotograf deutete auf das grüne Tal zu Füßen seiner abgelichteten Frau und gab dazu einen wilden Schwall Wörter von sich.

»Da unten sind Sie beide gewesen?«, fragte Lachermeier. »Ist da unten der Tatzelwurm?«

Der Mann nickte eifrig und klickte das nächste Foto auf das Display. Es zeigte ein von einer Anhöhe aus fotografiertes Stück Wald.

Lachermeier konnte nichts Ungewöhnliches entdecken.

Der Fotograf deutete auf etwas Dunkles neben einem Felsbrocken. »Daazelwum«, fügte er hinzu.

Das nächste Foto war deutlicher. Mit etwas Phantasie erkannte Lachermeier in dem Gebilde einen langen schwarzen Rücken.

»Ich kann da gar nichts erkennen«, brummte Wankel. »Sollten Großkatzen aufgrund ihrer hellen Fellfarbe nicht leicht in unseren Wäldern zu erkennen sein? Ich sehe da nirgendwo ein Katzenfell.«

Auf dem nächsten Foto war der dunkle Rücken verschwunden. Der Fotograf kommentierte noch einmal ausführlich, dann klickte er weiter. Nun war die Perspektive eine völlig andere. Die beiden Asiaten waren offenbar mutig beziehungsweise töricht genug gewesen, dem Tier zu folgen.

»Daazelwum«, sagte der Fotograf noch einmal und deutete auf eine besonders dunkle Waldregion, die sich, als er das Foto geschossen hatte, schätzungsweise dreißig Meter vor ihm befunden hatte. Das Blätterdach war dort so dicht, dass die Tageshelligkeit fast völlig ausgeblendet wurde.

Lachermeier konnte nichts Tierisches erkennen. Wohl aber konnte er es auf dem nächsten Foto. Die Perspektive war dieselbe, nur waren da jetzt zusätzliche Konturen in der schemenhaften Finsternis. Wo zuvor noch die gerade Ausformung eines mächtigen Baumstammes dominierte, hatte sich nun etwas anderes eingeschlichen: eine schwarzfarbene Verwirrung des Bildnisses mit zwei hellen Opalen. Waren das Augen?

»Daazelwum«, betonte der Fotograf noch einmal stolz.

Leider war dies das letzte Foto.

»Wir müssen das vergrößern«, sagte Lachermeier und machte eine anschwellende Geste, als würde sich zwischen seinen Händen ein unsichtbarer Luftballon aufblasen. »Verstehen Sie? Das Foto größer machen.«

Der Mann verstand und nickte eifrig.

»Womöglich hält der uns für die Presse und glaubt, jetzt als Sensationsfotograf berühmt zu werden«, merkte Wankel an.

»Wo immer die beiden zu Hause sein mögen, ich glaube nicht, dass dort die Presse mit Pistolen herumläuft«, sagte Lachermeier, fühlte sich aber trotzdem veranlasst, das Offensichtliche klarzustellen: »Wir sind die Polizei. *Corpo di polizia.*« Aus unerfindlichen Gründen hatte er sich nun ebenfalls des Italienischen bedient.

Der Asiate nickte noch immer erwartungsvoll und lud die beiden Polizisten mit der überregional verständlichen Handgeste ein, ihnen vorauszugehen. Lachermeier wusste das zu schätzen. Viele andere hätten solche Fotos wahrscheinlich für teures Geld verhökert, bevor sie irgendwer den zuständigen Behörden gezeigt hätte.

Nicht allzu weit entfernt nahm ein einsamer Waldstreifer mit Verdruss zur Kenntnis, dass gerade sein Nahrungsspeicher geplündert wurde.

Gern hätte er sich als Ausgleich an einem der Plünderer bedient, doch es waren zu viele.

***

Lachermeier nahm das asiatische Pärchen in seinem Audi mit nach Kiefersfelden, Wankel fuhr ihnen hinterher. Es könnte kompliziert werden, die Personalien der beiden Hobbyfotografen aufzunehmen, doch wichtiger waren erst einmal die Fotos. Die beiden wohnten im »Feurigen Tatzlwurm«, wie sie ihm zu verstehen gaben, als sie das Wellnesshotel passierten. Somit konnten auch ihre Identitäten festgestellt werden.

Die meisten Kollegen waren draußen im Einsatz. Die Fotos auf der Digicam auf einen neutralen Rechner zu überspielen, traute sich Lachermeier auch selbst zu, doch vorsichtshalber beauftragte er damit Obermeisterin Helga Strauss, die Anwendungsbetreuerin der Dienststelle. Nachdem alles erledigt war, kutschierte ein Kollege die beiden Touristen in ihr Hotel zurück.

»Irgendwelche Anrufe?«, fragte Lachermeier Frau Böhm.

»Etliche besorgte Anrufe von Berggastronomen, die wissen wollen, was die Polizei wegen des gefährlichen Tiers unternimmt«, gab sie Auskunft. »Dann noch zwei Herren von der Regionalpresse.«

»War auch was Wichtiges dabei?«

»Frau Großrausch hat angerufen. Sie hat wissen wollen, warum Sie ihr gestern Abend kein aktuelles Fall-Update zukommen lassen haben.«

»Was haben Sie ihr geantwortet?«

»Dass Sie kurz davor sind, mehr Licht in die Angelegenheit zu bringen, und abwarten würden, bis die Informationen gesichert sind.«

»Das haben Sie hervorragend gemacht, Frau Böhm.«

»Vielen Dank, Herr Hauptkommissar.«

Lachermeier erfreute sich an ihrer aufgebesserten Laune und zog sich in sein Büro zurück. An seinem Schreibtisch angekommen, wählte er die Nummer vom Fräulein Riesensuff.

»Sie haben um ein Update gebeten«, sagte er. »Also: Wir haben zwei verscharrte Leichen gefunden. Sie sind arg entstellt. Ein großes Tier muss sie angefressen haben.«

»Wie grässlich«, entgegnete die Staatsanwältin. »Von welchem Tier gehen Sie aus?«

»Von einer Großkatze. Zwei Touristen haben sie vielleicht fotografiert. Wir sind gerade dabei, die Fotos auszuwerten.«

»Verstehe. Sind Sie immer noch der Überzeugung, dass hier auch ein Verbrechen verübt wurde?«

»Heute Abend werden wir Genaueres wissen, aber anhand der Zeugenaussage von Agnes Kern und den Spuren am Tatort bin ich geneigt, davon auszugehen.«

»Was ist Ihrer Meinung nach da oben vorgefallen?«

»Jochen Sichelbauer hat sich mit seinen Freunden Gernot Kappl und Agnes Kern verabredet. Aber irgendjemand ist vor den beiden am vereinbarten Treffpunkt aufgetaucht und hat ihn umgebracht. Das austretende Blut hat die Raubkatze angelockt. Als Kappl und Kern eingetroffen sind, hat es Kappl angegriffen. Kern hat Glück gehabt. Die meisten Raubkatzen sind Aasfresser. Das Tier hat seine erlegte Beute sowie den toten Körper von Sichelbauer in seinen Unterschlupf geschleppt und dort verscharrt.«

»Ist von der Rechtsmedizin etwas Brauchbares zu erwarten?«

»Der Dornbacher ist zuversichtlich.«

»Haben Sie schon ein paar Alibis überprüft?«

»Noch liegt kein bestätigtes Verbrechen vor, aber wir haben uns im Umfeld der beiden Vermissten umgehört. Vernommen haben wir bislang nur Gerlinde Stockinger. Sie ist eine Freundin der Zeugin sowie eine nach ihren eigenen Angaben flüchtige Bekannte der Vermissten.«

»Gerlinde Stockinger? Etwa die Tochter der Psychologin?«

»Man kennt sich?«

»Ich nehme Sitzungen bei ihrer Mutter.«

»Ah.« Ich hoffe, nicht wegen Wankel, dachte Lachermeier, aber er schluckte die Worte hinunter.

»Sie halten mich auf dem Laufenden, ja, Herr Hauptkommissar? Sobald sich etwas ergibt, möchte ich davon erfahren.«

»Ist Ihnen etwa langweilig?«

»Gewissermaßen. Ich erwarte, von Ihnen zu hören. Auf bald.«

Während er mit der Staatsanwältin telefonierte, hatte es angefangen zu regnen. Dicke, fette Tropfen prasselten penetrant laut gegen seine zwei Bürofenster. Der Himmel hatte ein bedrohlich wirkendes Dunkelgrau angenommen.

Lachermeier sah auf die Uhr. Hoffentlich sind die Bergungsarbeiten bereits vorangeschritten, dachte er.

***

Während Jürgen im strömenden Regen nach Oberaudorf zurückfuhr, spukten ihm in willkürlicher Reihenfolge Gesprächsfragmente der vorangegangenen Unterhaltung mit Fiona Kerschensteiner im Kopf herum. Mama wird sicher Auskunft darüber geben können, ob Jochen in letzter Zeit zuweilen auswärts geschlafen hat, dachte er. Laut Fiona gab es keine festgelegte Regelmäßigkeit, doch zwei- bis dreimal pro Monat hatte Jochen angeblich in ihrer kleinen Dachwohnung in Brannenburg übernachtet, und das seit etwa einem halben Jahr. Am Tag seines Verschwindens hatten sie einander außerhalb der Arbeit nicht gesehen.

Rein auf das Äußerliche bezogen, fand Jürgen Fiona nicht sonderlich attraktiv, doch aus ihrer Unterhaltung hatte er den Eindruck gewonnen, es mit einer außergewöhnlich warmherzigen und einfühlsamen Person zu tun zu haben. Dies waren Eigenschaften, die Jochen auch bei der Auswahl seiner früheren Freundinnen geleitet hatten.

Es war jedoch weniger Fiona selbst, die Jürgen zu denken aufgab, sondern das, was sie ihm neben der Sache mit ihrer Affäre noch anvertraut hatte. Sie wusste nichts Genaues, doch sie war davon überzeugt, dass Jochen in letzter Zeit mit irgendeiner heiklen Sache beschäftigt gewesen war. Er hatte nicht mit ihr darüber geredet, jedoch schien ihn in den letzten Tagen etwas belastet zu haben. Fiona hatte versucht, zu ihm durchzudringen, was ihr aber nicht geglückt war. Jürgen verwunderte das nicht. Jochen war ein Einzelgänger, der seine Probleme lieber für sich behielt, als sie mit jemandem zu teilen.

Von seinen politischen Aktivitäten waren Fiona keinerlei Einzelheiten bekannt, doch seine aktuellen Sorgen schienen ihr damit in Verbindung zu stehen.

Jürgen kam wieder auf seine frühere Theorie zurück. Hatte Jochen aufgrund dieser Sorgen vielleicht untertauchen müssen? Hatte er dieses Horrorszenario ersonnen, damit Agnes Kern beteuern würde, dass er tot sei? Und war Gernot womöglich sein Komplize in dieser Angelegenheit? Falls dem so wäre, versteckte sich Jochen vielleicht vor seinen politischen Gegnern, zu denen nicht zuletzt auch Agnes Kern zählte.

An diesem Abend sollte wieder eine Veranstaltung im »Café Hahn« stattfinden, wie Gerlinde gestern proklamiert hatte. Jürgen wollte sich die Sache ansehen.

***

»Wofür halten Sie das?«, fragte Obermeisterin Strauss.

Lachermeier stand hinter ihrem Drehstuhl und stierte angestrengt auf das Foto, das der PC-Schirm ausgab. In verkleinerter Form hatte er es bereits auf der Digicam des Japaners bestaunt.

»Eine bessere Auflösung mit deutlicheren Konturen bringe ich nicht zustande«, erklärte Strauss. »Der Nobbi vom Erkennungsdienst könnte da sicher noch was machen. Mit dem Gerät hier aber sind wir damit an der Grenze des Machbaren.«

»Soso, der Nobbi vom Erkennungsdienst«, bemerkte Lachermeier. »Ist das wirklich so ein schlauer Hund, wie er tut?«

»Er hat auf jeden Fall was drauf. Wird noch Karriere machen.«

Das Foto zeigte einen Ausschnitt jenes dunklen Waldabschnittes, in dem die beiden Hobbyfotografen den Tatzelwurm eingefangen haben wollten. Auch im jetzigen Format konnte Lachermeier keine klaren Formen erkennen. Die beiden Opale konnten Augen sein, ja. Die konfusen Konturen drum herum konnten ein Körper sein, ja. Ebenso denkbar aber war eine optische Täuschung, die dem diesigen Wetter und den bescheidenen Lichtverhältnissen geschuldet war.

Dornbacher hatte sich auf eine Großkatze festgelegt, doch wie Wankel schon so trefflich zu Protokoll gegeben hatte, zeichneten sich die meisten Exemplare dieser Gattung durch auffällige Felle aus. Was die beiden Japaner da fotografiert hatten, war also entweder eine rabenschwarze Ausgabe oder doch etwas ganz anderes.

»Schade, dass es kein Feuer spuckt, was?«, bemerkte Strauss mit einem süffisanten Grinsen. »Dann fiele uns die Identifizierung leichter.«

»Hauptkommissar Lachermeier, ein Telefonat für Sie!«, rief Frau Böhm ins Gemeinschaftsbüro.

»Wenn es Frau Großrausch ist, erklären Sie ihr bitte, dass uns im Gegensatz zu ihr nicht langweilig ist«, entgegnete Lachermeier genervt. »Sie soll sich gedulden, ich melde mich schon, wenn es Neuigkeiten gibt.«

»Es ist gar nicht Frau Großrausch. Es ist Chefinspektor Jandl.«

Das war natürlich etwas anderes. Für Chefinspektor Moritz Jandl, den Dienststellenleiter der Polizeiinspektion Kufstein, konnte Lachermeier immer Zeit entbehren. Die beiden waren seit Jahren befreundet, genau wie Trudi und Jandls Gattin Maria. Erst vor Kurzem hatten sie in einer lustigen Runde am Kufsteiner Weinfest zusammengesessen. Trudi und er hatten dann auch wie jedes Jahr bei den Jandls übernachtet.

»Ich komme«, sagte Lachermeier und machte sich auf den Weg. »Edi, alter Schlawiner, wie geht's denn?«

»Servus, Moritz. Bis zu diesem Telefonat war es ein ganz passabler Morgen.«

»Haha, das nehme ich dir nicht ab. Du hast zurzeit ein paar Sorgen, habe ich läuten hören. Wie viel ist dadran?«

»Um Gottes willen, sag bloß, mir wird gerade die sagenhafte Ehre zuteil, von der Kufsteiner Polizei Amtshilfe angeboten zu bekommen?«

»Davon träumst du bestenfalls. Deinen Schlamassel wirst du schon allein ausbaden müssen.«

»Damit sinken meine Erfolgsaussichten ins Bodenlose.«

»Weil du gerade davon sprichst, mein Angebot für ein Praktikum bei der Tiroler Gendarmerie steht noch. Da würdest du endlich mal was lernen.«

»Nein, danke. Wie man eine Melange umrührt, weiß ich schon. Was willst du überhaupt von mir?«

»Unsere Spatzen pfeifen von den Dächern, dass du es mit zwei Vermissten zu tun hast.«

»Deine Spatzen sind nicht auf dem neuesten Stand. Wir haben heute zwei Leichen gefunden. Sie sind noch nicht identifiziert, aber es handelt sich mit größter Wahrscheinlichkeit um diese beiden Vermissten.«

»Was heißt, sie sind noch nicht identifiziert? Du wirst doch wohl ein Foto mit den beiden Leichen vergleichen können.«

»Ich glaube nicht, dass sie sich in ihrem gegenwärtigen Zustand auf Familienfotos verewigt haben. Sie sind übel zugerichtet worden. Ein großes Tier hat sich an ihnen vergangen. Wahrscheinlich eine Großkatze.«

»Auweh, das schmeckt mir gar nicht, Edi.«

»Hab ich auch nicht erwartet.«

»Pass auf, ich hab was für dich: In der Nähe vom Achensee sind einem Schäfer vor etwa sechs Wochen zwei Muttertiere gerissen worden. Er hat den fraglichen Räuber nie gesehen. Ein weiteres Mal hat er nicht zugeschlagen. Allerdings ist vor vier Wochen bei Unterlangkampfen ein Tourist aus Kärnten verschwunden. Sein Verbleib ist noch immer ungeklärt.«

Lachermeier fuhr auf seinem Bürostuhl herum und besah sich die große Landkarte an der Wand. Der Achensee, Unterlangkampfen und nun am Tatzelwurm.

Hatte da womöglich etwas Hungriges die Grenze überschritten?

»Du glaubst an einen Zusammenhang?«, fragte er den Tiroler Kollegen.

»Liegt doch auf der Hand, oder? Bei uns sind nur diese zwei Vorfälle bekannt. Wahrscheinlich ist das Vieh ein Staatsflüchtling und wildert jetzt bei euch.«

»Was für ein Vieh könnte das sein? Und wo kommt es her? Hat einer eurer Zoos einen Ausbrecher gemeldet?«

»Nein. Vielleicht ist es einem Zirkus entlaufen, der das aus Angst vor Schwierigkeiten nicht gemeldet hat. Vielleicht ist es auch illegal von einem Privatmann gehalten worden. Ich werde der Sache Priorität einräumen, aber ob sich da so bald was ergibt, ist fraglich. Wie geht ihr die Sache an?«

»Die ganze Gegend ist alarmiert, unsere Jäger halten die Augen auf.«

»Du solltest in Betracht ziehen, einen Großwildjäger hinzuzuholen. Wenn ihr es mit einem ausgewachsenen Löwen zu tun habt, ist eure Gamsbart-Flintenbagage überfordert.«

Das war gar keine schlechte Idee, wie Lachermeier zugeben musste.

»Ach ja, die Maria und ich wünschen dir nachträglich alles Gute und weiterhin stabile Knochen zu deinem Wiegentag«, fuhr Jandl fort. »Falls nötig, können wir dir eine hervorragende Anti-Aging-Creme empfehlen. Solltest du allmählich auch geistige Mangelerscheinungen bemerken – und den Eindruck, dass du solche hast, hatte ich schon immer –, gibt es da gewisse Übungen, um auch im Oberstübchen fit zu bleiben. Wenn du willst, werde ich dir ein paar …«

»Blöder Hammel!«, unterbrach Lachermeier ihn und konnte kaum fassen, dass Jandl sich über das Altern lustig machte, wo er doch zwei Jahre älter war als er. Warum kapierten die Leute nicht, dass er sich in seinen besten Jahren befand? »Ich werde dich an deine geistigen Zulänglichkeiten erinnern, wenn du das nächste Mal, wie neulich, deine Frau mit einer Parkbank verwechselst«, konterte er.

»Hahaha … aber immer noch besser als du, der als Tiroler Kulturgut einen Song von der Spider Murphy Gang anstimmt.

Wie war das noch? ›In Kufstein steht ein Freudenhaus‹ … hahahaha …«

Lachermeier meinte prompt, den vollmundig würzigen Geschmack des dunkelroten Traminers in seinem Mund zu schmecken, den er am Weinfest so ausgiebig gekostet hatte. »Die Mühlauer Sänger habe ich halt gerade nicht parat gehabt«, sagte er. »Wie auch immer. Schau, dass du deinen Raubkatzenhalter aufspürst. Ich will wissen, womit ich es hier zu tun habe.«

»Klar doch, ich werde extra für dich im Branchenverzeichnis illegale Tierhaltungen nachschlagen. Ach ja, und falls wir uns irren und ihr doch da oben euren Tatzelwurm jagt, mach mir ein hübsches Foto von ihm, bevor ihr ihn erschießt.«

Als Lachermeier erneut das Gemeinschaftsbüro betrat, hatte sich auch Wankel eingefunden und starrte auf die Fotos auf dem PC-Schirm.

»Miese Qualität«, merkte er an. »Ich dachte immer, Japaner hätten ein besonderes Händchen fürs Fotografieren. Ich kann da jedenfalls nichts erkennen.«

»Trotzdem ist da was«, sagte Lachermeier. »Jenseits der Grenze hat es in jüngster Zeit zwei Vorfälle gegeben, die mit unserem Problem zusammenhängen könnten. Zwei tote Schafe am Achensee und ein verschwundener Tourist bei Unterlangkampfen. Keinerlei Spuren bislang.«

»Das heißt, das Vieh zieht nordwärts«, konstatierte Wankel verbissen. »Wenn es tatsächlich eine Großkatze ist, kann ich mir nicht vorstellen, dass sie weitere Höhenmeter zurücklegt. Eher im Gegenteil. Trotzdem müssen wir die Kollegen in Brannenburg und auf den Berghäusern informieren.«

Nach der Mittagspause machten sich Lachermeier und Wankel auf den Weg nach Brannenburg. Nicht um sich mit den Kollegen vor Ort wegen einer möglichen Gefahr durch ein Raubtier auszutauschen, sondern um sich Jochen Sichelbauers Arbeitsplatz im Christophorusheim anzusehen und ein paar

Routinefragen zu stellen. Der Regen hielt an, hatte inzwischen aber etwas nachgelassen.

»Sag mal, schaut sich deine Tochter auch diesen Quatsch im Fernsehen an?«, fragte Wankel kurz vor Flintsbach. »Du weißt schon, diese Talentwettbewerbe, wo sich junge Leute zum Affen machen, weil sie sich einbilden, man würde da einen Star aus ihnen machen.«

»Ja, schon«, bestätigte Lachermeier. »Martha fiebert da seit Jahren mit.«

»Ist das nicht zum Kotzen?«

»Was denn?«

»Na, das ganze Konzept. Und vor allem die Typen, die sich da herausnehmen, über die Bewerber zu urteilen.«

»Tja, Jugendliche haben noch Träume. Das nutzen die Programmgestalter gnadenlos aus.«

»Und kreieren damit eine ganze Generation von seelischen Krüppeln.«

»Seelischen Krüppeln?«

»Was meinst du denn, was es für Auswirkungen auf die Psyche eines jungen Menschen hat, wenn er im Fernsehen von diesen arroganten Arschlöchern am Jurytisch vor der ganzen Fernsehnation bloßgestellt wird? Ich wünschte, einer der Bewerber hätte mal den Schneid, denen gegenüber ordentlich zuzulangen.«

»Hat es so was nicht schon mal gegeben?«

»Ja, aber das war doch viel zu harmlos. Die bräuchten mal so richtig eins in die Fresse. Ich meine, was nehmen sich diese Typen überhaupt heraus? Die sind teilweise dreimal so alt wie die Bewerber und maßen sich selbstherrlich an, über deren Generation zu urteilen. Das kann doch nicht sein, oder? Ich wünschte, die Jugend von heute wäre ein bisschen selbstständiger. Die sollten endlich kapieren, dass sie es nicht nötig haben, sich von solchen abgetakelten Showbizz-Relikten blöd anmachen zu lassen. Die sollen ihr eigenes Ding durchziehen. Stattdessen lassen sie sich von diesen Spukgestalten einer Wertung unterziehen. Bah!«

»So funktioniert das halt. Es ist gar nicht wichtig, ob die Juroren irgendetwas können oder je in ihrem Leben etwas Beachtenswertes zustande gebracht haben. Es genügt, einen einigermaßen bekannten Namen oder ein Gesicht zu haben, schon kann man da mitmachen.«

»Bringen wir es auf den Punkt«, redete sich Wankel allmählich in Rage. »Da sitzen ein paar talentlose Typen am Jurorentisch und maßen sich an, über die Talente anderer zu befinden. Das ist doch krank. Das ist doch pure Verarsche.«

»Das ist Fernsehen«, bemerkte Lachermeier bedeutend gefasster.

Da Wankel den Wagen lenkte, war es nicht angeraten, ihn noch weiter aufzuhetzen. Außerdem schaffte er das auch ganz allein.

»Wieso kapieren die jungen Leute das nicht?«, erwiderte er. »Die können doch nicht übersehen, dass sie von denen nur vergackeiert werden. Selbst wenn sie diesen bescheuerten Wettbewerb gewinnen, schau doch mal, aus wie vielen der Gewinner je was geworden ist. Die bringen eine Single raus, dann sind sie wieder vergessen. Warum ist unsere Jugend so rampenlichtgeil, sich für einen grunzerbärmlich kurzen Moment des Ruhmes im Fernsehen aller Würde berauben zu lassen?«

»Weil man der Jugend erfolgreich einimpft, Ruhm wäre wichtiger als Würde.«

»Sogar dieser Schauspieler, den ich echt mal mochte, hat so eine Drecksshow fabriziert. Hat sich wie die anderen Flachpfeifen eingebildet, er könnte Hollywoodstars aus ihnen machen. Und das, obwohl er jenseits des Teiches selbst nicht viel gerissen hat. Wieso lassen sich die jungen Leute von solchen Typen blenden? Dabei waren wir doch mal das Volk der Dichter und Denker. Ich kapier's nicht, Edi. Wie können wir diese Zustände zulassen? Manchmal glaube ich, all die radikalen Fundamentalisten haben recht, und unsere Kultur hat es tatsächlich verdient, unterzugehen.«

»Jetzt übertreib mal nicht.«

»Ich übertreibe nicht. Schau dich doch mal um, was in diesem Land passiert und wie wir systematisch von allen Seiten verblödet werden. Wir haben mal große Komponisten, Wissenschaftler und Philosophen hervorgebracht. Schau mal, was wir jetzt hervorbringen. Lauter Vollidioten.«

»Wie kommst du eigentlich auf das Thema?«

»Meine Tochter will sich bei einer dieser Shows bewerben.«

»Hast du es ihr verboten?«

»Na freilich! Ich habe versucht, ihr klarzumachen, dass diese Shows viel zu wenig Niveau haben, als dass die eine versierte Klarinettenspielerin wie sie verdient hätten. Aber glaubst du, sie hätte das eingesehen? Sie meint ernsthaft, sie hätte da Siegeschancen. Ich habe ihr nicht begreiflich machen können, dass es da meistens nicht mal um Talent geht, sondern nur darum, irgendwelche durchgeknallten Deppen vorzuführen, die man in unserer kranken Gesellschaft ein paar Wochen lang gewinnbringend vermarkten kann. Stell dir vor, jetzt sucht sie schon akribisch nach einem exotischen Künstlernamen, mit dem sie sich da vorstellen will.«

»Wieso das denn?«

»Weil man da so was anscheinend braucht. Wenn man mit einem normalen Namen antritt, hat man sowieso keine Chance. Man muss da möglichst ausgefallen und am besten so richtig dämlich klingen, damit man wahrgenommen wird.« Wankel schüttelte verbissen den Kopf. »Ich kapier einfach nicht, warum sich die junge Generation derart verarschen lässt.«

»Jungen Leuten fehlt es noch an Lebenserfahrung, als dass sie dieses ganze Schmierentheater durchschauen könnten«, sagte Lachermeier. »Die Fernsehmacher nutzen das schamlos aus. Gleichzeitig wird damit der Voyeurismus der Bevölkerung bedient. Wir Menschen lieben es, anderen beim Versagen zuzuschauen, denn das täuscht uns über unsere eigenen Unzulänglichkeiten hinweg.«

»Wow, das klingt ja fast, als nähmst du Stunden bei der Stockinger.«

»So wie du?«

»Zefix, woher weißt du das?«, fuhr Wankel auf.

»Ich hab's nicht gewusst. Aber jetzt hast du es mir verraten.«

Wankel grummelte unverständliche Laute in sich hinein.

»Hey, es ist doch heutzutage etwas völlig Alltägliches, therapeutische Hilfe in Anspruch zu nehmen«, sagte Lachermeier. »Unsere Staatsanwältin nimmt auch Stunden bei der Stockinger. Sie spricht ganz offen darüber.«

»Die Riesensuff liegt auch bei der Stockinger auf der Couch? Ha!«

»Wehe, du verwendest das mal gegen sie.«

»Nein, mach ich nicht. Was du mir wieder alles zutraust.«

»Ich kenn dich halt.«

Zehn Minuten später eruierten die beiden Beamten im Christophorusheim Jochen Sichelbauers letzten Arbeitstag. Er war pünktlich um neun Uhr morgens erschienen und hatte das Heim gegen zwanzig Uhr wieder verlassen. Über seinen weiteren Aufenthalt an jenem Tag konnte ihnen niemand Auskunft geben. Etwa zwei Stunden nach seinem Dienstschluss hatte er laut Agnes Kern tot am Tatzelwurm gelegen, doch was er in der Zwischenzeit gemacht hatte, blieb ungewiss.

Den heimischen Hof hatte er jedenfalls nicht aufgesucht. Laut seiner Mutter war es immer wieder mal vorgekommen, dass Jochen die Nächte auswärts verbrachte, was darauf schließen ließ, dass er irgendwo eine Freundin hatte. Leider konnte von den Angestellten des Christophorusheims niemand über Jochens privaten Umgang Aufschluss geben.

Lachermeier hinterließ seine Karte für den Fall, dass doch noch jemandem etwas einfiele. Als die beiden Beamten sich zum Gehen wandten, merkte die Hausleiterin beiläufig an, dass heute Vormittag Jochens Bruder Jürgen da gewesen sei.

***

»Erkennst du den Burschen?«, fragte Dornbacher.

Lachermeier stand neben ihm und sah auf das beinahe makellose Gesicht eines jungen Mannes hinab, der vor ihm auf einer Bahre lag. Der restliche Körper wurde von weißem Tuch bedeckt. Lachermeier war froh, dass Dornbacher so taktvoll war, ihm den Anblick zu ersparen. Draußen im Wald, als die körperlichen Überreste noch von Erde überzogen gewesen waren, war er zu ertragen gewesen, nun aber hatte der deformierte Körper ein Gesicht – ein Gesicht, das Lachermeier schmerzlich bekannt vorkam.

Er nickte. »Das ist Jochen Sichelbauer.«

»Kannst du uns eine Zahnbürste von ihm besorgen, für einen DNA-Abgleich?«

»Ja, das dürfte machbar sein.«

Lachermeier wunderte sich, dass ihn die neuerliche Gewissheit so mitnahm, wo doch nie ein reeller Zweifel daran bestanden hatte, dass der Sichelbauerjunge diese Nacht irgendwie überlebt haben konnte. Jochens Vater Waldemar war ein Spezl von ihm gewesen. Nun war ihm sein ältester Sohn ins Jenseits gefolgt.

»Ich drehe ihn jetzt auf den Bauch, damit ich dir was zeigen kann«, sagte Dornbacher und legte seine behandschuhten Hände an den Leichnam an. Lachermeier trug ebenfalls Handschuhe. Zum Glück bat ihn Dornbacher nicht, ihm beim Wenden zu helfen.

Von hinten sah der Kopf alles andere als makellos aus. Selbst ein Laie wie Lachermeier konnte das gewaltige Loch am oberen Hinterkopf erkennen. Es war blutverkrustet, und Lachermeier erkannte Spuren von Gehirnmasse.

»Könnte diese Fraktur von einem Sturz herrühren?«, fragte er den Kriminologen.

»Völlig ausgeschlossen«, entgegnete Dornbacher kopfschüttelnd. »Selbst wenn ihn das fragliche Tier mit voller Wucht angesprungen und er mit dem Kopf auf blanken Felsen aufgeschlagen wäre, könnte der Aufprall kein solches Loch verursacht haben.«

»Was ist dann dafür verantwortlich?«

»Jemand hat mit einem harten Gegenstand auf ihn eingeschlagen. Und zwar mit voller Wucht. Ich tippe auf einen Hammer, ein Stahlrohr oder ein Brecheisen. Der Junge hatte keine Chance, das zu überleben. Einen derart brutalen Mord durchzuführen, setzt meines Erachtens eine beängstigende Menge soziopathischer Energie voraus. Die Tatwaffe liegt wahrscheinlich in der Gumpei-Schlucht. Da würde ich sie jedenfalls verschwinden lassen. Was der Tatzelwurm verschlingt, taucht nicht wieder auf.«

»Was ist mit dem zweiten Toten?«

»Der ist rein äußerlich nicht mehr zu identifizieren. Den überlasse ich ganz den *Experten* in der Frauenlobstraße«, sagte er mit sarkastischem Unterton. »Aber dass es sich bei ihm um diesen Kappl handelt, steht ja wohl außer Zweifel, oder? In der unversehrten Hosentasche haben wir sein Handy gefunden. Fast schade, nicht? Wenn es das Vieh gefressen hätte, könnten wir es damit vielleicht aufspüren.«

»Habt ihr das Gerät schon überprüft?«

Dornbacher nickte gefällig. »Es hat um einundzwanzig Uhr neununddreißig Sichelbauers Textmessage empfangen. Danach ist es nicht mehr benutzt worden.«

Lachermeier fuhr nach Kiefersfelden zurück und betrat noch einmal sein Büro. Er hatte schon seit zwei Stunden Feierabend, doch eines war noch zu tun. Er hatte versprochen, Frau Großrausch zu informieren, sobald neue Erkenntnisse vorlagen. Agnes Kern hatte sich also weder geirrt, noch hatte sie gelogen. Sie und ihr Freund Kappl hatten Sichelbauer da oben liegen sehen. Nun galt es herauszufinden, wer sich in jener Nacht neben dem gefräßigen Vieh noch am Tatort herumgetrieben hatte.

Frau Großrausch ging nach nur kurzem Klingeln ans Telefon.

»Sie sind noch im Büro?«, erfragte Lachermeier erstaunt, der sich schon darauf eingestimmt hatte, ihre Privatnummer anwählen zu müssen.

»Nein, zu Hause«, antwortete sie. »Rufumleitung. Und Sie, Hauptkommissar?«

»Noch im Büro. Hab Neuigkeiten für Sie.«

»Lassen Sie hören.«

»Jochen Sichelbauer ist ermordet worden. Man hat ihm den Schädel eingeschlagen.«

»Und Kappl?«

»Wissen wir erst, wenn die Münchner mit ihm fertig sind. In seinem Fall glaube ich an keinerlei Überraschungen. Das Tier hat ihn getötet.«

»Sind die Rosenheimer informiert?«

»Schon, aber ich wäre Ihnen dankbar, wenn Sie mir die etwas auf Distanz halten könnten.«

»Dachte ich mir. Was brauchen Sie von mir, um mit Ihrer Arbeit anfangen zu können?«

Dass Frau Großrausch in dieser Angelegenheit so zugänglich war, überraschte Lachermeier. Bei früheren Gelegenheiten hatte er sich von Juristen eher in seiner Arbeit behindert denn geholfen gefühlt.

Nach ihrem Telefonat konnte Lachermeier seinen Dienst für heute endlich beenden. Er hatte Trudi rechtzeitig Bescheid gegeben, dass er unbestimmte Zeit später als üblich nach Hause kommen würde. Die Kiefersfeldener Klopse waren damit in gegenseitigem Einvernehmen erneut verschoben worden. Stattdessen hatte sie Hackbraten gemacht. Lachermeier wärmte sich seine Portion in der Mikrowelle und aß dann einsam im Wohnzimmer, wobei ihn im Fernsehen die Simpsons mäßig unterhielten. Er hatte das Haus an diesem Freitagabend ganz für sich. Trudi war mit ihren Freundinnen beim Kegeln, Michaela übernachtete bei Tante Klara, und Martha zog wahrscheinlich mit ihrem Kasim umher.

Nach dem Abendessen schaltete Lachermeier den Fernseher aus und stopfte sich seine Pfeife. Er überlegte, ob er Pink Floyd, Black Sabbath oder doch David Bowie auflegen sollte. Vor seinem Schallplattenregal angelangt, fischte er dann spontan das Album »Heaven And Hell« aus seinem angestammten Platz. Ronnie James Dio war nach seiner Ansicht der beste Sänger, der je bei Sabbath gesungen hatte. Als »Neon Knights« anlief, stand er bereits auf seiner genässten Terrasse und entzündete seine Pfeife. Die Luft war gut. Der Regen hatte gerade erst aufgehört.

Jochen Sichelbauer war also tatsächlich ermordet worden. Erschlagen. Mit einem äußerst harten Gegenstand. Die Frage nach Motiv und Täter war bislang vollkommen offen. Im Christophorusheim war Jochen von allen befragten Mitarbeitern und auch von seiner Chefin als umgänglicher, kompetenter und zuverlässiger Mitarbeiter beschrieben worden. Lachermeier, der den Jungen vage gekannt hatte, konnte dem nicht widersprechen. Fürderhin war nicht bekannt, dass er mit irgendjemandem Streit gehabt hätte.

Das einzige Konfliktpotenzial um Jochen Sichelbauers Person sah Lachermeier in dessen Parteizugehörigkeit. Wenn man aber Gerlinde Stockinger glauben durfte, stellten die verschiedenen politischen Ansichten und Strömungen kein Hindernis für Freundschaften dar. Nun ja, das mochte für Jochens unmittelbares Umfeld gegolten haben. In Gestalt von Vinzenz Wendlandt gab es möglicherweise doch jemanden, dem die beiden Reputschisten in seinem Reich ein Dorn im Auge waren.

Den jungen Wendlandt kannte Lachermeier nicht. Mit seinem Vater Blasius aber war er schon mehrfach aneinandergeraten. Zu Zeiten, als Lachermeier noch ein junger, aufstrebender Kommissar war, hatte der Blas eine Kneipe geführt, die allerlei Gesindel anzog. Es gab zahllose Schlägereien und mehrere Anzeigen wegen Vandalismus und nächtlicher Ruhestörung. Die Kneipe hatte zuletzt sogar das Landeskriminalamt auf sich aufmerksam gemacht. Nachdem sie als Drogenumschlagplatz hochgenommen wurde und einige Stammgäste in den Knast gewandert waren, hatte sich Blasius Wendlandt auf Speiselokale umorientiert. Dass er von den Geschäften seiner früheren Gäste gewusst oder sie sogar begünstigt hatte, konnte man ihm nicht nachweisen.

Heute führte er neben seiner Pension ein Restaurant an der Rosenheimer Straße, das einen guten Ruf genoss. Zwei oder drei weitere Lokalitäten hatte er verpachtet, eine davon an seinen einzigen Sohn Vinzenz, der mittlerweile auch Ortsvereinsvorsitzender der Progressiven Jugend Oberaudorf/Kiefersfelden war, wie Lachermeier jüngst erfahren hatte. Er würde sich den Laden demnächst mal von innen ansehen.

Ein weiterer Ermittlungsansatz waren die Nächte, die Jochen nicht auf dem heimischen Hof verbracht hatte. Höchstwahrscheinlich hatte er irgendwo ein Madl stehen.

***

Pünktlich um zwanzig Uhr saß Jürgen im »Café Hahn«. Er teilte seinen Tisch mit Gerlinde Stockinger und einem jungen Pärchen, dessen Frauenanteil ihm vage bekannt vorkam. Er steckte sie nach Niederaudorf, war sich aber nicht sicher.

Im Moment dominierte noch die allbekannte langweilige Musik die Geräuschkulisse des Cafés, doch es war unübersehbar, dass sich hier etwas anbahnte. Vinzenz Wendlandt stand hinter seiner großen Theke und sortierte außerhalb des Blickfeldes seiner Gäste etwas, das er vermutlich demnächst auf sie loslassen würde. Jürgen erinnerte sich an die dilettantischen Referate, die er in sechs gemeinsamen Schuljahren von Vinzenz hatte hören müssen, und war schon gespannt, wie er sich dieser Tage bei Vorträgen anstellte.

Das »Café Hahn« war bis auf den letzten Platz besetzt. Jürgen hatte erwartet, eine Menge bekannter Gesichter wiederzusehen, doch dem war nicht so. Am Nachbartisch saß eine vierköpfige Runde Türken oder Albaner, keiner älter als fünfunddreißig, einen Tisch weiter zwei ältere Paare, aus deren leicht verschlissener Kleidung mit bunten Halstüchern und Strohbändchen an den Armen Jürgen eine alternative Lebensweise ableitete. Die beiden Frauen trugen außerdem Blumenkränze in ihren Haaren. Zu dieser Klientel passten wohl auch die rein veganen Speisen auf der Speisekarte des Lokals.

In einer entfernten Ecke entdeckte Jürgen eine Gruppe ganz besonders griesgrämig dreinblickender Kerle. Er war sich sicher, keinen von ihnen zu kennen. Sie waren allesamt gut gekleidet und trugen protzigen Schmuck in Form von Halsketten und goldenen Armbanduhren.

»Wer sind die da drüben?«, fragte er Gerlinde.

»Die waren vor zwei Wochen auch schon da«, antwortete sie. »Ich glaube, das sind Russlanddeutsche. Vinzenz hat erwähnt, die kämen aus Rosenheim.«

»Die kommen aus Rosenheim hierher, um ihm zuzuhören?«

»Warum nicht?«

»In Rosenheim gibt es doch bestimmt einen eigenen Verband der Partei. Warum kommen die zu einem Vortrag nach Oberaudorf?«

»Keine Ahnung. Frag sie doch.«

Jürgen ließ seinen Blick weiter schweifen und entdeckte Agnes Kern. Die Leute, mit denen sie den Tisch teilte, gehörten zu den wenigen, die er einigermaßen zuordnen konnte. Es waren junge Oberaudorfer, die offenbar Geschmack an der Politik gefunden hatten – oder sich das zumindest einredeten.

Nun trat ein grinsender Kerl an Vinzenz heran und sprach ihm ein paar Takte ins Ohr. Diesen Typen hatte Jürgen noch nie zuvor gesehen. Er war um die dreißig, leger in Hemd und lederne Kniebundhose gekleidet, und versuchte offenbar, mit seinem bemüht sonnigen Lächeln den Eindruck eines Menschen zu vermitteln, der über den Problemen dieser Welt stand. Vielleicht ein Parteioberer, der Vinzenz mit wertvollen Tipps versorgte, wie man am besten Leute um den Finger wickelte. Jürgen konnte sich dennoch beim besten Willen nicht vorstellen, dass Vinzenz das Zeug dazu hatte.

Irgendwann erstarb die Hintergrundmusik, und Vinzenz hob wie ein Guru seine Hände an, um seine Schäfchen um Ruhe zu bitten.

»Guten Abend, Freunde. Ich möchte euch alle ganz herzlich begrüßen und freue mich, dass ihr so zahlreich erschienen seid.«

Etliche Gäste klopften auf ihren Tisch, um ihm Tribut zu zollen. Jürgen enthielt sich demonstrativ. Zum deutlichen Missfallen von Gerlinde.

Anschließend stellte Vinzenz die Vorstandschaft seines Vereins vor, die sich nicht ganz unerwartet vollständig an Agnes Kerns Tisch eingefunden hatte. Agnes füllte den Posten des Kassenwarts aus.

Nach der Vorstellung folgten die Tagesordnungspunkte der heutigen Versammlung. Vinzenz schwafelte zunächst von irgendeinem Jungredakteur von einer Schülerzeitung, der ihm seine Hilfe zugesichert hätte, eine Art Vereinszeitung zu entwerfen. Dann folgte die stolze Ankündigung, sein Vater würde ihn, Vinzenz, demnächst in eine ungezwungene Runde der örtlichen Unternehmer bringen, in der er sich dafür starkmachen wollte, in den Betrieben mehr auf die Belange von Frauen und immigrierten Bürgern einzugehen.

Zuletzt stellte er noch einen Kerl vor, der Jürgen aus dem örtlichen Nachtleben vage bekannt war: Tobias Schaller, seines Zeichens Fluglehrer in der Oberaudorfer Flugschule und damit ein Kollege von Gernot. Schaller hatte sich dazu bereit erklärt, dem Verein bei einer Flugblätteraktion zu helfen.

Nachdem Vinzenz die wichtigsten Themen des Abends kurz angeschnitten hatte, ging er ins Detail. Wie genau die Vereinszeitung aussehen solle und wer sich bei der Umsetzung einbringen könne, fand Jürgen nicht weiter interessant. Etliche andere Anwesende schienen ähnlich zu empfinden. Die betuchten Russen verzogen keine Miene, im Grunde schienen sich für die Idee außer dem Clubvorstand nur die beiden älteren Pärchen zu begeistern.

Die Sache mit der Unternehmerrunde fand zumindest bei einer Gruppe Frauen Anklang, die den Tisch gleich neben der Vorstandschaft vereinnahmte. Es handelte sich um vornehm gekleidete und dick geschminkte Mittdreißigerinnen. Sekretärinnentypen, wie Jürgen nicht frei von Jovialität gegenüber Gerlinde anmerkte, die sich daraufhin erneut an seinem Gebaren störte. Jürgen hatte seine Exfreundin ganz anders in Erinnerung. Früher war sie natürlicher und viel weniger steif gewesen. Heute würde sie wahrscheinlich missbilligend den Kopf schütteln, würde sie einen der schweinischen und nicht immer politisch korrekten Witze hören, über die sie früher gemeinsam so herzhaft lachen konnten. Einmal mehr fragte sich Jürgen, in welch scheinheilige und biedere Gefilde diese Welt abdriftete.

Als die Flugblätteraktion Gesprächsthema wurde, meldete sich Tobias Schaller ausführlich zu Wort. Er bekräftigte, dass er überaus viel von der Idee hielt und sich auch mit den Zielen des Ortsvereins identifizieren könne. Bei einem Gleitschirmflug wollte er die Flugblätter nach Fertigstellung flächendeckend verteilen.

Jürgen kam in den Sinn, wo bei dieser Aktion wohl der Umwelt- und Tierschutz blieb, wenn sich nach der Werbeaktion auf den Straßen, den Weideflächen und in den Bäumen überall Papier fände. In weiser Voraussicht ob schmähender Kritik stellte er die Frage aber nicht öffentlich.

Der Typ in Hemd und Kniebundhose kam nicht zu Wort, und er schien auch nicht der Vorstandschaft anzugehören.

»Weißt du, wer der Kerl da ist?«, fragte Jürgen Gerlinde.

»Sein Name ist Olaf. Er ist Österreicher.«

»Was hat er mit dem Verein zu tun?«

»Er ist ein Freund von Vinzenz und verfolgt zu Hause ähnliche politische Ziele. Er hilft uns auch bei der Finanzierung unserer Aktionen. Nenne es eine länderübergreifende Zusammenarbeit.«

»Er ist euer Geldgeber?«

»Nein, aber er weiß unser vorhandenes Budget gut anzulegen und zu vermehren. Bei den heutigen Zinsen ist das eine echte Kunst.«

»Woher habt ihr das Geld?«

»Aus Beiträgen und Spenden natürlich. Der Vinzenz hat schon einige Sponsoren an der Angel gehabt, noch bevor er den Verein offiziell gegründet hat. Es war alles bestens geplant, kannst du mir glauben.«

Nachdem sich Schaller in Szene setzen konnte, kam Vinzenz wieder zu Wort und informierte die Anwesenden über eine geplante Demonstration für eine bessere Bildungspolitik, die in München stattfinden sollte. Das war zur Abwechslung ein

Thema, das Jürgens Zustimmung fand. Die widersprüchlichen Sorgen dieses Landes, einerseits Arbeitslose und zugleich einen Fachkräftemangel zu haben, konnten nur durch eine bessere Ausbildungspolitik behoben werden.

Insgesamt machte Vinzenz trotz seiner großspurigen Worte einen unbeholfenen Eindruck. Dennoch war es ein besserer, als Jürgen erwartet hatte.

Nachfolgend entwickelte sich eine Diskussion, welche Themen man auf den Flugblättern und den geplanten Werbeflyern ansprechen wolle. Es mussten einprägsame Schlagworte aufgedruckt werden und keine halben Romane. Dazu Bildmaterial, das die Menschen aufrüttelte.

Gerlinde sprach sich für unbehandelte Lebensmittel als Leitthema aus. Aufseiten der Sekretärinnen fiel das Wort »Gleichberechtigung«. Andernorts »Toleranz«. Um nicht völlig außen vor zu bleiben, brachte Jürgen das Thema »Gesunde Wälder« in die Diskussion ein, wofür er von Gerlinde ein anerkennendes Lächeln geschenkt bekam. Auch von Vinzenz erntete er eine Reaktion. Der schien seine Anwesenheit erst jetzt bemerkt zu haben und nickte ebenfalls wohlmeinend.

Wenig später entbrannte an Jürgens und Gerlindes Tisch eine Diskussion über das Toleranzverhalten. Während sich Gerlinde dafür aussprach, man müsse Toleranz in allen Lebenslagen und vor allem bedingungslos gewähren, hielt die Niederaudorferin vehement dagegen.

»Man kann doch nicht jeden Mist tolerieren«, blaffte sie. »Wir haben mittlerweile religiöse Fanatiker und Patriarchen aus allen Himmelsrichtungen im Land. Lässt man die einfach gewähren, wie sie gern möchten, sind Frauen in zwanzig Jahren wieder da, wo sie Mitte des vorletzten Jahrhunderts waren.«

»Unsinn. Wir haben Gesetze, die das verhindern«, meinte ihr Freund bräsig.

»Bei religiösen Fanatikern kommt erst die Religion, dann lange Zeit nichts und erst dann vielleicht eine gewisse Achtung vor Landesgesetzen«, konterte sie. »Denen ist es vollkommen egal, was in unseren Gesetzesbüchern steht. In deren vier Wänden gelten eigene Gesetze, gegen die unser Grundgesetz nicht ankommt.«

»Es steht in unserem Land jedem frei, so zu leben, wie er leben will. Wir haben kein Recht, uns in fremde Lebensweisen einzumischen.«

»Falsch. Sag mal, spinnst du? Wir haben sogar die Pflicht, uns einzumischen, wenn durch derartige Lebensweisen die Freiheiten anderer eingeschränkt werden. Zum Beispiel die der Frauen, die aufgrund religiöser Dogmen zu Hause geschlagen und geknechtet werden. Wie können wir denn so etwas tolerieren?«

»Tun wir doch nicht. Jede geknechtete Frau kann ihren Peiniger anzeigen. Dann werden rechtliche Schritte eingeleitet.«

»Und was kommt bei diesen ›rechtlichen Schritten‹ raus? Gar nichts. Meistens nicht mal eine Gefängnisstrafe. Stattdessen geht das Martyrium für die Frau hernach um ein Vielfaches schlimmer als vorher weiter, weil ihr Peiniger jetzt richtig sauer ist.«

»Dann muss sie ihn eben noch mal anzeigen.«

Gerlinde nickte beipflichtend.

»Sag mal, rafft ihr das nicht?«, erboste sich die Niederaudorferin. »So funktioniert das nicht!«

»Warum soll es nicht funktionieren? Unsere Justiz würde ihren Peiniger erneut bestrafen. Diesmal härter.«

»Ja klar, mit einer fürchterlichen Bewährungsstrafe wahrscheinlich, oder? Die meisten Frauen trauen sich ihre Peiniger doch überhaupt gar nicht erst anzuzeigen, weil sie genau wissen, dass unsere Gerichte sie nicht ernsthaft bestrafen. Schaut euch doch mal in unseren Gerichtssälen um. Wir sind schon jetzt ein Land, in dem sogar Vergewaltigungen vollkommen verharmlost werden. Wie viele von diesen Dreckschweinen kommen denn mit lächerlichen Strafen davon? Und jetzt wollt ihr mir weismachen, bei häuslicher Unterdrückung würde unser Justizapparat wirksamer und nachhaltiger greifen? Dass ich nicht lache!«

Jürgen stimmte ihr zu, hielt sich aus der Debatte jedoch raus. Tolerant zu sein, mochte ein edles Ansinnen sein, doch wenn Toleranz nur von der einen Seite ausging, war sie wertlos. Leider war das nach seinem Dafürhalten viel zu oft der Fall.

»Keine Toleranz der Intoleranz«, brachte es das Mädel auf den Punkt. »Ich werde niemandem die Füße zu küssen, der mich und meine Lebensweise verabscheut und ein Problem damit hat, dass Frauen eine Stimme und eine eigene Meinung haben.«

Jürgen begann sie zu mögen.

Nachdem die wichtigsten Tagesordnungspunkte abgearbeitet waren und die Versammelten sich auch in groben Zügen auf ein Motto für das Werbematerial geeinigt hatten, ging man zum letzten Themenpunkt des Abends über: Die Anwesenden durften Wünsche und Anregungen vorbringen.

Jürgen entschuldigte sich bei seinen Tischnachbarn und erhob sich mit der Begründung, vor der Tür eine Zigarette rauchen zu wollen. Gerlinde wusste natürlich, dass er Nichtraucher war, und musterte ihn misstrauisch.

Draußen auf dem Parkplatz des Cafés besah sich Jürgen die Autos der Gäste. Fast alle hatten Rosenheimer Kennzeichen, nur zwei tanzten aus der Reihe: ein silbergrauer Mitsubishi aus Kufstein und ein schwarzer S-Klasse-Mercedes mit Münchner Nummer. Die beiden Fahrzeuge zuzuordnen, erforderte keine detektivische Meisterleistung. Der Mitsubishi gehörte dem Österreicher Olaf. Der Mercedes wurde von einem kräftig aussehenden jungen Mann bewacht. Seinem Aussehen nach zu urteilen, gehörte er zu den Typen, die im Café an Jürgens Nachbartisch saßen. Albaner, vermutete Jürgen.

Das warf Rätsel auf. Warum sollten politisch Interessierte extra aus München anreisen, um einer Versammlung von Vinzenz Wendlandts kleinem Ortsverein beizuwohnen? Darüber hinaus machten weder die Albaner noch die russische Gang aus Rosenheim den Eindruck von Politaktivisten. Auf Jürgen wirkten sie wie Gangster.

Als er erneut in die Gaststube trat, war eine Diskussion über Vogelschutz im Gange. Vinzenz' Blick begegnete dem seinen, und Jürgen sah ihn grinsen. Ob das ihm galt, wusste er nicht. Er beachtete den Vereinsobmann nicht weiter, sondern nahm seinen Stuhl neben Gerlinde wieder ein.

Später, nachdem dem offiziellen Anlass des Abends Genüge getan war, wurde die Stimmung ungezwungener. Hintergrundmusik verschaffte den einzelnen Gruppen an ihren Tischen ein wenig Privatsphäre bei ihren Gesprächen.

»Nun? Was hältst du von alldem hier?«, fragte Gerlinde.

Das seit der Toleranzfrage streitende Pärchen hatte gerade seine Zeche bezahlt und war gegangen.

»In Ansätzen sind ein paar interessante Aspekte dabei«, antwortete Jürgen gnädig. Im Grunde hielt er das Ganze nur für heißen Wind, durch den die Beteiligten ihr Gewissen aufbesserten. An einen effektiven Nutzen für die Gesellschaft, geschweige denn für die Umwelt, glaubte er nicht.

»Vinzenz macht das nicht schlecht, wie du zugeben musst.«

»Stimmt, ich habe Schlimmeres befürchtet.«

»Jetzt sei doch nicht so negativ eingestellt. Hier passiert wenigstens was.«

»Ja, und ich frage mich, was«, entgegnete Jürgen, während er dabei zusah, wie einer der Albaner an der Theke einen kleinen Geschenkkorb mit diversen Lebensmitteln und einer Flasche Wein entgegennahm.

»Bekommt hier jeder so ein Körbchen?«

»Nein, das sind Aufmerksamkeiten für diejenigen, die zum ersten Mal hier sind.«

»Du kennst diese Albaner also nicht?«

»Ich weiß nicht einmal, dass sie Albaner sind. Woher weißt du das denn?«

»Ich vermute es.«

»Das solltest du lassen.«

»Warum?«

»Weil es kontraproduktiv für ein harmonisches Zusammenleben ist, wenn man Menschen mit Nationalitäten, Glaubensströmungen oder Kulturen verbindet, denn all das ist mit Vorurteilen behaftet.«

»Und wo ist das Problem? Wenn ich jemanden für einen Albaner halte, warum darf ich dann nicht sagen, dass ich ihn für einen Albaner halte?«

»Weil du ihn in erster Linie als Menschen wahrnehmen solltest.«

»Ich sehe keine Gefahr, dass ich einen von denen mit einem Blumentopf verwechseln könnte.«

»Du weißt genau, was ich meine.«

»Überhaupt nicht. Was hast du für ein Problem mit Ehrlichkeit? Ich lasse es mir nicht nehmen, auszusprechen, was ich denke, auch wenn das nach deiner Auffassung gegen den Kodex der *political correctness* verstößt.«

»Du solltest versuchen, Menschen nach ihrem Individuum zu sortieren und nicht nach ihrem Aussehen.«

»Wenn ich sie nach ihren Individuen einsortieren soll, würde ich sie jedenfalls nicht als politische Aktivisten betrachten.«

»Ach nein? Als was dann?«

»Als Gangster.«

»Das ist mal wieder so was von typisch für unsere Zeit«, empörte sich Gerlinde. »Du siehst einen tief mediterranen Einschlag und ein paar Bärte, und schon steckst du die Leute in eine bestimmte Schublade.«

»Nein, ich sehe ihre Mienen, ihr vorsichtiges Gehabe und ihr teures Auto mit Münchner Nummer vor der Tür, das von einem böse dreinblickenden Kerl bewacht wird.«

»Und daraus schließt du, dass sie Gangster sind?«

»Für leidenschaftliche Modelleisenbahner halte ich sie jedenfalls nicht. Gib du doch mal einen Tipp ab, weshalb die sich Freitagabend von München nach Oberaudorf begeben? Um dem großen Vinzenz Wendlandt lauschen zu können, der sich für eine bessere Integration und mehr Frauenrechte einsetzt?«

Nun waren die Herrschaften am Nachbartisch aufmerksam geworden und bedachten Jürgen und Gerlinde mit finsteren Blicken. Sie schienen registriert zu haben, dass sie der Streitpunkt des Gesprächs waren.

Auf einen Wink des vermutlich Ältesten hin, der noch bei

Vinzenz an der Theke verweilte, erhoben sich die verbliebenen drei und verließen ohne Abschiedsworte mit ihrem Anführer das Lokal.

Vinzenz' Blick fiel wieder auf Jürgen. Er umrundete seine Theke und gesellte sich zu ihnen.

»Mensch, Jürgen, das ist ja ewig her«, sagte er. »Wie ist es dir ergangen, Mann?«

»Hab noch keine Partei gegründet, aber es geht mir ganz gut. Und selbst?«

»Schau dich hier um.« Vinzenz öffnete ausladend die Hände. »All das ist jetzt meins. Die Geschäfte gehen sehr gut. Man muss nicht studieren, um es zu etwas zu bringen. Wie weit bist du mit deinem Studium?«

»Dauert schon noch eine Weile.«

»Irgendwas mit Musik, nicht?«

»Irgendwas mit Musik«, bestätigte Jürgen.

»Tja, bei mir kommt die Musik vom Rechner. Für Livebands habe ich keine Verwendung. Die sind mir zu laut.«

»Keine Panik, ich wäre nie auf die Idee gekommen, dir einen Gig hier drinnen aufschwatzen zu wollen.«

»Gefällt es dir nicht im ›Hahn‹?«

»Kann sich schon sehen lassen.«

»Seit wann bist du wieder hier?«

»Bin vorletzte Nacht angekommen.«

»Klar, wegen deines Bruders. Haben sie ihn schon gefunden?«

»Nein, Vinzenz. Glaubst du denn, dass man ihn irgendwo finden wird?«

»Ich glaube jedenfalls nicht, dass Kappl und er vom Tatzelwurm gefressen worden sind.«

»Dein Kassenwart behauptet das aber.«

»Na ja, die Agnes ist ein wenig traumatisiert. Seit es überall heißt, eine Raubkatze wäre dafür verantwortlich, glaubt sie ebenfalls, eine Raubkatze gesehen zu haben.«

»Ach ja? Mir hat sie gesagt, sie hätte überhaupt nichts gesehen.«

»Hat sie wohl auch nicht. Tut mir übrigens sehr leid um deinen Bruder. Er war ein feiner Kerl.«

»Warst du mit ihm näher bekannt?«

»Man kannte sich halt so vom Sehen. Manchmal hat er hier ein Bier getrunken.«

»Und darum ist er für dich ein feiner Kerl?«

»Hey, ich wollte halt was Nettes sagen.«

»Politisch habt ihr euch nicht sehr nahegestanden.«

»Wenn schon«, meinte Vinzenz schulterzuckend. »Hat halt jeder seine Meinung. Wo stehst du eigentlich politisch? Wenn du Lust hast, dich uns anzuschließen, bist du willkommen.«

»Ich glaube, das ist nicht mein Wetter hier.«

»Schade. Na ja, bist halt ganz dein Vater, was?«

»Was soll das denn heißen?«

»Dein Vater hat sich doch auch immer gegen alles Neue gesträubt.«

»Was hat das mit dem hier zu tun?«

»Na ja, wir werden das Establishment verändern. Die Welt ist im Wandel, und wir müssen uns mit ihr wandeln, ansonsten bleiben wir auf der Strecke.«

»Ich sehe immer noch nicht, was das mit deinem Kasperverein zu tun hat.«

»Jürgen«, gemahnte Gerlinde.

»Lass nur, Gerlinde«, meinte Vinzenz aalglatt und lächelnd. »Bei uns darf jeder seine freie Meinung äußern.«

»Wie nobel von euch. Also erkläre mir doch mal, was dein Verein mit dem Wandel der Welt zu tun haben will.«

»Ich habe es schon gesagt, mein lieber Jürgen: Wer sich nicht mit der Welt wandelt, der bleibt auf der Strecke. Wir wollen die alten eingefahrenen Traditionen loswerden, um die nötige Flexibilität zuwege zu bringen, die notwendig ist, um Schritt zu halten.«

»Schritt zu halten womit?«

»Mit dem Wandel der Welt.«

Jürgen musste sich ein Lachen verkneifen. »Sag mal, merkst du nicht selbst, wie sinnentleert diese Phrase ist?«

»Warum bist du überhaupt gekommen, Jürgen? Nur um deine *bad vibrations* zu verbreiten?«

»Nein, ich hatte ehrliches Interesse daran, herauszufinden, was hier vor sich geht.«

»Und jetzt? Hast du Angst?«

»Kommt darauf an, wovon du sprichst. Vom Wandel der Welt oder von deinen Freunden mit den goldenen Kettchen und den großen Autos?«

»Jürgen, das ist doch jetzt wohl wirklich nicht nötig«, ging Gerlinde erneut dazwischen. »Reiß dich bitte zusammen.«

»Ich darf doch wohl nachfragen, wovor ich Vinzenz' Meinung nach Angst haben müsste«, erwiderte Jürgen ruhig und schützte ehrliche Neugier vor, als er sich wieder dem Ortsvereinsvorsitzenden zuwandte. »Also, Vinzenz, hättest du die Güte, mir zu verraten, wovor ich Angst haben soll?«

»Du sollst vor niemandem Angst haben, Jürgen. Vor niemandem. Angst erwächst aus Unwissenheit und mangelndem Verständnis. Wir setzen uns dafür ein, diese Hürden zu überwinden.«

»Heißt das, ihr gebt Sprachkurse?«

Früher hätte Gerlinde über diesen trockenen Witz laut aufgelacht, heute blickte sie brüskiert drein. Sie war der beste Beweis dafür, dass die Welt tatsächlich im Wandel war, und Jürgen gefiel nicht sonderlich, in welche Richtung sie sich wandelte.

»Ich schlage vor, du gehst jetzt besser, Jürgen«, sagte Vinzenz. »Dein Deckel geht auf mich, betrachte dich als eingeladen.«

»Danke, aber ich will nichts von dir, Vinzenz«, entgegnete Jürgen und klemmte einen Zehner zwischen sein Glas und den Bierdeckel. »Habe die Ehre«, gab er noch zu Protokoll und machte sich auf den Weg zum Ausgang.

Bevor er das »Café Hahn« verließ, hörte er Gerlinde sagen: »Er hat halt seinen Bruder verloren.«

War dem so? Hatte er Jochen wirklich verloren? Er musste leider zugeben, dass seine Theorie, Jochen hätte seinen Tod nur vorgetäuscht, ziemlich aus der Luft gegriffen war.

Als Jürgen an seinem Auto angelangt war, hatte er bereits eingesehen, dass er sich dumm verhalten hatte. Anstatt mit Vinzenz auf Konfrontationskurs zu gehen, hätte er sich bei ihm einschleimen und eine Aufnahme in seinen Club anstreben sollen. Als Mitglied des Ortsvereins hätte er es leichter gehabt, nach dem Schmutz zu suchen, dem sein Bruder auf der Spur gewesen war und der ihn möglicherweise sein Leben gekostet hatte.

Gleichzeitig wusste Jürgen, dass er sich wohl niemals gut genug hätte verstellen können, um diese Sache in der Weise durchzuziehen. Vinzenz hatte sich zu ihm an den Tisch gesetzt, ihm Anteilnahme vorgeheuchelt und ihm ins Gesicht gelogen, dass er viel von seinem Bruder gehalten hätte.

In Momenten wie diesen bedauerte Jürgen, dass er nicht zu mehr Falschheit fähig war.

Samstag

Alma, Bauer Ludwig Gaßners tüchtigste Milchkuh und zugleich das Lieblingstier von seiner Tochter Bianca, sah nicht kommen, was sie auf ihrer Weide, nahe den Bäumen, wo das Gras vor allem nach frischem Regen am schmackhaftesten war, anfiel und zu Boden warf. Der Schrecken war wie der nachfolgende Schmerz groß. Zu Almas Gnade dauerte beides nicht lange an.

***

Jürgen erschrak furchtbar, als er die Augen aufschlug und seine Mutter im Zimmer stand. Das schemenhafte Morgenlicht, das durch die Ritzen der alten Läden einfiel, verlieh der dunkel gekleideten Gestalt einen fast gespenstischen Anstrich.

»Mama, was ist denn?«, fragte er noch orientierungslos und knipste die Nachttischlampe an.

Auch das bleiche, ausdruckslose Gesicht seiner Mutter war das eines Gespenstes. »Die Polizei ist da«, hauchte sie aus.

»Was?« Jürgen brauchte ein paar Sekunden, bis er begriff. Die Polizei, so früh am Morgen, am dritten Tag nachdem sie die Suche nach den beiden Vermissten aufgenommen hatten … Das roch nach der Nachricht, die er nie erhalten wollte und zugleich herbeisehnte.

»Wer ist es?«

»Der Lachermeier Edi.«

Im nächsten Augenblick vernahm Jürgen unten die Türschelle.

»Geh runter und mach ihm auf«, befahl seine Mutter merkwürdig stoisch. »Ich kann es nicht. Ich kann nicht. Na los, geh!«

Jürgen nickte und kroch aus den Federn. Sein Herz raste, als er in Jeans und T-Shirt die knarzende Treppe hinabstieg. Alles wirkte unecht, als befände er sich in einem Film. Der Lachermeier Edi war gekommen. Sein Besuch konnte auch andere Gründe haben, doch es lag auf der Hand, dass sie etwas gefunden hatten. Etwas oder jemanden.

Die Türschelle läutete ein zweites Mal, bevor Jürgen öffnete. Draußen stand der Hauptkommissar.

»Guten Morgen, Jürgen. Ist deine Mutter auch da?«

»Die ist oben. Worum geht es?« Jürgen sah Lachermeiers Miene an, dass es sich nicht um erfreuliche Angelegenheiten handelte, und doch hatte er sich bis zu den nachfolgenden Worten noch ein wenig Hoffnung bewahrt.

»Wir haben südlich vom Tatzelwurm zwei Leichen gefunden«, sagte Lachermeier. »Wir bräuchten einen persönlichen Gegenstand von deinem Bruder, einen Kamm oder eine Zahnbürste, um ihn durch einen DNA-Abgleich zu identifizieren.«

»Also … also ist es mein Bruder?«

Lachermeier reagierte nicht.

»Es ist mein Bruder«, durchschaute Jürgen.

Lachermeier ließ auch das unkommentiert.

»Wie geht es deiner Mutter?«, fragte er stattdessen.

»Sie ist oben«, sagte Jürgen heiser. »Ich glaube nicht, dass sie runterkommen wird.«

»Sie ist früher ziemlich gut mit meiner Trudi befreundet gewesen. Wenn du willst, rede ich mal mit ihr, vielleicht …«

»Nein, das ist im Moment kein guter Zeitpunkt«, wehrte Jürgen ab. »Danke, Herr Kommissar, aber … es passt im Moment nicht.«

Lachermeier nickte einsichtig.

»Ich will die Leiche sehen«, stellte Jürgen klar.

»Das solltest du dir überlegen«, entgegnete der Kommissar. »Es ist kein schöner Anblick.«

»Das habe ich auch nicht angenommen«, sagte Jürgen und wunderte sich, dass ihn nicht am meisten vor der Leiche graute, sondern vor der Rückkehr in dieses Haus, wenn er seiner Mutter berichten musste.

***

»Wer ist das?«, fragte Jürgen mit Blick auf das kleine Foto über dem Autoradio, als er auf dem Beifahrersitz Platz nahm.

»Mein Enkel Franz-Eduard«, antwortete Lachermeier voller Stolz.

»Ich hab gar nicht gewusst, dass der Franz schon Nachwuchs hat.«

Lachermeier fiel wieder ein, dass sein Sohn und der Jürgen gleicher Jahrgang waren und zusammen die Schulbank gedrückt hatten.

»Hat er«, bestätigte er. »Ist jetzt ein gutes Jahr alt, der kleine Rabauke.«

»Dann sind Sie ja ein Großvater in den besten Jahren«, sagte Jürgen, und Lachermeier freute sich, dass das endlich mal jemandem auffiel. »Wie alt sind Sie? Fünfundfünfzig?«

»Fünfzig«, knurrte Lachermeier und fuhr los.

Es war still im Wagen, bis sie die Auffahrt auf die A 93 erreicht hatten. Der Wetterbericht hatte erneut Regen angekündigt. Dem graupeligen Himmel nach zu urteilen, war es bald so weit.

»Du bist gestern im Christophorusheim gewesen«, sagte Lachermeier. Er hatte den Satz als Feststellung formuliert, um Jürgen zum Erzählen zu ermuntern. Da der nicht darauf einging, knüpfte Lachermeier an seine Worte an: »Überlasse das Fragenstellen bitte uns, dazu sind wir da. Falls du relevante Informationen beitragen kannst, erwarte ich, dass du sie mir nicht vorenthältst.«

»Was sind für Sie relevante Informationen?«

»Zum Beispiel alles, was mit dem Abend des vergangenen Dienstags zu tun hat. In welcher Form auch immer.«

»Also ist mein Bruder ermordet worden.«

»Wenigstens eine der Personen, die wir gefunden haben, wurde ermordet.«

»Was wissen Sie denn schon alles?«

»Nicht genug. Hast du deinem Bruder nahegestanden?«

»Wir haben zuletzt wenig Kontakt gehabt, aber doch, ja, irgendwie schon.«

»Weshalb hattet ihr zuletzt wenig Kontakt?«

»Weil ich in Augsburg studiere.«

»Es gibt Telefone, Handys, E-Mail, Facebook ...«

»Es gibt auch viel zu tun.«

»Hat dein Bruder eine Freundin gehabt?«

»Nicht, dass ich wüsste.«

Lachermeier wollte es erst mal dabei belassen. Der Junge brauchte jetzt alle Kraft, in Rosenheim seinem toten Bruder ins leblose Antlitz zu schauen.

***

»Ich kann bestens verstehen, wenn du jetzt allein sein möchtest«, sagte Lachermeier etwa vierzig Minuten später. »Ein paar Fragen muss ich dir dennoch früher oder später stellen. Wir können das hinter uns bringen, während ich dich nach Hause fahre.«

Jürgen Sichelbauer nickte stumm. Sein Ausdruck war leer, doch er wirkte gefasst. Er war es auch, der das Gespräch begann, nachdem Lachermeier seinen Wagen gestartet hatte.

»Wann können wir ihn beerdigen?«

»Erst muss ihn sich die Rechtsmedizin in München ansehen«, antwortete Lachermeier. »Tut mir leid, das kann ich euch nicht ersparen. Die Untersuchungen ergeben vielleicht wichtige Details.«

»Wer ist verdächtig?«

»Das hat dich nicht zu kümmern. Ich versichere dir, dass die Ermittlungen auf Hochtouren laufen. Wir finden schon heraus, was da oben passiert ist.«

Lachermeier scheute sich auszusprechen, dass die Ermittlungen noch ganz am Anfang standen und es de facto noch keine konkret Verdächtigen gab.

»Die zweite Leiche ist der Gernot?«

»Er ist noch nicht identifiziert, aber in seinem Fall bleibt nicht viel Raum zur Spekulation. Die Kern Agnes war dabei, als er von dem Tier angefallen worden ist.«

»Stellen Sie Ihre Fragen.«

»Hast du vom politischen Engagement deines Bruders gewusst?«

»Nein. Ich nehme an, er ist der Partei erst kürzlich beigetreten.«

»Wir haben das überprüft. Er ist vor ziemlich genau einem halben Jahr beigetreten. Zeitgleich mit ihm sein Freund Kappl. Ist dir ein Grund bekannt, was die beiden dazu bewogen haben könnte?«

»Braucht es einen besonderen Grund, politisch aktiv zu werden?«

»Nein, aber vielleicht hat es in seinem Fall einen Katalysator gegeben.«

»Ich wüsste nicht, dass dem so wäre.«

»Wieso ausgerechnet die Reputschisten? Warum nicht eine Partei, die medienpräsenter ist und über Anlaufstellen in der näheren Umgebung verfügt?«

»Keine Ahnung, warum ausgerechnet die.«

»Hat dein Bruder Feinde gehabt?«

»Keine, die mir bekannt sind, aber vielleicht sollten Sie das ›Café Hahn‹ mal unter die Lupe nehmen.«

»Weshalb sollte ich das tun?«

»Vinzenz Wendlandt ist neuerdings ebenfalls politisch aktiv.«

»Davon habe ich gehört. Hat er einen Grund, deinem Bruder zu schaden?«

»Woher soll ich das wissen? Ich war seit neun Monaten nicht mehr hier.«

»Wo warst du übrigens am Dienstagabend?«

Jürgen schaute Lachermeier brüskiert an.

»Nur eine Routinefrage«, sagte der.

»Ich war in Augsburg, wo sonst? Ich bin erst zur folgenden Nacht in Oberaudorf angereist.«

»Kann jemand bezeugen, dass du den Dienstagabend in Augsburg verbracht hast?«

»Sie verdächtigen doch nicht ernsthaft mich, meinen Bruder erschlagen zu haben?«

»Wie gesagt, reine Routine.« Lachermeier spürte die bohrenden Blicke seines Beifahrers. Solche Fragen stellte er völlig unverdächtigen Personen nicht gern, doch sie gehörten zum Job. Die Kunst lag darin, sie zu einem Zeitpunkt zu stellen, an dem sie am wenigsten Schaden anrichteten.

»Ich habe mit meiner Band geprobt«, sagte Jürgen. »Danach haben wir ein oder zwei Bier getrunken und sind schlafen gegangen. Ich schreibe Ihnen gern die Namen der Mitglieder auf, dann können Sie jeden Einzelnen zu dem fraglichen Abend aushorchen.«

»Vielleicht komme ich darauf zurück«, meinte Lachermeier und glaubte, ein passendes Thema gefunden haben, die Situation ein wenig aufzulockern.

»Spielst du immer noch Schlagzeug, oder hast du umgesattelt?«

»Schlagzeug«, antwortete Jürgen.

»Habt ihr eine Stammkneipe, in der ihr auftreten könnt?«

»Zwei Stück.«

»Und was spielt ihr?«

»Man nennt es Trash Metal.«

»Spielt ihr Selbstkomponiertes oder Klassiker?«

»Sowohl als auch.«

»Zusammensetzung?«

»Was?«

»Aus welchen Instrumenten besteht eure Band? Eine Gitarre? Oder zwei Gitarren? Keyboard?«

»Verstehen Sie etwa was davon?«

»Vielleicht nicht von Trash Metal, aber von Rockmusik.« Lachermeier hatte das gute Gefühl, ein wenig Eis gebrochen zu haben.

»Wir haben nur eine Gitarre«, sagte Jürgen. »Bass, Schlagzeug, kein Keyboard. Einen Sänger haben wir natürlich auch.«

»Schau an, eine klassische Zusammensetzung.«

»Was verstehen Sie unter klassisch?«

»Bass, Gitarre, Schlagzeug und Gesang. Wie bei Black Sabbath.«

»Sie hören Black Sabbath?«

»Zuletzt gestern Abend, als ich mir nach dem Regen auf der Terrasse eine Pfeife gestopft habe.«

»Wow, das hätte ich nicht gedacht.«

»Dass ich rauche?«

»Nein, dass Sie Black Sabbath hören. Ich finde die auch gut. Sind gewissermaßen die Überväter allen Metals. Aber wenn ich es mir recht überlege, sind die natürlich mehr Ihre Generation als meine, darum sollte mich das nicht wundern. Die Jungs müssten ungefähr dieselbe Altersklasse wie Sie sein, oder?«

»Nein«, knirschte Lachermeier. »Die sind fünfzehn Jahre älter als ich.« Er beschloss, das Thema zu wechseln. »Ich würde gern die persönlichen Sachen deines Bruders durchsehen. Denkst du, das lässt sich einrichten?«

»Ich glaube nicht, dass Mama was dagegen hat.«

Jürgen musste sich eingestehen, dass er froh war, nicht allein zum Hof zurückkehren zu müssen. Die fortwährende Stille und die gebeugte und eher abweisende Haltung seiner Mutter schienen ihm unerträglich. Die vertrauten Gerüche, die ihm unablässig Geborgenheit suggerieren wollten, machten das Ganze noch schlimmer.

Der Lachermeier Edi hatte eine Wesensart, die es Jürgen einfach machte, ihm zu vertrauen. Eine, die nicht nur darauf zurückzuführen war, dass er offenbar einen guten Musikgeschmack hatte. Der ausschlaggebende Grund war wahrscheinlich, dass er mit seinem Vater befreundet gewesen war.

Sie fanden Jürgens Mutter in der Küche, wo sie vor einem Glas Wasser in ihrer gewohnt dunklen Aufmachung am Esstisch hockte. Lachermeier blieb an der Tür stehen, Jürgen setzte sich zu ihr, nahm ihre Hand und sagte ihr, was gesagt werden musste. Sekundenlang reagierte sie gar nicht, dann brach sie in Tränen aus.

»Es tut mir furchtbar leid, Isolde«, sagte Lachermeier. »Wenn die Trudi oder ich etwas für dich tun können, ruf bitte an.«

Isolde Sichelbauer ging gar nicht darauf ein, sondern heulte nur noch lauter.

Zehn Minuten später stand Jürgen mit dem Polizisten in Jochens Jugendzimmer. Es maß etwa sieben auf sechs Meter und beherbergte nahezu alle Habseligkeiten, die Jochen besessen hatte. Die schlichte Einrichtung bestand aus einem massivhölzernen Bett, einem dazu passenden Kleiderschank, einem Regal für eine Handvoll Bücher, CDs, DVDs und allerlei Krimskrams sowie aus einem kleinen Schreibtisch, der fast vollständig von einem alten PC-Monitor und einer Tastatur vereinnahmt wurde. Der zugehörige Rechner stand im Fußbereich des Tisches. An der freien Wand gleich daneben hing ein Poster von Kurt Cobain. Die noch übrigen freien Wandfragmente waren von Postkarten behängt, nur an der Stirnseite des Bettes hing noch ein weiteres übergroßes Poster. Es war das Filmplakat der Carmen-Verfilmung mit Paz Vega.

»Den Computer muss ich konfiszieren«, sagte Lachermeier und deutete darauf.

Dass er das Rechnergehäuse überbegrifflich als Computer betitelt hatte, ließ Jürgen schließen, dass er wohl nicht sehr vertraut war mit der Handhabe solcher Geräte und dem Gebrauch der zugehörigen Fachsprache.

»Nur zu, wenn es Ihnen hilft, Jochens Mörder zu kriegen.«

»Das muss sich noch zeigen. Kommt dir hier drin irgendetwas ungewöhnlich vor?«

Jürgen sah sich um und musste die Frage verneinen. Das Zimmer sah noch genauso aus, wie er es in Erinnerung hatte, inklusive Kurt Cobain und der betörenden Paz Vega.

Lachermeier begann, im Regal zu kramen, anschließend öffnete er den Kleiderschrank. Allzu viel gab es darin nicht zu bestaunen. Jochen hatte nie viel Wert auf Kleidung gelegt.

Im einzigen Schubfach seines Schreibtisches fanden sich einige Papiere, die Lachermeier kurz überflog. Seiner Miene nach zu urteilen war nichts dabei, das seine besondere Aufmerksamkeit weckte.

Jürgen beobachtete ihn bei seiner Arbeit, ohne selbst tätig zu werden. Gut möglich, dass Lachermeier hier ein paar private Dinge fand, die Jochen lieber unter Verschluss gehalten hätte, doch immerhin ging es um Mord. Hätte ein anderer als der Lachermeier die Durchsuchung durchgeführt, hätte Jürgen Skrupel gehabt. »Haben Sie im Christophorusheim mit allen Mitarbeitern gesprochen?«, fragte er.

»Nein«, entgegnete Lachermeier, ohne seine Aufmerksamkeit von den Schubfächern von Jochens Nachttisch abzukehren. »Das sind fast sechzig Personen, und bis jetzt haben wir keinen Anlass zu glauben, dass sein Tod mit seiner Arbeit zu tun hat.«

»Wie können Sie das ausschließen?«

»Wir schließen es nicht aus. Aber da dein Bruder am besagten Abend seinem Freund Kappl und dessen Freundin Kern allem Anschein nach eine wichtige Neuigkeit unterbreiten wollte und ermordet wurde, bevor dies geschehen konnte, konzentrieren wir unsere Ermittlungen erst mal auf Oberaudorf.« Lachermeier fuhr zu ihm herum. »Oder fällt dir jemand vom Christophorusheim ein, den wir uns eingehender vornehmen sollten?«

»Nein«, antwortete Jürgen reflexartig. Vielleicht war es ein Fehler, dem Beamten Fiona Kerschensteiner vorzuenthalten, doch Jürgen wollte ihr Vertrauen nicht missbrauchen. Sie und sein Bruder hatten ihre Affäre nicht an die große Glocke gehängt. Vielleicht hatte das einen Grund. Jürgen erhoffte sich von ihr noch ein paar Antworten, die sie ihm sicher vorenthalten würde, sollte er jetzt die Polizei auf sie hetzen.

»Was kannst du mir über Vinzenz Wendlandt erzählen?«, fragte Lachermeier.

»Nicht viel«, antwortete Jürgen wahrheitsgemäß. »Gestern Abend bin ich mit einer Freundin – Gerlinde Stockinger, Sie kennen sie ja – in seinem Café gewesen. Davor habe ich jahrelang nicht mit ihm geredet.«

»Laut einem Werbeplakat hat dort gestern eine politische Veranstaltung stattgefunden.«

»Das kann man wohl so bezeichnen.«

»War es interessant?«

»Eher bedenklich.«

»Inwiefern?«

»Ein paar von denen haben eine komische Vorstellung von einer besseren Welt.«

»Was weißt du über die politischen Aktivitäten deines Bruders?«

»Gar nichts. Vor meiner Ankunft habe ich, wie schon erwähnt, nicht einmal gewusst, dass er einer Partei angehört hat.«

»Ich meinte, ob er früher, unabhängig von irgendeiner Parteizugehörigkeit, schon politisch aktiv war, Kundgebungen besucht oder an Demonstrationen teilgenommen hat.«

»Mir ist nichts bekannt.«

Lachermeier besah sich ein Blatt Papier, das er aus Jochens Nachttisch geholt hatte. Dann reichte er es Jürgen weiter. »Hast du eine Ahnung, was das bedeuten könnte?«

Es war ein PC-Ausdruck. In Großbuchstaben las Jürgen stumm:

WENN DU MEHR ÜBER DIE FINANZIERUNGSSACHE ERFAHREN WILLST, TRIFF MICH HEUTE ABEND NACH EINBRUCH DER DUNKELHEIT AN DER HANGSTUFE UNTERHALB VOM TATZELWURM. ICH HABE INSIDERINFORMATIONEN.

EIN FREUND

Fionas Worte schossen Jürgen durch den Kopf: »Dein Bruder war mit irgendeiner großen Sache beschäftigt.« War das damit gemeint? Irgendeine Finanzierungssache?

»Von wem könnte diese Nachricht stammen?«, fragte Lachermeier.

»Woher soll ich das wissen?«, erwiderte Jürgen und fragte sich, welch seltsamen Gedankengängen Polizisten bei ihren Befragungen nachhingen.

»Vielleicht klingelt bei dir was bei dem Stichwort ›Finanzierungssache‹.«

»Nein, leider nicht.«

»Hat dein Bruder Vermögenswerte? Ich meine, ist er an irgendwelchen Finanzgeschäften beteiligt gewesen?«

»Ich weiß es nicht, Herrgottnocheins!« Sofort bereute Jürgen seine barsche Reaktion. »Wissen Sie, ich kann mir beim besten Willen nicht vorstellen, dass mein Bruder genug Geld hatte, um es irgendwo zu investieren. Als Pfleger und Erzieher wird man sicher nicht reich. Früher hat er mit unserem Vater den Hof gemacht, da hat er sich garantiert auch nicht viel beiseitelegen können. Ich wüsste nicht, woher er Geld haben könnte, um es irgendwo anzulegen.«

»Hat dein Vater eine Lebensversicherung gehabt?«

»Ja, aber glauben Sie bloß nicht, Jochen hätte dieses Geld angerührt, um es irgendwo risikoreich anzulegen. Mein Bruder war da konservativ.«

»Mir wäre gedient, würdest du dich diesbezüglich sicherheitshalber bei deiner Mutter erkundigen.«

»Na schön«, erwiderte Jürgen ungewollt aggressiv. »Ich komme gleich wieder.« Genervt verließ er das Zimmer.

Als er nach ein paar Minuten zurückkam, lag Lachermeier auf dem Boden und inspizierte mit einer kleinen Taschenlampe den Stauraum unter Jochens Bett.

»Die Lebensversicherung ist unangetastet«, sagte Jürgen aus. »Mama stockt damit ihre Hinterbliebenenrente auf, die ihr hinten und vorn nicht zum Leben reicht.«

»Irgendwann wird sie aufgebraucht sein«, sagte Lachermeier, während er sich agil wie ein Dreißigjähriger vom Fußboden erhob. »Hast du dir schon überlegt, wie es dann weitergeht? Wird die Isolde hier allein überleben können, wenn du wieder in Augsburg bist?«

Damit hatte er einen Gedanken angesprochen, den Jürgen bislang erfolgreich verdrängt hatte. Sein Vater und der Jochen waren nicht mehr, und seine Mutter war alles andere als selbstständig. Egal, ob es um Feuerholz für die kalten Monate oder um notwendige Alltagsreparaturen im Haus ging, irgendjemand würde sich fortan um alles kümmern müssen. Früher hatte sie tatkräftig bei allem mitangepackt, was eine Landwirtschaft verlangte, doch seit dem Tod seines Vaters war sie nur noch ein Schatten ihrer selbst. Nun würde es wahrscheinlich noch schlimmer werden.

»Wir finden schon irgendwie eine Lösung«, sagte Jürgen.

»Das hoffe ich für euch«, sagte Lachermeier. »Nun zurück zu dieser Finanzierungssache. Fällt dir dazu etwas ein?«

Jürgen fiel nun tatsächlich etwas ein. »Gestern Abend war unter anderem ein gewisser Olaf im ›Café Hahn‹. Seinen Nachnamen kenne ich nicht, aber ich kann Ihnen seine Autonummer geben. Gerlinde hat mir erzählt, er hilft dem Ortsverein bei der Anlage seiner Spendengelder. Muss wohl so eine Art Vermögensberater sein.«

»Warum sollte sich dein Bruder dafür interessieren?«

»Vielleicht laufen da irgendwelche krummen Sachen. Betrug, Veruntreuung oder so was.«

»Dann frage ich noch mal: Warum sollte sich dein Bruder dafür interessieren?«

»Muss man denn Polizist sein, um sich für Missstände in unserer Gesellschaft zu interessieren?«

»Nein, aber wenn irgendjemand Gesetze bricht, ist es angeraten, sich an die Polizei zu wenden. Das hat dein Bruder aber meines Wissens nicht getan.«

»Wahrscheinlich hat er keine Beweise gehabt.«

»Wie kommt es, dass du von diesem Olaf zwar die Autonummer hast, aber nicht seinen Nachnamen?«

»Ich habe mich gestern auf dem Parkplatz umgesehen. Da war nur ein einziges Fahrzeug mit österreichischem Kennzeichen, und Gerlinde hat gesagt, Olaf sei Österreicher. Folglich muss das sein Wagen gewesen sein. Gut kombiniert, oder?«

»Ja, ganz hervorragend. Schreib mir die Nummer bitte auf.«

Jürgen erfüllte ihm den Wunsch. »Es war auch ein Wagen aus München da«, fügte er hinzu. »Kommt Ihnen das nicht seltsam vor?«

»Warum sollte mir das seltsam vorkommen?«

»Wie wahrscheinlich ist es denn, dass eine Gruppe Münchner an einem Freitagabend nach Oberaudorf fährt, um dem dortigen Ortsvereinsvorsitzenden der Progressiven-Partei zuzuhören?«

»Die könnten auch zufällig vor Ort gewesen sein«, sagte Lachermeier. »Vielleicht ein Zwischenstopp auf dem Weg zur Sommerfrische in Südtirol.«

Tut der nur so schwerfällig, oder ist der tatsächlich so?, fragte sich Jürgen im Stillen. »Die haben nicht gerade nach Urlaubern ausgesehen.«

»Wie haben sie denn ausgesehen?«

Jürgen beschloss, die Frage zu übergehen. »Wie geht es jetzt weiter?«, fragte er stattdessen.

»Ich kann dir sagen, wie es *nicht* weitergeht«, entgegnete Lachermeier. »Du bist bei Agnes Kern gewesen, bei Gerlinde Stockinger, im Christophorusheim und im ›Café Hahn‹. Es braucht nicht viel Phantasie, um schlusszufolgern, dass du Nachforschungen anstellst. Ich möchte, dass du damit aufhörst und mit uns zusammenarbeitest.«

»Ich soll mit Ihnen auf Spurensuche gehen?«

»Nein, du sollst uns nichts an nützlichen Informationen vorenthalten.«

Innerlich war Jürgen alarmiert, glaubte aber, das gut überspielt zu haben. Ahnte Lachermeier, dass er ihm in Gestalt von Fiona Kerschensteiner eine vielleicht wichtige Zeugin verheimlichte? Er hielt nichtsdestotrotz an seinem Vorhaben fest, zunächst auf persönlicher Ebene Fionas Vertrauen zu gewinnen. Sollte das nicht fruchten, konnte er Lachermeier immer noch einweihen.

Auf dem Weg nach Kiefersfelden ging Lachermeier verschiedene Gedankenspiele durch. Es gab zwei Möglichkeiten, was es mit diesem Blatt Papier, das mit »Ein Freund« unterzeichnet war, auf sich hatte: Entweder hatte Jochen den Zettel von jemandem erhalten, oder er hatte vorgehabt, ihn jemandem anonym zukommen zu lassen. Die Tatsache, dass er ihn bei sich zu Hause in einer Schublade aufbewahrt hatte, sprach für Ersteres.

Leider verriet das Papier durch nichts, wie alt die Nachricht war. Bezeichnend war aber, dass der Verfasser die Hangstufe als Treffpunkt auserkoren hatte. Sollte Jochen an seinem Todestag den Ort des Verbrechens nicht freiwillig aufgesucht haben, sondern gezielt dorthin gelockt worden sein? Demnach könnte der Verfasser dieser anonymen Nachricht sein Mörder sein. Aus dieser Überlegung ergab sich die Frage, warum Jochen Sichelbauer überhaupt auf anonyme Nachrichten angesprungen war.

Es gab einen Zeitpuffer von etwa zwei Stunden, der im Dunkeln lag.

Was hatte Sichelbauer in der Zeit zwischen zwanzig Uhr und seinem Todeszeitpunkt getrieben? Die Fahrt von Brannenburg nach Oberaudorf dauerte kaum zwanzig Minuten, zum Tatzelwurm nur etwa halb so lang. Was hatte Jochen Sichelbauer mit der übrigen Zeit angestellt?

Da er nach Arbeitsende den heimischen Hof nicht mehr aufgesucht hatte, stellte sich außerdem die Frage, wie dieser Zettel in seinen Nachttisch gelangt war. War er an dem Abend vielleicht doch kurz zu Hause gewesen und die Isolde hatte ihn bloß nicht bemerkt? Diese Erklärung befriedigte Lachermeier nicht. Wenn er in seinem Ereignisgerüst nicht einen Denkfehler hatte, musste er darauf schließen, dass Jochen diese anonyme Nachricht schon früher erhalten hatte. Tage, vielleicht sogar Wochen vorher. Möglicherweise hatte er sich seitdem regelmäßig mit diesem Informanten getroffen.

Lachermeier besah sich noch einmal das Blatt Papier. Es war ein Computerausdruck, kein Zweifel. Die Frage war, in welcher Form es Jochen Sichelbauer übergeben worden war. Da es mittig gefaltet war, mochte es in einem Kuvert gesteckt haben.

Lachermeier gestand es sich ungern ein, doch er hatte hier kein leichtes Rätsel zu knacken. Vielleicht wären ein oder zwei

Spezialisten von der Rosenheimer Kripo als Verstärkung doch nicht so verkehrt.

***

Vor der Inspektion angekommen, wollte Lachermeier zunächst jemanden aus der Wache hinauskomplimentieren, um Jochens Computer aus seinem Kofferraum zu holen. Ihm fiel jedoch ein, dass er ein Mann in den besten Jahren war, und trug das Ding selbst rein.

Das Gemeinschaftsbüro war voll besetzt. Wankel lehnte mit gewohnt säuerlicher Miene am Schreibtisch von Obermeisterin Strauss, die an ihrem PC arbeitete. Zwei weitere Kollegen werkelten an ihren eigenen Tischen.

»Morgen, Chef«, vernahm Lachermeier aus mehreren Mündern, sogar Wankel schien irgendetwas gemurmelt zu haben.

»Morgen«, entgegnete er. »Wie stehen die Aktien?«

»Der Nobbi hat die Fotos noch ein wenig auffrisieren können«, sagte Helga Strauss. »Zu erkennen ist leider immer noch nichts.«

»Besser gesagt überhaupt nichts«, brummte Wankel hinzu.

»Ich möchte, dass Sie sich diese Kiste umgehend vornehmen«, sagte Lachermeier und stellte das Computergehäuse neben Strauss' Schreibtisch ab.

»Wem gehört der?«, fragte sie.

»Dem bislang einzigen bestätigten Mordopfer Jochen Sichelbauer«, antwortete Lachermeier und besah sich ihren Bildschirm, welcher das Foto mit den unförmigen Konturen in der dunklen Waldscharte zeigte. Auch mit viel Anstrengung vermochte er dort keine Großkatze zu erkennen. Vielleicht hatten die beiden Japaner doch etwas ganz anderes geknipst.

»Ich nehme mir das gleich vor«, sagte Strauss und stöpselte das Gerät in eine Steckdose.

Lachermeiers Blick fiel auf Wankel, der an diesem Vormittag noch ein wenig verstimmter aussah als sonst. Vielleicht, weil Samstag war.

»Wie sieht es mit dem Schlüsseldienst aus, Erich?«

»Steht bereit«, verkündete Wankel wortfaul.

»Welche Laus ist dir denn heute schon über die Leber gelaufen?«

»Er führt gerade einen Familienkrieg«, flüsterte Strauss mit einem amüsierten Augenzwinkern.

»Tatsächlich?« Lachermeier wandte sich wieder an den Oberkommissar. »Wer gegen wen? Welche miesen Taktiken werden angewandt?«

»Meine Tochter droht damit, nie wieder Klarinette zu spielen, wenn sie sich nicht bei dieser bescheuerten Talentshow bewerben darf«, knurrte Wankel. »Ich hasse vierzehnjährige Mädchen.«

»Warum lässt du sie diese Erfahrung nicht einfach machen?«

»Niemals. Meine Tochter wird sich nicht so erniedrigen. *Meine* Tochter nicht.«

Lachermeier seufzte. »Ist Glaubrecht in seinem Büro?«

»Nein, er ist mit Herrn Sammüller zum Tatzelwurm raufgefahren«, antwortete Strauss.

»Mit wem?«

»Dieter Sammüller. Das ist der Großwildjäger aus Schrobenhausen.«

»Schau an. Was jagt man in Schrobenhausen denn so für Großwild außer Spargel?«

»Gar keins. Der hat zwanzig Jahre lang in Afrika gelebt.«

Lachermeier nahm das Blatt Papier mit der anonymen Nachricht aus seiner Tasche und legte es Strauss auf den Schreibtisch. »Das können Sie auch mal Ihrem Nobbi zeigen«, sagte er. »Vielleicht findet sich anhand der verwendeten Tinte eine Besonderheit, durch die wir auf das Gerät schließen können.«

»Was ist das?«, fragte Wankel und warf einen neugierigen Blick darauf.

»Hab ich in Sichelbauers Nachttisch gefunden«, antwortete Lachermeier.

***

Wenig später, nachdem er mit Moritz Jandl wegen der Kufsteiner Autonummer telefoniert hatte, steuerte Lachermeier seinen Wagen nach Oberaudorf zurück. Wankel saß auf dem Beifahrersitz, das Auto vom Schlüsseldienst, der ihnen Gernot Kappls Wohnungstür öffnen würde, fuhr ihnen hinterher.

»Denkst du, der Mörder hat Sichelbauer mit dieser Nachricht zum Tatzelwurm gelockt?«, stellte Wankel zur Diskussion.

»Nein, ich glaube, diese Nachricht ist schon älter«, antwortete Lachermeier. »Nach unserem bisherigen Kenntnisstand hat Sichelbauer sein Zimmer nicht mehr betreten, nachdem er am Dienstagmorgen den Hof Richtung Brannenburg verlassen hat. Er muss den Zettel demnach schon vorher in seinem Schreibtisch deponiert haben.«

»Fragt sich, wer dem Kerl anonyme Nachrichten schreibt.«

»Keine Ahnung, aber diesen Jemand müssen wir finden. Entweder ist er der Mörder, oder er kann uns zumindest sagen, in welcher Ringecke der Mörder zu finden ist.«

»Das kriegen wir vielleicht auch anders gebacken. Die Riesensuff sorgt dafür, dass wir Einsicht in die Vermögensverhältnisse von Jochen Sichelbauer erhalten. Wenn der an irgendwelchen Finanzgeschäften beteiligt war, finden wir das raus.«

»Hast du mit ihr telefoniert, oder war sie heute schon da?«

»Sie war höchstpersönlich da.«

»Ich hoffe, du warst höflich zu ihr.«

»Bin ich doch immer.«

»Nein, bist du nicht.«

»Warum sagst du so was?«

»Weil ich dich lange genug kenne. Gib's zu, du hast ihr doch bestimmt wieder irgendwas hingerieben.«

»Na ja, ich hab vielleicht eine kleine Bemerkung fallen lassen. Ob sie auf dem Rückweg wohl gleich noch zu einer Sitzung bei der Stockinger vorbeischaut.«

»Kreuzbirnbaum, Erich, du hast mir versprochen, diese Information nicht gegen sie zu verwenden.«

»Ich verwende sie doch nicht gegen sie. Es war nur eine harmlose Frage.«

»Was hat sie geantwortet?«

»Sag ich nicht.«

»Aha, also hat sie dir ordentlich Kontra gegeben.«

»Lass uns jetzt wieder über den Fall reden. Wir waren bei dieser Finanzierungssache.«

Lachermeier verkniff sich ein Grinsen. »Na gut, wie du willst. Ich glaube nicht, dass Jochen Sichelbauer selbst an einer solchen beteiligt war. Aber er hat wohl von einer gewusst, die nicht ganz sauber war.«

»Ich wette, es hat mit diesem neu gegründeten progressiven Ortsverein zu tun.«

»Schon möglich. Ebenso möglich, dass er in seinem eigenen politischen Lager auf etwas gestoßen ist. Die dritte Möglichkeit wäre das Christophorusheim. Weitere soziale Kontakte, die über seinen Freundeskreis hinausgingen, scheint Jochen Sichelbauer nicht gepflegt zu haben.«

»Die zweite Möglichkeit schließe ich aus. Neben Sichelbauer und Kappl gibt's hier keine weiteren Reputschisten. Wie also sollen die da irgendwas spitzgekriegt haben?«

»Woher weißt du denn so genau, dass es keine weiteren Reputschisten gibt? Man braucht sich in unserem Land seine Parteizugehörigkeit noch nicht auf die Haustüre zu schmieren.«

»Ach, das wüsste man doch, wenn es noch welche gäbe.«

»Wieso? Weil du Quellen an sämtlichen Stammtischen hast?«

»So ungefähr.«

Lachermeier schüttelte halb irritiert, halb belustigt den Kopf. »Ich habe mich heute beim Frühstück übrigens ein wenig mit den Reputschisten und ihrem Wahlprogramm befasst.«

»Und? Was hältst du von denen?«

»Manches klingt recht vernünftig, anderes ist mir zu abstrus.«

»Abstrus?«

»Die sind gegen die EU und wollen die D-Mark wieder

einführen. Das ist doch Unsinn. Unser Land zieht aus beidem einen gewaltigen Nutzen. Ohne den Euro hätten wir ein ziemliches Exportproblem.«

»Quatsch, das haben dir die Großkopferten nur erfolgreich eingeredet. Als ob der Export erst mit dem Euro erfunden worden wäre. Der Euro ist noch unser Untergang, Edi. Schau dir doch mal an, in was uns der reinreitet! Und die EU, pah! Die EG hat noch Sinn und Zweck gehabt, aber die EU? Pah!«

»Ohne den Euro wären wir nicht so glimpflich aus der letzten Finanzkrise gekommen. Unsere gewählten Volksvertreter werden schon wissen, was sie tun.«

»Klar wissen sie das. Die tun das, was für sie, ihre Karrieren und ihre Lobbyisten am besten ist. Aber sie tun nicht, was für uns, ihr Volk, wichtig wäre. Schon lange nicht mehr. Ich meine, wie kann es denn sonst sein, dass wir radikalen fundamentalistischen Organisationen eine Plattform gewähren, die unsere Freiheit dazu missbrauchen, sie zu unterminieren?«

»Bitte jetzt nicht wieder *die* Diskussion.«

»Du hast damit angefangen.«

»Ich habe nur gesagt, dass ich mich mit deiner Partei befasst habe.«

»Ist nicht meine. Ich wähle sie nur.«

»Wie auch immer.«

Lachermeier hielt am Bürgersteig vor dem Vier-Parteien-Haus an. Der Mann vom Schlüsseldienst, ein Kerl von etwa dreißig Jahren mit halblangen blonden Haaren, machte einen aufgeweckten Eindruck auf ihn.

»Um was geht es hier eigentlich?«, fragte er. »Könnten wir in der Wohnung etwa eine Leiche finden?«

»Möglich ist alles«, vermerkte Wankel grimmig.

»Es ist die linke Wohnung im oberen Stockwerk«, klärte Lachermeier den Schlüsseldienstler auf. »Gehen Sie ruhig schon vor.«

»Weshalb soll ich vorgehen?«, erwiderte der junge Mann. »Ich bin da echt fix. Sie werden nicht warten müssen.«

»Dann gehen Sie voran«, meinte Lachermeier und gestikulierte entsprechend.

Die drei Männer hatten den gepflasterten Rundweg, der das Haus umschloss, kaum betreten, als ein Pärchen in den mittleren Jahren aus der Fronttür kam. Beide waren tief gebräunt und trotz des nach Regen aussehenden Wetters äußerst luftig gekleidet.

»Das sind die Pillenjunkies, von denen ich dir erzählt habe«, bemerkte Wankel.

»Die Sklaven der Pharmaindustrie«, erinnerte sich Lachermeier.

»Herr Oberkommissar!«, rief die Frau schon aus zwanzig Metern Entfernung. »Wie schön, Sie wiederzusehen! Haben die Baldriankapseln gewirkt?«

»Ähm … ja, ganz hervorragend«, entgegnete Wankel ein wenig verlegen. »Ich bin ein völlig neuer Mensch seitdem, danke.«

»Nun, dieses Mal könnten Sie Glück haben. Ich glaube, der Herr Kappl ist zu Hause. Zumindest war er es letzte Nacht.«

»Wie bitte?«, erwiderte Lachermeier. »Der Herr Kappl ist zu Hause? In seiner Wohnung, meinen Sie?«

Die Frau wechselte einen irritierten Blick mit ihrem Mann. Der fügte hinzu: »Also, wir können es nicht beschwören, vielleicht ist er jetzt auch in der Arbeit, aber letzte Nacht ist er wieder nach Hause gekommen.«

Auch Lachermeier und Wankel wechselten einen Blick. Der Mann vom Schlüsseldienst verfolgte die Szenerie neugierig.

»Haben Sie Herrn Kappl denn gesehen?«, fragte Lachermeier.

»Nein, nur gehört«, sagte der Männeranteil des Pärchens.

»Erklären Sie mir das bitte genauer.«

»Nun ja, wir haben ihn nach Hause kommen hören. Erst die Schritte im Flur, dann die Geräusche nebenan. Die Wände sind hier sehr dünn, wissen Sie?«

»Die Schlafzimmer befinden sich zum Glück auf den jeweils

abgekehrten Hausseiten«, fügte seine Frau mit einem schelmischen Augenzwinkern hinzu, woraufhin Wankel »Viagra« flüsterte.

»Was waren das für Geräusche, die Sie gehört haben?«, fragte Lachermeier. »Und wie spät war es da?«

»Es waren die üblichen Geräusche, die man hört, wenn sich jemand nebenan aufhält«, antwortete der Mann. »Das Knarren des nicht mehr ganz neuen Fußbodens, ein Schubfach, das ein wenig zu schwungvoll geschlossen wird, so was halt. Da war es kurz nach elf, oder, Schatz?«

Die Frau bestätigte.

»Woher wissen Sie, dass es sich bei dem Besucher um Herrn Kappl gehandelt hat?«

»Wer sollte es denn sonst gewesen sein? Er hat außerdem seinen Briefkasten ausgeleert.« Der Mann deutete auf die vier schwarzen Kästen gleich neben der Eingangstür. »Gestern Abend schaute da noch ein Sportmagazin aus dem Schlitz heraus.«

»Haben Sie ihn auch wieder gehen hören, den Herrn Kappl?«

»Nein, wir haben dann unsere Schlaftabletten genommen.«

Wankel setzte seine Hab-ich's-dir-nicht-gesagt-Miene auf.

»Nun gut, vielen Dank erst mal. Wir kommen vielleicht noch einmal auf Sie zurück.«

»Jederzeit gern, die Herren.«

Lachermeier, Wankel und der junge Mann vom Schlüsseldienst betraten das Mietshaus. Sollten sie einem kolossalen Irrtum aufgesessen sein? War Kappl gar nicht tot? Hatte er den Angriff des Tatzelwurms – oder was immer es gewesen war – etwa überlebt? War die zweite gefundene Leiche ein ganz anderer? Obgleich es noch keine konkreten Anhaltspunkte für diese Theorie gab, spürte Lachermeier, dass sich der Fall gerade um eine weitere Ecke verkompliziert hatte.

An Kappls Wohnungstür angelangt, klopfte er. »Gernot Kappl?«

Im Inneren regte sich nichts. Der Kerl vom Schlüsseldienst fand das unübersehbar recht spannend. Vor allem, als Wankel seine Dienstwaffe zückte.

»Haben wir es hier mit einem Killer zu tun?«

»Möglicherweise«, bestätigte Wankel unangebrachterweise.

»Öffnen Sie bitte die Tür«, bat Lachermeier den jungen Mann.

»Aber wenn da ein Killer drin ist …«

»… werden wir ihn stellen. Machen Sie bitte auf.«

»Keine Sorge, wir sind auf so was trainiert«, fügte Wankel wenig vertrauenerweckend hinzu.

Kurz darauf standen sie in Kappls sorgfältig aufgeräumter Wohnung. Der Mann vom Schlüsseldienst war draußen im Flur geblieben. Lachermeier und Wankel inspizierten rasch alle Räume und gelangten zu dem Schluss, dass die Wohnung menschenleer war.

»Hältst du es für möglich, dass Kappl gar nicht tot ist?«, brummte Wankel, während er seine Pistole wieder einsteckte.

»Noch sind seine Überreste nicht identifiziert«, sagte Lachermeier. »Ausgeschlossen ist es also nicht. Wer immer letzte Nacht hier drin gewesen ist, er hat sich entweder mit Schlössern ausgekannt, oder er hat einen Schlüssel gehabt.«

»Seine Freundin könnte einen haben.«

»Das finden wir umgehend heraus.«

»Meinst du, dass Kappl der unbekannte Schreiber war? Würde der seinem Freund Sichelbauer einen anonymen Brief zuschieben?«

Lachermeiers Blick fiel auf die Hauspost, die das Pärchen erwähnt hatte und die nun auf einer Anrichte im Wohnzimmer lag. Auf dem einfolierten Sportmagazin lag ein Kuvert mit Sichtfenster. Absender war ein Mobilfunkanbieter. Wahrscheinlich enthielt es die Monatsabrechnung.

»Tüte das vorsichtig ein«, wies Lachermeier seinen Kollegen an. »Darauf finden wir möglicherweise die Fingerabdrücke von der Person, die gestern hier war.«

Die Wohnungsdurchsuchung verlief unspektakulär. Kappls Haushalt war der eines sehr gesundheitsbewussten Mannes, wie Lachermeier konstatierte. Die Lebensmittel, die sich in Kühlschrank und Speisekammer fanden, wiesen nahezu alle das Bio-Gütesiegel auf, und wo sich bei anderen Bier und Cola stapelten, gab es bei Kappl Orangen- und Apfelsaft sowie Mineralwasser.

Im durchaus geschmackvoll eingerichteten Wohnzimmer lagen einige Magazine und Zeitschriften auf dem Beistelltisch neben der Couch. Abgesehen von einer aktuellen Fernsehzeitschrift handelte es sich ausschließlich um Sport- oder Fitnessmagazine. Vergleichbares Material fand sich unter einer Ansammlung von DVDs im Sideboard unter dem Fernseher. Die wenigen Spielfilme darunter waren ausnahmslos solche, in denen entweder das Bergsteigen oder eine andere Sportart im Vordergrund standen. Den mit Sylvester Stallone glaubte Lachermeier schon mal gesehen zu haben.

Kappls Sportbegeisterung bezeugten auch die Fotos, die in der Diele aushingen. Sie zeigten ihn mal an einem Gleitschirm hängend, mal in Skimontur, mal mit geöffnetem Helmvisier auf einem Motorrad, mal an einer Steilwand. Auf manchen Fotos war auch Jochen Sichelbauer zu erkennen. Agnes Kern dagegen ging leer aus. Lachermeier schloss daraus, dass sie sich wohl nicht viel aus Kappls Aktivitäten machte.

»Ich sehe keine Anzeichen eines Einbruchs«, bemerkte Wankel trefflich. »Wer immer letzte Nacht hier gewesen ist, der hat sich ausgekannt. Falls er etwas entwendet hat, hat er sehr genau gewusst, wo es aufbewahrt wurde.«

Lachermeier stimmte ohne Einschränkung zu. Die Schubfächer wie auch die Schränke waren vorbildlich eingeräumt, nichts der Unordnung überlassen. Der nächtliche Besucher hatte ganz genau gewusst, was er hier wo vorfinden würde.

»Warum hat er den Briefkasten geleert?«, raunte Wankel in den Raum. »War die Post vielleicht der Grund für seine Anwesenheit?«

Ein interessanter Gedanke, fand Lachermeier. Finanzdienstleister hielten ihre Kunden üblicherweise mit Briefen auf dem Laufenden. Vielleicht war ein Brief der Grund für Kappls Rückkehr gewesen. Doch konnte es Kappl überhaupt gewesen sein? Befand sich der nicht tot und halb aufgefressen auf dem Weg nach München? Falls er doch noch lebte, wieso war er untergetaucht? Und wenn er untergetaucht war, weshalb interessierte er sich dann noch für seine Post? Tote brauchten weder Rechnungen zu bezahlen. noch wurden ihnen Renditen ausbezahlt. All seine etwaigen Vermögenswerte würden wahrscheinlich über kurz oder lang seinen Eltern am Starnberger See überschrieben werden.

»Die Nachbarn wollen das Schließen von Fächern oder Schranktüren gehört haben«, resümierte Lachermeier. »Kappl muss um die dünnen Wände seiner Wohnung gewusst haben. Wenn er auf Heimlichkeit aus war, hätte er sich leiser und vorsichtiger verhalten müssen.«

»Vielleicht ist er davon ausgegangen, die beiden Pharmalakaien würden längst an der Matratze horchen«, mutmaßte Wankel. »Als guter Nachbar hat er bestimmt deren Gewohnheiten gekannt, inklusive ihrem täglichen Pillenmarathon.«

»Möglich, aber nicht überzeugend«, meinte Lachermeier. »Vielleicht hat der Einbrecher ganz einfach nichts von den dünnen Wänden gewusst.«

»Dann hätten wir also einen Einbrecher, der sich hier ausgekannt hat, der einen Schlüssel hatte, aber nichts von der Beschaffenheit der hiesigen Wände wusste. Das klingt mir zu unglaubwürdig.«

»Du glaubst, es war tatsächlich Kappl selbst?«

»Vielleicht handelt es sich bei dem zweiten Toten nicht um ihn, sondern um den in Unterlangkampfen verschwundenen Kärntner.«

»In dem Fall hätte ihn unser Tatzelwurm ganz schön weit spazieren getragen. Außerdem hätte er ihn irgendwo konservieren müssen. Die Sache ist schließlich schon Wochen her. Die gefunden Überreste aber waren nicht verwester als die von Sichelbauer.«

»Seit wann bist du denn ein Verwesungsexperte?«

»Wenn es zwischen den beiden Leichenüberresten derartige Verwesungsunterschiede gäbe, hätte der Dornbacher das erwähnt.«

Die beiden Polizisten stellten neben der Hauspost nur ein Notebook aus Kappls Wohnung sicher. Anschließend versiegelten sie die Tür.

Nachfolgend suchten Lachermeier und Wankel Agnes Kern in dem Biokost-Laden auf, in dem sie arbeitete. Zunächst waren sie zu ihrem Elternhaus gefahren. Lachermeier hatte erwartet, dass sie nach dem Schock noch nicht arbeitsfähig sein würde, doch darin sollte er sich getäuscht haben. Hannes Kern, Agnes' Vater, nannte ihnen die Adresse des Feinkostladens im Herzen von Oberaudorf. Zumindest in Sachen Ernährung schienen die Progressive und ihr reputschistischer Freund Kappl eine Gemeinsamkeit zu haben.

»Sie ist ja so fleißig, unsere Agnes«, schwärmte Hannes Kern. »Als ob sie im Laden nicht schon genug am Hals hätte, engagiert sie sich jetzt auch noch politisch. Die Arme hat bald für gar nichts anderes mehr Zeit.«

Als Lachermeier und Wankel den Bioladen betraten, bediente Agnes gerade eine Kundin. Sie warteten in respektvollem Abstand. Lachermeier bestaunte dabei die Auswahl an Produkten in den Regalen. Neben allerlei Delikatessen gab es auch Pflegeprodukte, vom Shampoo bis hin zum Lippenstift, welche die strengen Kriterien des biologischen Gütesiegels erfüllten.

»Die Herren Kommissare«, stellte Agnes Kern nüchtern fest, nachdem die Kundin gegangen war.

»Wir wollen Sie nicht von der Arbeit abhalten, Frau Kern, aber es gäbe da noch zwei Kleinigkeiten zu klären.« Lachermeier bemühte sich eines fürsorglichen Tonfalls, obgleich Agnes Kern schon wieder einen ganz resoluten Eindruck auf ihn machte. Ihre heutige Erscheinung war kein Vergleich zu dem verstörten Mädchen, das er am Mittwochvormittag im »Feurigen Tatzlwurm« vernommen hatte.

»Nur zu, das ist überhaupt kein Problem«, entgegnete sie. »Im Moment sind keine Kunden da, wie Sie sehen.«

»Haben Sie sich ein wenig erholt?«

Sie nickte. »Frau Stockinger hat mir dabei sehr geholfen.«

»Das ist erfreulich. Sagen Sie, Frau Kern, wer hat alles einen Zweitschlüssel für die Wohnung von Herrn Kappl?«

»Nur die Hausverwaltung, schätze ich«, sagte sie nach kurzem Zögern.

»Sie demnach nicht?«

»Nein.«

»Könnte Jochen Sichelbauer einen besessen haben?«

»Das wäre mir neu.«

Lachermeier spielte mit dem Gedanken, dass Sichelbauers Mörder seinem Opfer den Schlüssel nach der Tat abgenommen haben könnte. Dieser Theorie zufolge läge nahe, dass der unbekannte Besucher, der letzte Nacht in Kappls Wohnung herumgespukt hatte, auch der Mörder war.

»Verstehe«, sagte Lachermeier. »Nun gut, um Sie nicht länger als nötig aufzuhalten, kommen wir gleich zu der anderen Sache, die uns etwas irritiert. Es geht um die SMS, die Jochen Sichelbauer Gernot Kappl am fraglichen Abend geschickt hat.«

»Was ist damit?«

»Der genaue Wortlaut von Herrn Sichelbauers Nachricht ist: ›Trefft mich umgehend an unserer Hangstufe.‹ Er hat ›Trefft‹ geschrieben. Verstehen Sie? Mehrzahl. Ich frage mich, woher Herr Sichelbauer gewusst hat, dass Sie und Herr Kappl zu dem Zeitpunkt zusammen waren.«

»Wird er sich halt gedacht haben.«

»Sie sind in einer Eisdiele gewesen, richtig?«

»Richtig. Bei Silvio.«

»Hat es diesbezüglich eine Gewohnheit gegeben, eine Regelmäßigkeit? Waren Sie und Herr Kappl vielleicht jeden Dienstagabend zusammen?«

»Nein. Aber sehr oft.«

»Wie oft sind Sie vor diesem Abend schon auf besagter Hangstufe gewesen? Sie und Herr Kappl, meine ich.«

»Ein paarmal.«

»Welche Bedeutung hat sie für Sie?«

»Bedeutung? Na, keine besondere. Wir haben da manchmal romantische Abende verbracht.«

»Und für Herrn Sichelbauer? Welche Bedeutung hat sie für ihn?«

»Gernot und er haben da früher manchmal gekifft. Das ist aber schon lange her.«

»Verstehe. Nun gut, das war's zunächst, Frau Kern. Einen schönen Tag noch.«

Lachermeier hatte sich bereits zum Gehen gewandt, als Wankel sich zu Wort meldete. »Ich hätte noch eine Frage, Fräulein Kern.«

»Klar, bitte«, offerierte Kern schulterzuckend.

»Sagen Sie mir, wen haben Sie in jüngster Vergangenheit geküsst?«

Lachermeier hatte er mit dieser Frage ziemlich überrascht, Agnes Kern aber wirkte regelrecht vor den Kopf gestoßen. »Was ... was meinen Sie?«

»Ich habe gefragt, wen Sie in jüngster Vergangenheit geküsst haben.«

»Aber ... ich habe niemanden geküsst.«

»Sie hat gelogen«, meinte Wankel, als sie den Laden verließen.

»Woher weißt du das?«, fragte Lachermeier. »Und wie kommst du überhaupt darauf?«

»Ihr Lippenstift«, sagte Wankel. »Meine Frau benutzt denselben.«

»Du kannst anhand der Farbe das Fabrikat eines Lippenstiftes identifizieren?« Selten hatte Lachermeier etwas mehr bezweifelt als das, aber Wankel war immer für eine Überraschung gut.

»Weniger anhand der Farbe als an seinen Eigenschaften. An beiden Mundwinkeln war er tadellos aufgetragen, aber an der Basis, oben wie unten, war er ein bisschen verblasst. Das kommt vom exzessiven Küssen.«

»Sag mal, willst du mich jetzt verarschen?«

»Keineswegs. Eine wie die trägt ihren Lippenstift nicht halbherzig auf. Sie hat vor Kurzem jemanden geküsst, dadurch haben ihre Lippen mittig eine Spur Farbstärke verloren.«

Lachermeier hatte von diesem Umstand nichts bemerkt. »Und diese Eigenschaften ihres Lippenstiftes sind dir bekannt, weil …?«

»Weil ich meine Frau ebenfalls exzessiv küsse.«

»Ah …« Lachermeier konnte Wankels Beobachtung nicht bestätigen, doch er war geneigt, seinem Kollegen zu vertrauen. Dies mochte mal wieder so ein Moment sein, in dem Wankel unter Beweis stellte, was für ein ausgezeichneter Spürhund er war.

»So kurz nach Kappls Verschwinden und ihrem traumatischen Erlebnis hat die sich bestimmt nicht schon einen neuen angelacht«, fuhr Wankel fort. »Entweder hat sie also schon vorher einen neben Kappl gehabt, oder es war niemand anderes als Kappl selbst, der sie kürzlich geküsst hat.«

***

»Ich will dich treffen«, sprach Jürgen in sein Handy. »Hast du Zeit?«

Am anderen Ende der Leitung war Fiona. »Ich habe das Wochenende frei«, sagte sie. »Also ja, wir können uns treffen. Wo?«

»Ich komme zu dir, wenn es dir recht ist.«

»Klar – wenn du das Chaos in meiner Wohnung aushältst.«

Das Chaos in Fionas Wohnung in Brannenburg war nicht halb so wild, wie Jürgen nach der Warnung hatte erwarten müssen. Sie bewohnte eine kleine Dachwohnung an der Bahnhofstraße.

»Nicht das ›Ritz‹, aber bewohnbar«, merkte sie bei seinem Eintritt an.

»Ziemlich gut sogar«, wertete Jürgen in Gedanken an seine stets unaufgeräumte, kleine Studentenbude in Augsburg.

»Ich nehme nicht an, dass du zum Kaffeetrinken hergekommen bist.« Fiona verwies ihren Gast auf die Couch am Fernsehtisch. »Ich habe trotzdem welchen aufgesetzt.«

»Da sage ich nicht Nein. Aber du hast recht. Ich bin hier, um Fragen zu stellen.«

Fiona ging zur Küchenanrichte, die in das Wohnzimmer integriert war.

»Ich habe dir schon alles erzählt, was ich über deinen Bruder weiß«, sagte sie und nahm die Kanne aus der Maschine. »Kurz nach dir ist übrigens die Polizei im Heim gewesen. Sie haben um sachdienliche Hinweise gebeten.«

»Hast du dich gemeldet?«

»Warum sollte ich? Ich habe keine sachdienlichen Hinweise. Nun ja, jedenfalls nichts, was Hand und Fuß hätte.«

»Vielleicht hast du doch welche und weißt es nur nicht«, meinte Jürgen und ließ den Blick durch den Raum schweifen. Nichts, was er in dieser Wohnung bislang gesehen hatte, ließ auf irgendein Hobby schließen, etwas, das ihm diese Frau begreiflicher machen würde. An den freien Wänden hingen Naturgemälde, alles andere war unindividuell und standardmäßig, so als betrachtete man ein gestelltes Musterzimmer in einem Möbelgeschäft.

»Bist du politisch aktiv?«, fragte er.

Sie schüttelte den Kopf, während sie Kaffee und Kekse auf einem Tablett antrug. »Das überlasse ich den großen Jungs und denen, die sich für welche halten. Ich kümmere mich um die, die von den politisch Aktiven gern vergessen oder übersehen werden.«

»Hat es einen besonderen Grund gegeben, weshalb mein Bruder politisch aktiv geworden ist? Ist dir irgendein Ereignis aus jüngerer Vergangenheit bekannt?«

Diese Frage nach einem Katalysator hatte Jürgen, nachdem Lachermeier den Hof verlassen hatte, auch seiner Mutter gestellt. Sie hatte nur geantwortet: »Er war ein so guter Junge.«

»Seine politischen Aktivitäten waren nie Thema bei uns. Dein Bruder hat nie viel geredet, schon gar nicht über Persönliches.«

»Worüber habt ihr euch dann die ganze Zeit unterhalten?«

»Wir hatten nicht viel Konversation.«

»Ah … Na toll.«

»Verzeih mir, dass unsere Beziehung nicht deinen Erwartungen entspricht.«

»So habe ich das nicht gemeint.«

»Was willst du, Jürgen?«

»Rausfinden, warum er umgebracht worden ist.«

»Umgebracht? In der Zeitung steht, ein Tier, wahrscheinlich eine Großkatze …«

»Nein, er ist umgebracht worden. Kapierst du? Jemand hat ihn erschlagen. Jemand hat ihm seinen Hinterkopf zertrümmert.«

»Mein Gott …« Fiona schlug sich beide Hände vor den Mund.

»Was weißt du über diese Sache, an der er deiner Meinung nach dran war? Hat das irgendwas mit Geld zu tun gehabt?«

»Wie kommst du darauf?«

»Ist doch egal. Sag schon! War da was mit irgendwelchen Finanzgeschäften?«

»Ich habe wirklich keine Ahnung, Jürgen. Würde ich so etwas wissen, würde ich damit zur Polizei gehen.«

»Du hast mir gesagt, du hättest das Gefühl gehabt, Jochen wäre mit irgendeiner Sache beschäftigt gewesen. Du musst doch mehr wissen als diese leere Phrase.«

»Nein, tue ich nicht.«

»Wie kommst du dann überhaupt darauf?«

»Ich habe eine gute Menschenkenntnis, und in unserer letzten gemeinsamen Nacht von Sonntag auf Montag hat Jochen ziemlich abwesend gewirkt. Ich habe gespürt, dass ihn etwas beschäftigte, aber darüber reden wollte er nicht. Dass es dabei um Geld ging, kann ich mir bei deinem Bruder nicht vorstellen. Er war sehr bodenständig, und Geld oder Vermögen haben ihm nicht viel bedeutet. Auf Glücksspiel oder so was hätte er sich nie eingelassen.«

»Das weiß ich selbst.«

»Dann kann ich zu diesem Gespräch vermutlich nichts beitragen, das deinen Ansprüchen genügt.«

Jürgen bereute bereits, das Vertrauensverhältnis zu Edi Lachermeier belastet zu haben, indem er ihm Fiona Kerschensteiner verschwiegen hatte. Er hatte sich von ihr vertrauliche Einzelheiten erhofft, doch wenn sie die Wahrheit sagte, hatte sie von nichts dergleichen Kenntnis.

»Sonntagabend ist er also hier bei dir gewesen«, fasste er zusammen. »Dienstagabend ist er umgebracht worden. Was war Montagabend?«

»Ich weiß es nicht«, antwortete Fiona schulterzuckend. »Er hat das Christophorusheim meines Wissens Richtung Oberaudorf verlassen.«

»Was war Samstagabend?«

»Da war er auf einer Party.«

»Wo?«

»In Oberaudorf. Bei wem, weiß ich nicht. Ich kenne seine Freunde nicht.«

Jürgen fiel ein, dass Gerlinde von einer Party bei Agnes Kern erzählt hatte. Wenn er sich recht erinnerte, hatte die am vergangenen Samstag stattgefunden.

»Hat er Feinde im Heim?«, fragte er weiter. »Hat das Heim zurzeit Geldsorgen? Gibt es irgendwelche Finanzierungspläne?«

»Nein, er hat gewiss keine Feinde im Heim gehabt«, erwiderte Fiona scharf. »Was hast du eigentlich für Vorstellungen von dem, was wir tun? Das hier ist eine karitative Einrichtung. Wir führen da keine Feindschaften, sondern umsorgen hilfsbedürftige Menschen. Geldsorgen gibt es selbstverständlich immer. Aber glaub jetzt bloß nicht, die Heimleitung würde sich da illegaler Wege bedienen.«

»Gibt es Gönner? Oder Förderer?«

»Das hoffe ich doch, aber die kenne ich nicht. Menschenskind, Jürgen, in was steigerst du dich da rein?«

Nach dem Kaffee verließ Jürgen Fionas Wohnung und fuhr resigniert nach Oberaudorf zurück. Viel Nützliches hatte ihm Jochens Affäre auch bei ihrem zweiten Treffen nicht sagen können – oder sagen wollen? Ihre vage Ahnung, dass Jochen an einer »Sache« dran war, schien durch den gefundenen Zettel in seinem Nachttisch bestätigt. Worum es dabei ging, blieb ein Geheimnis. Dass Fiona ihm diesbezüglich wichtige Informationen vorenthielt, wollte Jürgen bezweifeln. Sie schien seinen Bruder sehr gemocht zu haben.

***

»Sein Notebook ist erstaunlich leer«, sagte Obermeisterin Strauss. »Keine Spiele, keine Filme, keine Musik, er hat das Gerät offenbar nur als Internetzugang und als Schreibmaschine benutzt.«

»Als Schreibmaschine?«, fragte Lachermeier. Er und Wankel standen hinter der Obermeisterin und lauschten ihrem Report, während sie Kappls Laptop bediente. Auf Jochen Sichelbauers Rechner hatte sich leider nichts von Interesse gefunden, doch Kappls Festplatte hielt Strauss nach eigenen Worten für aufschlussreich.

»In der Tat«, bekräftigte sie. »Ich habe hier eine Art Manifest gefunden. Kappl muss es verfasst haben.«

»Wie kommen Sie darauf?«

»Prägnante Teile davon habe ich durch die Suchmaschinen gejagt, Gegenstücke habe ich keine gefunden. Es scheint mir authentisch.«

»Und worum geht es da?«

»Gewissermaßen um eine gründliche Reformierung unseres Gesundheitssystems. Es liest sich ziemlich beeindruckend, muss ich zugeben, allerdings glaube ich nicht, dass er damit politisch Karriere gemacht hätte. Im Großen und Ganzen geht es um die Abkehr von der Solidargemeinschaft hin zur individuellen Eigenverantwortung.«

»Erklär das mal genauer«, forderte Wankel sie auf.

»Kappl spricht sich dafür aus, dass die Kosten für medikamentöse Behandlungen nicht länger von der Gemeinschaft getragen werden sollen, sondern zu weiten Teilen von den betroffenen Patienten selbst. Explizit führt er zum Beispiel Raucher, exzessive Trinker und Esser an, die ihren Körper mutwillig und verantwortungslos zerstören, um dann hinterher als Krebspatienten und Invaliden der Solidargemeinschaft auf der Tasche zu liegen. Auch HIV-Positive spricht er an. Solche, die sich aus Leichtsinn und Dummheit mit diesem Virus angesteckt haben und nun bis zu ihrem langsam dahinsiechenden Ableben die Krankenkassen und damit den Steuerzahler Monat für Monat ein Vermögen kosten, sollen nicht mehr auf Lasten der Gemeinschaft versorgt werden. Anverwandte müssten dafür finanziell aufkommen, wenn der Patient außerstande ist, die Kosten, die er verursacht, selbst zu decken. Andernfalls würde die teure Medikation verweigert. Wörtlich schreibt Kappl: ›Wer zu blöd ist, in Zeiten von Aids angemessen verantwortungsvoll zu vögeln, hat die selbstverständliche Hilfe des vernunftbegabten Bevölkerungsanteils verspielt. Es kann nicht die dauerhafte Aufgabe der Gemeinschaft sein, für die Dummheit Einzelner zu bezahlen.‹ Anschließend führt er auf, was mit diesem Vermögen, das die Pharmakonzerne derzeit über die Krankenkassen monatlich an jedem HIV-Patienten verdienen, für die Gemeinschaft getan werden könnte. Er schreibt von einem besseren Schulsystem, mehr Lehrfachkräften, mehr Kindergärten, mehr Elternzuwendungen … er klingt schon ganz wie ein richtiger Politiker.«

»Schäfchen der Pharmaindustrie«, murmelte Wankel in Lachermeiers Richtung.

»Der will die Solidargemeinschaft abschaffen und geht selbst riskanten Sportarten nach?«, fragte Lachermeier. »Wenn ihm also mal was passiert, spricht er sich dann ebenfalls frei, als möglicher Invalide der Solidargemeinschaft auf der Tasche zu liegen?«

»Ich bin noch nicht ganz durch. Das Pamphlet umfasst fast hundertneunzig Seiten, aber genau darauf läuft es hinaus«, antwortete Strauss. »Kappl beklagt weiterhin, dass unsere Gesellschaft nicht mehr schaffensorientiert, sondern nur noch bequemlichkeitsorientiert ist. Wir leisten uns von unseren

Steuergeldern eine soziale Hängematte und ein umfassendes Gesundheitssystem, dafür sparen wir an Löhnen und Gehältern. Das hat zur Folge, dass leistungswillige Auswanderer von egal welchem Erdteil nicht nach Deutschland kommen, sondern folgerichtig Kanada, die USA oder andere Länder bevorzugen, wo die Bezahlung besser ist. Deutschland ist mit seinem Gesundheitssystem und seinen großzügigen Sozialleistungen dafür vor allem für chronisch Kranke und Sozialparasiten interessant, schreibt er. Das sind offenbar Kappls thematische Eckpunkte. Gemäß den Schlagworten im Inhaltsverzeichnis geht es im hinteren Teil auch um Renten.«

»Zeigen Sie mir ein paar dieser Schlagworte«, bat Lachermeier.

Strauss scrollte am Bildschirm zum Inhaltsverzeichnis zurück. »Hier zum Beispiel: ›Ausverkauf der deutschen Alterssicherheit‹. Oder hier: ›Armut mit System‹. Der Untertext spricht ebenfalls Bände: ›Früher sowjetischer Panzerwartungsdienst, heute deutsche Ingenieursrente – wie unsere Rentenkassen systematisch geplündert wurden!‹«

»Das ist undifferenzierte Stimmungsmache«, bemerkte Lachermeier. »Außerdem entsprechen solche vermeintlichen Analysen nicht der Wahrheit.«

»Der Junge spricht damit zumindest aus, was viele denken«, meinte Wankel.

»Du etwa auch?«

»Wenn ich mir ansehe, welch mickrige Rente mein Vater für fünfzig Jahre Buckelarbeit bekommt, allerdings. Gleichzeitig aber haben wir einen Wust an ganzen Familien im Land, die noch nie in die Kassen eingezahlt haben, aber über Kinder-, Sozial- und Transferleistungen und spätere Rente voll auf Staatskosten leben. Das ist doch nicht richtig.«

»Wo hast du denn den Schmarrn wieder her?«

»Ist kein Schmarrn. Einerseits erzählt man uns, wir hätten ein demografisches Problem, andererseits aber lassen wir zu, dass Immigrierte und Eingeheiratete nach ein paar Jahren Aufenthalt ihre Eltern und Großeltern nachholen und damit das demografische Problem noch vergrößern. Eine Rente erhalten die selbstverständlich auch. Aber für unsere Rentner gibt's mal wieder eine Nullrunde. Die verarschen uns doch nach Strich und Faden.«

»Das sind verschwindend geringe Einzelfälle.«

»Jaja, klar. Und solche, die jedes Jahr durch kurzzeitige Beschäftigungsmaßnahmen ganz bequem in unser Sozial- und Gesundheitssystem einwandern und es zunehmend abschöpfen, während unsereins teure Zusatzkosten für Medikamente blechen und bei überraschender Arbeitslosigkeit erst mal fast all sein Hab und Gut verhökern muss, bevor er Sozialleistungen erhält, sind freilich auch nur unbedeutender Kleinkram.«

Wenn er in seiner pauschalisierenden Schlechtrednerphase war, ließ man Wankel am besten vor sich hin brüten, wie Lachermeier aus jahrelanger Erfahrung wusste.

»Lassen Kappls Internetverbindungen irgendwelche interessanten Rückschlüsse zu?«, fragte er Strauss.

»Bedaure«, entgegnete sie. »Er war regelmäßig Gast in einem Politforum und hat dort auch gelegentlich zu Diskussionen beigetragen. Ansonsten hat er nur Nachrichten- und Wetterdienste verfolgt und diverse Sport- und Zubehörseiten besucht.«

»Um Gernot Kappl zu begreifen, ist es sicher nicht verkehrt, das gesamte Manuskript zu kennen. Bleiben Sie bitte dran, Frau Strauss.«

»Klar, Chef.«

Im Anschluss telefonierte Lachermeier mit Staatsanwältin Großrausch und gab ihr einen aktuellen Lagebericht. Kurz vor fünf, als er sich nach der Bewältigung des angestauten Bürokrams schon auf den Feierabend vorbereitet hatte, erweckte ein Besucher in der Inspektion seine Aufmerksamkeit. Er plauderte im Gang vor dem Gemeinschaftsbüro angeregt mit Kommissar Glaubrecht.

Von Strauss erfuhr Lachermeier, dass es sich bei diesem Herrn um Dieter Sammüller, den Großwildjäger aus Schrobenhausen, handelte.

Lachermeier hatte sich den Kerl anders vorgestellt, hatte an einen abgebrühten Abenteurertypen wie Michael Douglas in dem Film »Der Geist und die Dunkelheit« gedacht. Sammüller aber war ein untersetzter, kleiner Mann mit Halbglatze und trug nicht einmal die erwartete Abenteurerkleidung. Stattdessen war er in Hemd und Jeans wie ein Tourist gekleidet. Glaubrecht machte sie einander bekannt.

»Sehr erfreut, Hauptkommissar«, sagte Sammüller. »Ich bin sicher, wir werden Ihr Problem bald behoben haben.«

»Wie darf ich das verstehen?«, fragte Lachermeier. »Haben Sie die Spur des Tieres aufgenommen?«

»Bei Rechenau ist heute in den Morgenstunden eine Kuh gerissen worden«, erklärte Glaubrecht. »Herr Sammüller vermutet das Tier in der Nähe des Auerbachs. Dorthin werden wir ab Morgen die Suche konzentrieren.«

»Es besteht kaum ein Zweifel, womit Sie es hier zu tun haben«, sagte Sammüller gefällig. »Großkatzen suchen stets die Nähe einer Wasserstelle.«

»Rechenau«, wiederholte Lachermeier. »Das Vieh nähert sich den bewohnten Gebieten.«

»Es geht da hin, wo es Futter gibt.«

»Wir müssen die abgelegenen Höfe noch einmal gesondert warnen«, sagte Lachermeier in Glaubrechts Richtung.

»Habe ich schon veranlasst«, entgegnete der.

Lachermeier hatte nichts anderes erwartet. Er war sich bewusst, dass er hier ein sehr tüchtiges Team hatte.

***

»Können wir uns heute Abend treffen?«, fragte Jürgen in sein Handy.

»Wenn du es über dich bringst, noch einmal ins ›Café Hahn‹ zu gehen?«, erwiderte Gerlinde Stockinger.

»Was willst du denn da schon wieder? Es gibt bedeutend bessere Kneipen.«

»Ich habe ein paar Dinge mit Vinzenz zu erörtern.«

»Geht es wieder um die üblichen Seifenblasen, die ihr den Leuten als politisches Gewicht unterjubeln wollt?«

»Es geht um unser aller Zukunft. Ich erwarte nicht, dass du unsere Standpunkte teilst, aber du kannst gern mitkommen, wenn du dich benimmst.«

»An mir soll es nicht liegen.«

»An Vinzenz sicher auch nicht.«

»Stehst du auf ihn?«

»Ich respektiere ihn für sein Engagement. Er gibt sich große Mühe.«

»Läuft zwischen euch beiden was?«

»Das geht dich eigentlich überhaupt nichts an, aber ich will dir antworten: Nein, zwischen uns läuft nichts.«

»Hat er denn eine Freundin?«

»Meines Wissens nicht. Das Café und der Ortsverein halten ihn zurzeit ordentlich auf Trab.«

»Der Arme. Und all das nimmt er nur auf sich, um die Welt zu verbessern.«

»Könntest du deine Häme vielleicht mal ein wenig zurückfahren? Es nervt allmählich.«

»Wie lange kennst du ihn eigentlich schon?«

»So richtig erst seit der Gründung des Ortsvereins. Warum fragst du?«

»Nun, ich kenne ihn, seit wir klein waren, und ich sage dir, dass diese edle Gesinnung, die du ihm anrechnest, ganz und gar nicht zu seinem Charakter passt.«

»Menschen ändern sich. Du bist der beste Beweis dafür.«

Jürgen seufzte und überging die Kritik, die er am liebsten zurückgegeben hätte. »Soll ich dich um acht abholen?«

»Ja, geht klar. Bis dann, Jürgen.«

***

Lachermeier saß im Kreise seiner Familie beim Abendessen. Er freute sich, dass auch Martha anwesend war, was immer seltener vorkam. Entweder hatte sie Spätdienst im Hotel, oder sie aß auswärts bei oder mit Freunden. Sie war fast neunzehn, und Lachermeier nahm hin, dass sie zunehmend ihr eigenes Leben lebte. Wie schnell das alles doch ging.

»Ich habe heute mit der Isolde telefoniert«, sagte Trudi. »Hab gefragt, ob sie jemanden zum Reden braucht und ob ich sie besuchen darf, was sie strikt abgelehnt hat. Es ist so schade. Vor dem Unfall vom Waldi waren wir gut befreundet. Jetzt frisst sie die ganze Tragödie um ihren Jungen einsam in sich rein.«

»Ihr anderer Sohn ist bei ihr«, sagte Lachermeier. »Aber ich weiß, was du meinst. Sie scheint allen Lebenswillen verloren zu haben.«

»Was ist das?«, fragte Michaela und unterbrach das Suppelöffeln.

»Was denn, Spätzchen?«, fragte Lachermeier.

»Was du gerade gesagt hast.«

»Der Lebenswille? Nun ja, den kann man verlieren, wenn man sehr traurig wird.«

Sie schien diese vage Antwort zu akzeptieren und aß weiter.

Lachermeier betrachtete seine Kleine. Sie war in ihrer Familienplanung nicht mehr vorgesehen gewesen, und jetzt brachte sie so unendlich viel Glück in seinen Alltag. Er war dankbar, dass es das Leben und der Herrgott so gut mit ihm meinten, und fragte sich gleichwohl bitter, wie *er* wohl damit fertigwürde, eines seiner Kinder zu verlieren.

»Morgen Nachmittag findet eine Gedenkandacht für die beiden Verblichenen statt«, sagte Trudi. »Ich werde hingehen. Wie sieht es mit dir aus?«

»Ich muss arbeiten«, entgegnete Lachermeier. »Es ist eine Menge liegen geblieben. Nun ja, vielleicht findet sich trotzdem Zeit.«

»Kommst du wenigstens zum Mittagessen heim?«

»Das wird sich einrichten lassen.«

»Koch für fünf, Mama«, sagte Martha. »Kasim kommt auch.«

»Bringt er wieder Zimtstangen mit?«, fragte Michaela aufgeregt.

»Wenn du lieb zu ihm bist, vielleicht.«

Vorfreudig löffelte Michaela ihre Suppe weiter.

»Sag mal, Martha«, setzte Lachermeier an, »werden die Parkplätze vom Hotel nachts eigentlich bewacht? Gibt es Überwachungskameras?«

»Nein, dafür gibt's keinen Grund«, antwortete seine Ältere. »Es ist noch nie etwas beschädigt, geschweige denn geklaut worden.«

»Würde es jemandem auffallen, wenn da ein Auto zu viel herumsteht?«

»Tagsüber möglicherweise schon, aber nachts ... Ich glaube nicht, dass da jemand ein Auge drauf hat. Warum fragst du? Hat das mit den beiden Tot...« Sie unterbrach sich und redete nicht weiter. Die Lachermeiers hatten sich darauf verständigt, vor ihrem jüngsten Familienmitglied gewisse Worte nicht in den Mund zu nehmen.

»Ich weiß schon, dass sie tot sind«, klärte die Kleine daraufhin den Rest der Familie auf. »Der Tatzelwurm hat sie aufgefressen.«

Unbehagliches Schweigen.

»Nein. Nein, das stimmt nicht«, sagte Lachermeier schließlich. »Es gibt keinen Tatzelwurm bei uns.«

»Aber in Oberaudorf.«

»Da gibt's auch keinen.« Er wandte sich an seine Frau. »Wo hat sie das nur her?«

»Sie hat heute mit den Nachbarskindern gespielt«, bemerkte Trudi.

Nicht einmal Kinder waren hier vor Gerüchten sicher, dachte Lachermeier resigniert. Dann nahm er die vorangegangenen Gedanken wieder auf. Der Mörder musste irgendwie da rauf gekommen sein.

In der Zufahrt zum Waldparkplatz, wo die Autos von Kappl und Sichelbauer gefunden worden waren, hatten die Jungs vom Erkennungsdienst zwar weitere Reifenspuren entdeckt, doch die stammten natürlich überwiegend von den Touristen und waren als Ermittlungsgegenstände nicht zu gebrauchen.

Möglicherweise hatte der Mörder sein Auto am Hotel geparkt. Vielleicht wohnte er dort sogar.

***

Jürgen holte Gerlinde zum vereinbarten Zeitpunkt zu Hause ab. Die gemeinsame Fahrt zum »Café Hahn« verlief schweigsam. Direkt davor war ein Parkplatz frei, was darauf schließen ließ, dass die Kneipe noch weitgehend leer war. Volle Besetzung wäre Jürgen in diesem Falle lieber gewesen. Wenn Vinzenz auf Trab gehalten wurde, hatte er weniger Zeit, an ihrem Tisch zu stören. Jürgen hatte vor, Gerlinde ein paar empfindliche Fragen zu stellen.

Als sie eintraten, stieß er beinahe mit jemandem zusammen. Es war ein junger Kerl in lässiger, weit geschnittener Kleidung, etwa in seinem Alter, kernig gebaut, mit einem schwarz-weißen Bandana um den Kopf und etlichem Schmuck um den Hals. Kaum gesehen, packte er Jürgen an dessen T-Shirt und wuchtete ihn gegen die nächste Wand.

»Ey!«, stöhnte Jürgen auf. »Hast du sie noch alle?«

»Du-machst-keinen-Stress-mehr-Arschloch!«, zischte ihm der andere ins Gesicht und versprühte dabei ausgiebig Speicheltropfen. »Dreck! Abschaum! Du!«

»Hey, was hast du für ein Problem?«

Der Spucker verzog sein Gesicht zu einer mörderischen Fratze, als ihm ein anderer in fast identischer Aufmachung auf die Schulter klopfte. Er flüsterte ihm ein paar Worte ins Ohr, die Jürgen nicht verstand. Er hatte bereits registriert, dass dies Vinzenz' Freunde aus Rosenheim waren, die auch gestern hier gewesen waren. Der Angriffslustige ließ auf die Worte seines Kameraden hin von Jürgen ab, strafte ihn jedoch mit tödlichen Blicken, bevor sie sich davonmachten.

Jürgen schaute den beiden nach. Sie bestiegen einen neu aussehenden BMW und brausten mit rauchenden Reifen davon.

»Was hast du dem getan?«, fragte Gerlinde.

»Hä? Du warst doch dabei«, erwiderte Jürgen. »Nichts hab ich ihm getan.«

»Wie erklärst du dir dann seine Reaktion?«

»Erklär du sie mir doch, du scheinst ja allwissend zu sein.«

»Wahrscheinlich hast du ihn schräg angesehen.«

Jürgen glaubte nicht, was er da hörte. »Selbst wenn, ist Schrägansehen neuerdings ein Grund für gewalttätige Handlungen?«

»Provokation löst immer Gewalt aus.«

»Willst du damit sagen, ich hätte ihn provoziert?«

»Irgendwas muss ja gewesen sein.«

»Auf die Idee, dass dieser Typ ganz einfach auf Stress aus ist, weil er eine gewalttätige Ader hat, kommst du nicht?«

»Niemand ist grundlos auf Stress aus. Gehen wir jetzt endlich rein?«

Ich habe dich mal für intelligent gehalten, dachte Jürgen.

Das »Café Hahn« war wie erwartet noch fast völlig leer. Vinzenz begrüßte die beiden Neuankömmlinge hinter seinem Rundtresen.

»Sucht euch einen Platz aus!«, rief er. »Freie Auswahl! Es ist nichts reserviert!«

Die musikalische Untermalung besorgte das erwartete Konserven-Gedudel. Jürgen war sich mittlerweile sicher, dass es nicht nur an Vinzenz lag, dass er diese Location hasste.

Nachdem sie beim Chef persönlich bestellt hatten und der sich prompt aufmachte, die Wünsche seiner Gäste zu erfüllen, dachte Jürgen über die Begegnung vor der Tür nach. Der Typ hatte ihn nur angesehen, dann hatte er ihn gepackt und gegen die Wand des Foyers gewuchtet. »Du machst keinen Stress mehr«, hatte er dabei gebrüllt. Steckte da vielleicht doch eine Bedeutung dahinter?

Die Erkenntnis in Jürgen reifte sehr schnell. Der Kerl hatte ihn wahrscheinlich mit seinem Bruder verwechselt. Jürgens Haare waren zwar ein wenig länger, doch ansonsten sahen sie sich sehr ähnlich. Falls er sich hierbei nicht komplett verrannte, fragte er sich, was Jochen mit diesen Typen zu schaffen gehabt hatte.

»Worüber willst du mit mir reden?«, fragte Gerlinde. »Es gibt doch sicher einen Grund, warum du mich sehen wolltest.«

Jürgen antwortete nicht, da Vinzenz gerade die Getränke servierte. Ungefragt nahm er auch noch bei ihnen Platz. »Tolles Biergartenwetter heute wieder«, brachte er sich ein. »Leider hat mein Schmuckstück hier noch keinen. Na ja, zur nächsten Sommersaison sollte es besser ausschauen.«

»Ein Biergarten?«, fragte Gerlinde begeistert. »Ist ja großartig! In welche Richtung? Auf Kosten der Parkplätze vor der Tür?«

»Nein, diesen Schritt konnte ich umgehen. Ich habe den Garten des Nachbargrundstücks gekauft.«

»Du meinst, dein Papi hat ihn gekauft«, wandte Jürgen ein.

»Nein, Kumpel, *ich* habe ihn gekauft.«

»Gehen die Geschäfte so gut, oder fallen die Spenden für deinen Verein so hoch aus?«

»Jürgen, lass das bitte«, ermahnte ihn Gerlinde.

Vinzenz dagegen blieb völlig ruhig und lächelte sogar, so als würde er die Sticheleien genießen, weil er sowieso weit über ihnen stand. »Keine Panik, Jürgen«, sagte er. »So ein Studium dauert seine Zeit, ich weiß, aber irgendwann wird der Tag kommen, an dem auch du Geld verdienst. Kein Grund für Neid. Hab einfach Geduld.«

Ein wenig arrogant war er schon immer gewesen, aber ein solch selbstherrlicher Kotzbrocken war Jürgen aus Schülerzeiten nicht bekannt. Er konnte nicht fassen, dass Gerlinde diesen Typen bewunderte.

Kurz darauf leitete sie das Gespräch in politische Gefilde. Sie erzählte Vinzenz von einem Bekannten, einem angehenden Journalisten, der sich sehr für den Ortsverein interessierte und auch bereit wäre, die Zeitung mitzugestalten. Vinzenz zeigte sich natürlich davon angetan und lobte Gerlindes Einsatzbereitschaft. Er meinte, ihre Partei profitiere gerade vom zunehmenden ökologischen Bewusstsein in der Bevölkerung und von der schleichenden Einsicht, dass ein Politikwechsel und ein Umdenken angestrebt werden müssten.

Jürgen hingegen vertrat die Theorie, dass Vinzenz' Partei vorwiegend die Naivität der Wählerschaft und das selbst verpasste Image zugutekam, worauf Gerlinde konterte, dass dieses Image nicht von ungefähr käme.

Anschließend kam man auf die angeblich unzureichenden Integrationsbemühungen der Bundesrepublik zu sprechen.

»Jeder sollte die Chance haben, neu anzufangen«, sagte Vinzenz. »Unabhängig davon, aus welchen Verhältnissen er kommt. Unsere Verfassung gewährt jedem Menschen seine individuelle Freiheit. Natürlich muss es Grenzen geben. Die Freiheit des einen darf nicht die Freiheit des anderen einschränken. Dagegen haben wir Gesetze.«

Das Gespräch ging zu den Antidiskriminierungsgesetzen über, die Gerlinde immer noch als zu schwach erachtete. Vinzenz stimmte wie nicht anders erwartet zu, noch bevor sie überhaupt ins Detail gegangen war, um welche Form der Diskriminierung es ihr ging.

Jürgen wähnte sich im falschen Film. Das Antidiskriminierungsgesetz wurde ohnehin schon viel zu oft für eigene niedere Belange ausgenutzt, da brauchte es nicht auch noch eine Verschärfung. Mit solchen Gedanken aber war er in dieser Runde fehl am Platz, wie ihm schnell klar wurde.

Er ließ die beiden diskutieren und dachte wieder an die Begegnung am Eingang. Sollten die Typen Jochen gekannt haben? Wenn ja, woher? Der Vorfall konnte eigentlich nur mit dem »Café Hahn« zusammenhängen. Ein Gedanke schoss Jürgen durch den Kopf, und er kleidete ihn ungeachtet dessen, dass Vinzenz und Gerlinde gerade in ein Gespräch vertieft waren, in Worte.

»Vinzenz«, sprach er Vinzenz direkt an. »Ist mein Bruder am Montagabend hier gewesen?«

Vinzenz stutzte, dann antwortete er: »Er war nicht gerade ein Stammkunde. Ich kann mich nicht erinnern.«

»Wie sicher bist du dir deiner Erinnerung?«

»Ziemlich sicher«, antwortete Vinzenz verhalten. »Was soll das?«

»Ist nur eine Frage.«

Den vergangenen Samstagabend hatte Jochen auf Agnes' Party verbracht, den Sonntag bei Fiona. Was er am Montagabend gemacht hatte, blieb ungeklärt. Mochte er in dieser ominösen Finanzierungssache tätig gewesen sein? War er hier im »Café Hahn« gewesen? Falls ja, musste es Zeugen geben.

Jürgen sah sich im Schankraum um. Es waren ein paar Gäste hinzugekommen, doch keiner kam ihm bekannt vor, weder vom Vorabend noch von Zeiten, als er im hiesigen Nachtleben zu Hause gewesen war.

Als der Gästeanteil weiter zunahm, sah sich Vinzenz endlich genötigt, den Tisch zu verlassen und seiner Kellnerin unter die Arme zu greifen. Der Abend mit Gerlinde hatte einen denkbar schlechten Start genommen, dennoch hielt Jürgen an seinem Vorhaben fest, nachzuforschen, ob auf Agnes' Party etwas Ungewöhnliches vorgefallen war.

»Erinnere dich an letzten Samstag. Erzähl mir von der Party bei Agnes«, forderte er Gerlinde auf.

»Was willst du denn wissen?«

»Hat sich Jochen irgendwie seltsam verhalten?«

»Ist mir nicht aufgefallen.«

»Mit wem hat er sich rumgetrieben?«

»Die meiste Zeit war er bei Gernot und Agnes.«

»War unser Vinzenz auch da?«

»Ja, klar doch. Sämtliche Mitglieder des Ortsvereins sind eingeladen gewesen.«

»Wie großzügig. Sind auch diese Fans aus München und Rosenheim dabei gewesen?«

»Nein, nur Leute aus der Umgebung.«

»Hat mein Bruder irgendwie verstört gewirkt?«

»Jürgen, wenn mir da irgendwas aufgefallen wäre, hätte ich dir das schon längst gesagt. Dir und auch der Polizei. Da war aber nichts. Außerdem habe ich deinen Bruder nicht besonders gut gekannt. Sonderlich gesprächig war er ja sowieso nicht.«

»Hat es auf der Party irgendwelche besonderen Vorfälle gegeben? Streit? Eine Rauferei? Ist jemand ausfällig geworden?«

»Nein, es war nichts Besonderes. Ein paar Betrunkene, eine Menge blödes Gelächter, das Übliche eben. Sag bloß, du suchst Jochens Mörder auf dieser Party?«

»Ja, warum nicht?«

»Also wirklich, Jürgen, ich bitte dich.«

Von dem Blatt Papier mit der seltsamen Nachricht wollte Jürgen Gerlinde gegenüber nichts erwähnen. Sie stand Vinzenz zu nahe, und Jürgen spürte zunehmend, dass Vinzenz in dieser ganzen Sache mit drinsteckte.

Sonntag

Das sonntägliche Mittagessen bei den Lachermeiers, an dem auch Kasim teilnahm, verlief gewohnt harmonisch. Es gab Fleischpflanzerl aus Rinderhack, denen nach vorab getätigter Rückfrage auch Kasim nicht abgeneigt war, und dazu Trudis unvergleichlich würzigen Kartoffelbrei. Den Kopfsalat hatte Martha frisch aus dem hauseigenen Garten geholt und ihn mit Tomaten, Karotten, Knoblauch und Zwiebeln angemacht. Für Lachermeier war das ein Gedicht, für seine jüngere Tochter Michaela erst, nachdem er ihr alle Zwiebelscheiben aus ihrer Portion entfernt hatte.

Da er sich umgehend mit Wankel treffen wollte, blieb er vom Abwasch verschont. Stattdessen zog er sich auf seine heute wunderbar sonnige Terrasse zurück und stopfte sich eine Pfeife. Er hatte das Tabakgemisch kaum entzündet, als Kasim zu ihm stieß.

»Können sie dich nicht gebrauchen?«

Kasim bestätigte mit einem Lächeln. »Ihre Frau hat befohlen, der Gast des Hauses habe gefälligst die Hände vom Abwasch zu lassen. Störe ich Sie, Herr Kommissar?«

»Nein, setz dich ruhig«, sagte Lachermeier und deutete auf den freien Stuhl neben sich.

Kasim nahm Platz.

»Wie lange kennt ihr euch eigentlich schon, du und Martha?«

»Noch nicht lange. Wir sind uns auf dem Dorffest begegnet.«

»Du magst meine Martha?«

»Klar. Ich mag sie sogar sehr. Sie ist eine tolle Frau.«

»Eine Frau. Ja. Hm. Ja, das ist sie wohl. Du hast eine Menge gegessen. Hat es dir geschmeckt?«

»Oh ja, Ihre Frau kocht ganz großartig. Gelegenheiten wie diese muss ich auskosten. Bald ist Ramadan.«

»Ah ja, über solche Sachen wollte ich noch mit dir reden.«

»Das habe ich mir schon gedacht. Bitte fragen Sie, was immer Sie wissen möchten.«

»Mich interessiert vorerst eigentlich nur, inwieweit du deine, wie soll ich es nennen, deine Traditionen auf meine Tochter übertragen willst. Also, falls ihr zusammenbleibt.«

»Ich will nichts auf sie übertragen. Wie könnte ich auch?«

»Du wirst meine Tochter also nicht unter ein Kopftuch oder gar eine Burka zwingen? Ihr Sauna- und Schwimmbadbesuche verbieten, sie von ihren Freunden und ihrer Familie abschnüren und sie bei Verstößen gewaltsam züchtigen?«

»Herr Lachermeier, ich bin in Deutschland aufgewachsen und werde ganz gewiss nichts von alldem tun. Ich nehme an, Ihre Vorsicht und Ihr Misstrauen rühren von beunruhigenden Einzelfällen, die es leider immer wieder gibt. Ich versichere Ihnen, dass ich Martha zu keinem Zeitpunkt in welcher Form auch immer Vorschriften machen werde. Ich bin stolz und froh, in diesem Land zu leben, und dazu gehört in erster Linie, die freiheitlichen Grundrechte aller Menschen zu respektieren.«

Lachermeier war milde beeindruckt und fragte sich, ob es nicht vielleicht sogar angebracht wäre, sich ein klein wenig zu schämen, weil er den jungen Mann mit solchen Vorhaltungen konfrontiert hatte.

»Gut«, sagte er. »Ich hoffe, du verstehst, warum ich mit dir darüber reden muss. Ich will, dass es meiner Tochter gut geht und sie nie irgendwelche Zwänge erfahren muss.« Er nahm einen Zug aus seiner Pfeife, bewertete das Gesagte noch einmal und stellte fest, dass er redete, als wäre Kasim bereits sein künftiger Schwiegersohn. Angesichts von Marthas Verschleiß von festen Freunden war diese Perspektive eher unwahrscheinlich.

»Natürlich verstehe ich Sie«, räumte Kasim ein. »Und ich wünschte, dieses Verständnis wäre allen zu eigen, die hier leben wollen. Wann immer Ehrenmorde und andere Extremfälle die Runde machen, leidet nicht nur das Ansehen dieser rückständigen Fanatiker.«

»Ja, das ist leider so. In der öffentlichen Wahrnehmung wird schnell pauschalisiert.«

»Ich würde das niemandem vorwerfen, aber es entspricht der Wahrheit.«

»Würdest du eine strengere Auslese derer bevorzugen, die wir in unsere Gemeinschaft aufnehmen?«

»Aber natürlich. Ich glaube, es ist in der Vergangenheit viel falsch gemacht worden. Dadurch sind Parallelgesellschaften entstanden, die einander und auch der breiten Bevölkerung immer fremd bleiben werden. Leider diskreditiert diese Entwicklung auch die Immigranten, die seit Jahren und Jahrzehnten gut integriert sind. Ja, man sollte eine strengere Auslese treffen, aber ich sehe auch, dass es schwer ist, diesen Prozess in gerechten wie auch sinnvollen Kriterien zu gestalten. Irgendetwas aber muss geschehen. Menschen, denen der Sinn für unser demokratisches Grundverständnis vollkommen fehlt, vergrößern die kulturellen Klüfte noch, mit denen wir uns bereits konfrontiert sehen. Viele Zuwanderer sind noch nicht bereit für die Gleichberechtigung von Mann und Frau, für die Meinungsfreiheit und eine tolerante Demokratie – und Deutschland ist nicht bereit für sie. Sie grenzen sich ab und leben in ihren eigenen Subkulturen.«

»Und als solche werden sie in der Öffentlichkeit wahrgenommen«, bestätigte Lachermeier. »Als Eigenbrötler, die unser Sozialsystem ausnutzen, aber nichts von uns und vom Rest der Welt wissen wollen. Und die sind es leider, die auffallen und Sorgen machen.«

»Ja, das ist das Dilemma. Durch sie leidet das Bild aller Zuwanderer, was mich sehr betrübt und auch besorgt. Ich möchte nicht, dass die Angst eines Tages dazu führt, dass radikale Kräfte Einfluss im politischen Geschehen bekommen. Leider ist jeder Immigrant, der Einheimische rassistisch beleidigt, ein Punkt für die Radikalen. Ebenso jede Problemschule. Von kriminellen Aktivitäten ganz zu schweigen.«

»Es ist eine gefährliche Spirale«, stimmte Lachermeier zu und bewunderte Kasims eloquenten Sprachgebrauch. »Eine Provokation der einen Seite zieht meist gleichlautende von der anderen Seite nach. Im schlimmsten Fall werden daraus Taten.«

»Tja, die größte Bürde der Menschen scheint nach wie

vor zu sein, dass sie im Einzelnen vielleicht klug, aber in der Masse ziemlich doof sind«, sagte Kasim nicht ohne ein leidendes Lächeln. »Ob wir eines Tages lernen werden, dass ein aufrichtiger Händedruck oder eine Umarmung das Vielfache einer Konfrontation wert sind?«

»In sechstausend Jahren Menschheitsgeschichte hat das noch nicht funktioniert«, meinte Lachermeier und klopfte Kasim die Schulter, während er sich erhob. »Ich muss jetzt los. Die Pflicht ruft. War nett, mit dir zu plaudern, Kasim.«

»Das kann ich nur zurückgeben, Herr Lachermeier.«

Lachermeier wurde von Wankel vor seiner Haustür abgeholt.

»Meine Frau hasst mich«, brummte Wankel, nachdem Lachermeier zugestiegen war. »Ich habe ihr versprochen, heute mit ihr und den Kindern zum Wandern ins Ötztal zu fahren.«

»Sie muss doch Verständnis aufbringen, dass du zum gegenwärtigen Zeitpunkt unabkömmlich bist«, entgegnete Lachermeier.

»Sie weiß das gut zu verbergen.«

»Tja, dann wirst du sie eben demnächst noch ein wenig exzessiver küssen müssen.«

Ab Oberaudorf fuhren sie die Tatzelwurmstraße zum Hotel »Feuriger Tatzlwurm« hoch. Das sonnige Wetter lud die Touristen sicher nicht nur im Ötztal zum Wandern ein, doch die empfohlene Ausgangssperre blieb noch bestehen, bis die Todesfälle am Wasserfall geklärt waren und das fragliche Tier keine Gefahr mehr darstellte. Im eigenen Interesse sollten die Touristen in belebten Gegenden bleiben und einsame Waldpfade tunlichst meiden.

Dass noch keine handfesten Beschwerden seitens der Gastronomen eingegangen waren, sich mit dem Auffinden und Neutralisieren der Gefahr doch gefälligst zu beeilen, lag garantiert daran, dass die Branche vom neuerlichen Hochkochen der alten Tatzelwurm-Legende ordentlich profitierte.

Die beiden Beamten sprachen beim Portier vor und hinterließen Fotos von Sichelbauer und Kappl mit der Bitte, alle

Angestellten zu befragen, ob sich einer der beiden oder gar beide in jüngerer Vergangenheit auf dem Hotelgelände aufgehalten hatten. Lachermeier versprach sich davon nicht viel, doch schaden konnte es nicht.

Im Hof lief ihnen Dr. Stanislaus Kalinka, der Psychologe aus Budapest, über den Weg.

»Ah, die Herren Kommissare«, eröffnete er leutselig. »Geht es der jungen Frau schon besser?«

»Sie wird psychologisch betreut«, antwortete Lachermeier. »Arbeiten kann sie schon wieder. Sie ist unübersehbar auf dem Weg der Besserung.«

»Das freut mich. Die Arme hat einen furchtbaren Schock erlitten.«

Lachermeier holte Fotoabzüge von Kappl und Sichelbauer hervor und hielt sie dem Psychologen vor die Nase. »Sagen Sie, Dr. Kalinka, kommt Ihnen einer dieser beiden jungen Männer bekannt vor?«

»Oh, das sind wohl die beiden, die das Schicksal ereilt hat, wie?«

»Ganz recht.«

»Nun, dieser hier ist mir unbekannt, aber den hier kenne ich.« Kalinka deutete auf das Foto von Kappl. »Ich habe mit ihm letzte Woche einen Tandemgleitschirmflug absolviert. Er ist eins der Opfer? Meine Güte, wie tragisch. Er war ein sehr netter junger Mann.«

Lachermeier und Wankel wechselten einen Blick.

»Wann genau hat dieser Flug stattgefunden?«, fragte Wankel.

»Lassen Sie mich überlegen … es war Freitag vor einer Woche. Nachmittags.«

»Ist Ihnen an diesem Nachmittag irgendetwas aufgefallen, das Sie für erwähnenswert erachten?«, fragte Lachermeier. »Denken Sie bitte nach. War etwas ungewöhnlich?«

»Nun … ja, als ungewöhnlich möchte ich das nicht beurteilen, aber als ich in der Flugschule eintraf, hat der junge Mann gerade eine hitzige Diskussion mit einem Kollegen geführt. Man könnte es auch als Streit auslegen.«

»Mit wem hat er gestritten?«, fragte Wankel.

»Ich kenne keine Namen. Es war ein gut aussehender Mann, ebenfalls jung, blondes Haar, dunkel gebräunte Haut …«

Ein erneuter Blickwechsel mit Wankel verdeutlichte Lachermeier, dass auch sein Kollege ahnte, wen Kalinka da meinte. Der Beschreibung nach handelte es sich um Tobias Schaller, den sie angetroffen hatten, als sie sich nach Kappl erkundigten.

»Worum ging es bei dem Streit?«

»Um Geld, glaube ich«, entgegnete Kalinka. »Um irgendeine Investition. Es schien mir, als wollte der junge Mann, Herr Kappl, eine Ausgabe tätigen, die nicht die Zustimmung des anderen fand. Näheres weiß ich nicht. Habe ich Ihnen damit helfen können, Herr Kommissar?«

In Lachermeiers Kopf nahm ein gänzlich neues Szenario Gestalt an. Angesichts der politischen Verstrickungen lag bislang am nächsten, dass diese ominöse Finanzierungssache in Vinzenz Wendlandts Ortsverein zu finden war. Vielleicht war das ein übereilter Schluss. Womöglich war Jochen Sichelbauer auf eine unfeine Sache in der Oberaudorfer Flugschule gestoßen, in die auch sein Freund Kappl verstrickt war.

Lachermeier tat ein paar Schritte im Kreis, was ihm stets beim Denken half. Er hatte das Naheliegendste völlig außer Acht gelassen. Falls Kappl in irgendeine unsaubere Sache verwickelt war und Sichelbauer etwas geahnt hatte, wollte Sichelbauer ihn am Tatzelwurm womöglich zur Rede stellen. Er schrieb ihm eine SMS mit der Bitte, ihn zu treffen. Kappl und seine Freundin Agnes Kern fuhren daraufhin zu ihm hoch – und erschlugen ihn.

»Dr. Kalinka«, sagte Lachermeier versonnen, »wie tief bewerten Sie das Trauma von Frau Kern?«

»Ich bin nicht ihr behandelnder Arzt«, entgegnete Kalinka. »Ich habe mich nicht lange genug mit ihr unterhalten, um dazu eine fundierte Meinung abzugeben.«

»Das heißt, wir sollten uns mit Frau Stockinger unterhalten.«

»Sie ist an die ärztliche Schweigepflicht gebunden. Herr Kommissar, darf ich fragen, worauf Ihre Frage abzielt?«

Normalerweise beantworteten Ermittler solche Fragen nicht, doch in diesem Fall erachtete Lachermeier es als legitim und angebracht, eine Ausnahme zu machen.

»Ich bitte Sie um eine inoffizielle Einschätzung, Dr. Kalinka: Rührt das Trauma, das Sie am Mittwoch bei Frau Kern diagnostiziert haben, eher von dem Anblick der aufgefundenen Leiche oder von der Tatsache, dass ihr Freund von einem Raubtier angegriffen und verschleppt worden ist?«

»Von beidem selbstverständlich. Was sie mehr verstört hat, ist nach einem so oberflächlichen Gespräch unmöglich zu bestimmen. Sie hat geglaubt, einer Sagengestalt begegnet zu sein. Gut möglich, dass sie diese Erfahrung mehr traumatisiert hat als die blutverschmierte Leiche eines Freundes.«

Lachermeier wog das Gesagte ab, dann bedankte er sich für Dr. Kalinkas Mühe. Auf die Frage hin, wie lange er noch im Hotel bleiben würde, gab er an, zu seinem größten Bedauern am morgigen Montag abreisen zu müssen. Lachermeier hätte ihn gern im Ort behalten, doch es gab keinen Verdachtsmoment, der dies rechtfertigte.

»Mir ist klar, mit welchen Gedanken du spielst«, sagte Wankel auf dem Weg zurück nach Oberaudorf. »Kappl und Kern könnten Sichelbauer auf dem Gewissen haben.«

»Du hast den Nagel auf den Kopf getroffen«, bestätigte Lachermeier. »Vielleicht sollten wir nicht bei diesem Ortsverein ansetzen, sondern in der Oberaudorfer Flugschule.«

»Halte ich für einen Holzweg.«

»Ach ja? Wieso?«

»Gehen wir das Szenario pragmatisch durch«, sagte Wankel. »Sichelbauer beendet seinen Dienst im Christophorusheim und nimmt sich vor, seinen Freund Kappl zur Rede zu stellen. Als Treffpunkt sucht er sich ausgerechnet den Tatzelwurm aus. Er schickt Kappl eine Nachricht und wartet. Kappl und Kern tauchen auf, es kommt zum Streit, einer der beiden erschlägt Sichelbauer. Sie entsorgen die Tatwaffe, dann taucht die Großkatze auf und holt sich Kappl. Ich weiß nicht, Edi, mir geht das zu schnell.«

»Was geht dir zu schnell?«

»Wir gehen doch davon aus, dass die Katze von Sichelbauers Blut angelockt worden ist. Ihr Revier war aber bedeutend weiter südlich, wie wir seit den Leichenfunden wissen. Ich verstehe zwar nichts davon, aber könnte eine frisch erschlagene Leiche innerhalb von Minuten ein Tier anlocken, das sich kilometerweit entfernt und dazu etliche Höhenmeter tiefer aufhält?«

»Die Katze könnte zufällig in der Gegend gewesen sein.«

»Gefällt mir trotzdem nicht.«

»Deiner Meinung nach war Sichelbauer also tatsächlich schon tot, als die beiden da oben eingetroffen sind?«

»So lässt sich die unmittelbare Gegenwart der blutrünstigen Katze erklären.«

Wankels Einwände waren nicht von der Hand zu weisen, doch sie waren auch nicht gewichtig genug, die Theorie völlig zu verwerfen.

»Sieht so aus, als hätten wir einen vollen Zeitplan heute Nachmittag«, sagte Lachermeier. »Zunächst lassen wir uns Agnes Kerns Geschichte bestätigen, wonach sie mit Kappl in der Eisdiele gesessen hat, als Sichelbauers SMS einging. Dann knöpfen wir uns Tobias Schaller vor. Ist Strauss heute im Dienst?«

»Klar. Wenn ich schon außerplanmäßig sonntags arbeiten muss, arbeiten auch alle anderen.«

»Gut, sie wird uns Schallers Adresse besorgen.« Lachermeier sah auf die Uhr. »Jeden Moment müsste die Gedenkandacht zu Ende sein. Bevor wir der Eisdiele einen Besuch abstatten, sehen wir uns die Schar der Trauernden an.«

»Keine schlechte Idee. Und wann nehmen wir uns Vinzenz Wendlandt vor? Nach Schaller?«

»Wenn noch Zeit verbleibt, meinetwegen, aber den würde ich gern auf morgen verschieben. Ich erwarte einen Anruf von Chefinspektor Jandl. Er überprüft für uns jemanden, der Wendlandt nahezustehen scheint. Ein Vermögensberater oder so was.«

***

Den Zug der überwiegend schwarz gekleideten Trauernden, der die Oberaudorfer Kirche in Schüben verließ, beobachteten Lachermeier und Wankel aus angeratener Entfernung. Lachermeier erspähte seine Frau und seine beiden Töchter, ebenso Agnes Kern mitsamt ihrer Eltern und Gerlinde Stockinger. Tobias Schaller konnte er nicht ausmachen.

Zuletzt verließen Jürgen Sichelbauer und seine Mutter das Gotteshaus. Die Isolde ging klapprig und gebeugt, als wäre sie eine alte Frau.

»Muss furchtbar sein für die beiden«, merkte Lachermeier an.

Wankel nickte, fragte aber auch: »Hat der Junge eigentlich ein Alibi?«

Lachermeier bestätigte.

Ihr nächster Zwischenstopp war Silvios Eisdiele. Silvio, ein drahtiger Italiener etwa in Lachermeiers Alter, bestätigte Kappls und Kerns Gegenwart am Abend des vergangenen Dienstags. Sie waren kurz nach einundzwanzig Uhr gekommen und hatten sein Restaurant nach etwa einer halben Stunde wieder verlassen. Die Zeitangabe deckte sich mit Agnes Kerns Tatsachenbericht. Silvio erinnerte sich deshalb so genau an die zwei, weil sie schon längere Zeit nicht mehr bei ihm gewesen waren.

Obermeisterin Strauss hatte Lachermeier Tobias Schallers Adresse in Oberaudorf beschafft. An seiner Wohnung angelangt, standen die beiden Beamten vor verschlossener Tür. Es war herrlichstes Wetter. Vermutlich baumelte er irgendwo etliche Höhenmeter weiter oben an einem Gleitschirm.

Von seiner Nachbarin erhielten sie dann jedoch den Tipp, dass er den Nachmittag mit Freunden im Berggasthof »Hocheck« verbringen wollte. Sie wusste das deshalb so genau, weil sie bei einem allzu laut geführten Gespräch mitgekriegt hatte, dass einer von denen heute Geburtstag hatte und ein paar Runden ausgeben wollte.

Lachermeier und Wankel fuhren mit dem Auto zum Hocheck hinauf, dem kleineren Hausberg von Oberaudorf. Im Winter war man mit der Seilbahn besser beraten, im Sommer bot sich Leuten, die es eilig hatten, die Straße an. Vom Gipfel aus hatte man eine herrliche Aussicht auf Kranzhorn und Spitzstein, doch gerade im Sommer war der Blick ins weite Tal mit seinen Weiden und Wäldern wenigstens genauso beeindruckend.

Der durch zahlreiche Sonnenschirme ausreichend beschattete Biergarten des Berggasthofes war voll besetzt. Überwiegend waren es Touristen, die hier die berühmte bayerische Gemütlichkeit bei einer frisch gezapften Maß Bier auslebten.

Der Gesuchte war schnell gefunden, denn sein Tisch war der lauteste. Schaller saß in einer Runde von acht Burschen, alle zwischen dreißig und vierzig und in Tracht gekleidet, die bei Bier und Brezeln ausgelassen das Leben feierten und damit genau das taten, was sich Touristen gewöhnlich unter dem bayerischen Alltag vorstellten.

Lachermeier fand es ziemlich pietätlos, dass Schaller hier Spaß hatte, während unten im Ort um seinen Kollegen Kappl getrauert wurde.

Es brauchte nur ein kurzes Handzeichen, um Schaller von seinem Tisch wegzuholen. Er versprach seinen Freunden, gleich zurückzukommen, und folgte den beiden Polizisten zum Wagen hinaus, wo sie einigermaßen ungestört waren.

»Was kann ich für Sie tun?«

Aus Schallers unangebrachtem Grinsen schloss Lachermeier, dass er eben nicht an seiner ersten Maß genuckelt hatte. »Ihre Trauer um Ihren Kollegen scheint sich in Grenzen zu halten.«

»Hä, wie bitte?« Schaller wehrte brüskiert ab. »Wie kommen Sie dazu, das zu behaupten?«

»Die Gedenkandacht war Ihnen jedenfalls nicht so wichtig wie die Sauferei mit Ihren Freunden.«

»Hey, ich werde trauern, aber nicht auf Kommando, klar? Ich brauche keine Gottesdienste, um mich damit auseinanderzusetzen. Sie werden mich auf Gernots Beerdigung antreffen – falls die denn mal stattfindet.«

»Das wird sie wohl noch nicht so bald. Wo haben Sie den vergangenen Dienstagabend verbracht, Herr Schaller?«

Erneut setzte der Sonnyboy ein amüsiertes Grinsen auf. »Was denn … bin ich etwa ein Verdächtiger? Halten Sie mich für den menschenfressenden Tatzelwurm?« Seine Finger krümmten sich zu Klauen, und er fauchte mit schiefem Mund.

Schaller war ein Beispiel dafür, wie sehr der übermäßige Konsum von Alkohol Menschen verändern konnte. Verhielt er sich am vergangenen Mittwoch noch eher wie ein Duckmäuser, war er nun ein seiner Umwelt um Längen überlegener Held. Zumindest glaubte er das.

»Wie wär's, wenn Sie die Frage beantworten?«, setzte Wankel nach.

»Hmm … lassen Sie mich mal überlegen … vergangenen Dienstag … ah ja, ich weiß schon wieder. Ja, ich weiß es. Der Basti hat da eine kleine Grillparty gegeben. Da bin ich gewesen. So ab neun Uhr abends. Hat ziemlich lange gedauert.«

»Basti wer?«

»Sebastian Hutter«, sagte Schaller und deutete mit gestrecktem Daumen hinter sich. »Er sitzt im Biergarten, falls Sie ihn aushorchen wollen. Die meisten der anderen Jungs waren auch da. Geiles Alibi, oder?«

»Sie sind ledig, Herr Schaller?«, fragte Wankel.

»Yep«, wurde ihm gefällig geantwortet. »Bin jung und frei.«

Was war nur los mit den jungen Leuten von heute?, fragte sich Lachermeier. Mit fünfunddreißig – recht viel jünger konnte Schaller nicht sein – hatte er bereits zwei Kinder gehabt, von denen eins schon eingeschult war. Hatten sich die Prioritäten in den letzten zwanzig Jahren so sehr gewandelt? Frau Staatsanwältin Großrausch, Obermeisterin Strauss, Schaller und womöglich noch mehr von seinen Freunden, hatte deren Generation verlernt oder schlichtweg nicht begriffen, worauf es im Leben ankam? Was das Wichtigste im Leben war? Von all den Fällen, an denen Lachermeier zeit seiner Karriere gearbeitet hatte, wusste er, dass nur ein einziger wirklich von Bedeutung war: die Gründung seiner Familie.

»Welche Meinungsverschiedenheiten haben Sie zuletzt mit Herrn Kappl gehabt?«, fragte er den Fluglehrer.

»Äh … was? Wovon reden Sie?«

»Genau das ist der Fragegegenstand, den ich von Ihnen erläutert haben möchte, Herr Schaller. Was war der Grund Ihres Streits letzte Woche mit Herrn Kappl? Erzählen Sie uns davon. Worum ging es?«

»Ach … *das* meinen Sie. Aber hey, das ist doch kein Streit gewesen. Überhaupt nicht.«

»Dazu gibt es geteilte Meinungen.«

»Wer sagt denn was anderes?«

»Beantworten Sie die Frage.«

»Der Gernot hat halt ein paar recht ungewöhnliche Ideen gehabt«, erklärte Schaller zögerlich. »Sehr kostspielige Ideen, die sich finanziell aber nicht rechnen würden.«

»Einzelheiten«, forderte Wankel.

»Er wollte eine permanente Zusammenarbeit mit befreundeten Flugschulen in Indien und Griechenland«, sagte Schaller. »Das sollte den gegenseitigen Austausch von Flugbegeisterten einfacher machen. Der Gernot war überzeugt, dass es für so einen Service einen Markt geben würde. Zumindest hat er so getan. Meiner Meinung nach ist es ihm dabei vorwiegend um sich selbst gegangen. Er hat keine Gelegenheit ausgelassen, in Indien zu fliegen. Von dem Shuttleservice hat er sich versprochen, noch viel öfter Gelegenheit dazu zu haben.«

»Sein Vorschlag hat also wenig Gegenliebe bei den anderen Fluglehrern gefunden«, schloss Lachermeier.

»Wir waren uns darüber einig, dass der logistische Aufwand viel größer als der Nutzen der ganzen Sache wäre.«

»Was gab es dann zwischen Ihnen beiden zu streiten?«

»Na ja, der Gernot wollte mich auf seine Seite ziehen, um die anderen vielleicht doch noch zu überreden. Ich habe mich quergestellt. Dabei sind wir beide wohl etwas lauter geworden. Warten Sie, jetzt erinnere ich mich. Der grauhaarige Typ vom Tatzlwurm-Hotel. Hat der mich etwa angeschwärzt?«

»Das war es vorläufig mit uns, Herr Schaller«, sagte Lachermeier.

Ein Blickwechsel mit Wankel verriet ihm, dass auch er im

Moment keine Fragen hatte. Sie folgten dem Fluglehrer zu seinen Freunden in den Biergarten, wo ihnen Sebastian Hutter bestätigte, dass Schaller vergangenen Dienstagabend auf seiner Grillparty gewesen war. Weitere Beisitzende bezeugten das ebenfalls.

»Was jetzt?«, fragte Wankel. »Zurück nach Kiefersfelden?«

Lachermeier sah auf die Uhr. Es war erst kurz nach vier.

»Lass uns im ›Café Hahn‹ vorbeischauen.«

***

Nur vereinzelte Gäste saßen bei diesem Bilderbuchbiergartenwetter in Wendlandts Café. Der Chef hütete seinen Platz hinter dem Rundtresen, als die beiden Beamten eintraten.

»Herr Wendlandt«, begrüßte ihn Lachermeier und zeigte ihm seinen Dienstausweis. »Mein Name ist Lachermeier, das ist mein Kollege Wankel. Wir möchten uns kurz mit Ihnen unterhalten.«

»Klar, natürlich«, sagte Wendlandt einsichtig. »Lassen Sie mich nur kurz meiner Vertretung Bescheid sagen.«

Er verschwand in sein Rückzugsgebiet hinter der Theke und kehrte mit einer flotten Rothaarigen zurück, die seinen Platz einnahm. Die Frau kam Lachermeier bekannt vor. Er wähnte sie als Schulfreundin seines Sohnes.

»Nun stehe ich Ihnen voll und ganz zur Verfügung, meine Herren«, erklärte Wendlandt selbstgefällig und komplimentierte die beiden Polizisten zu einem einsamen Tisch. »Christina, mach uns bitte Kaffee! Vielleicht einen Latte macchiato für die Herren? Oder lieber einen Cappuccino oder eine Melange?«

Wankel wollte nichts, Lachermeier aber war einem Latte macchiato nicht abgeneigt. »Ein nettes Lokal haben Sie da«, merkte er an.

»Danke, dass Sie das sagen«, freute sich Wendlandt. »Im nächsten Jahr sollte ich auch bei Temperaturen wie den heutigen mehr anzubieten haben. Ich baue im Herbst einen kleinen Biergarten dran, wissen Sie?«

»Schau an. Haben Sie denn die Genehmigung schon eingeholt?«

»Nun … nein.« Sein Strahlegesicht fiel ein wenig zusammen. »Ich bin aber zuversichtlich, dass es da keine Probleme geben wird.«

Nein, sicher nicht, dachte Lachermeier, dazu ist dein sauberer Herr Papa viel zu einflussreich. »Wie gut haben Sie Jochen Sichelbauer gekannt?«

»Nur vage«, antwortete der junge Wendlandt. »Wir waren nicht befreundet, wenn Sie das meinen. Hin und wieder ist er Gast bei mir gewesen.«

»Wann zum letzten Mal?«

»Das dürfte in der Woche vor seinem Tod gewesen sein. An den genauen Tag kann ich mich nicht erinnern.«

»Strengen Sie sich an. Ist an dem Tag etwas Besonderes vorgefallen? War er allein da?«

»Nein, ich glaube, er ist mit seinem Busenkumpel, dem Kappl Gernot, und der Agnes gekommen. Die drei haben oft zusammengesteckt.«

»Das gefiel Ihnen nicht recht, was?«

»Warum sollte das so sein? Ich kümmere mich nicht um die Belange meiner Gäste, solange sie mich nicht um ihre Zeche prellen.«

»Agnes Kern gehört Ihrem noch frisch gegründeten Ortsverein an, habe ich gehört. Die Herren Kappl und Sichelbauer hingegen haben mit einer anderen politischen Strömung sympathisiert.«

»Ach, das meinen Sie. Tja, politische Meinungen sind wie Arschlöcher. Jeder hat sein eigenes. Ich habe kein Problem mit anderen Ansichten.«

»Kennen Sie denn jemanden, der eins damit hat?«

»Ehrlich gesagt, ja. Kappl und Sichelbauer. Die waren von Anfang an gegen uns eingestellt. Haben versucht, uns zu diskreditieren.«

»Das war sicher nicht allzu schwierig«, bemerkte Wankel.

»Wie meinen?«

»In welcher Weise haben die beiden Sie diskreditiert?«, fragte Lachermeier.

»Weniger mich, sondern unsere Vereinigung. Sie haben unangebracht kritische Fragen gestellt, haben unsere Ideale belächelt und versucht, uns in der Öffentlichkeit schlechtzureden.«

»Wie haben sie das gemacht?«

»Indem sie unsere Ziele verhöhnt haben.«

»Nach unserem bisherigen Kenntnisstand hat es keinerlei ernsthafte Reibereien zwischen den politischen Lagern gegeben«, wandte Wankel ein. »Diesen Kenntnisstand haben wir unter anderem in Gesprächen mit Mitgliedern Ihres Vereins erarbeitet, Herr Wendlandt. Ihre gerade aufgeworfenen Vorhaltungen kommen daher etwas überraschend.«

Von der Rothaarigen wurden der Latte und die Tasse schlichten schwarzen Kaffees für Wendlandt serviert.

»Vielleicht habe ich ein wenig übertrieben«, räumte Wendlandt ein. »Aber die beiden waren nicht sonderlich gut auf uns zu sprechen. Na ja, Kappl hat es natürlich sowieso nicht gepasst, dass sich seine Freundin uns angeschlossen hat. Da war er wohl etwas grantig.«

»Wie hat man es mit solchen Vorhaltungen innerhalb Ihres Vereins gehalten?«, fragte Lachermeier. »Hat es böse Stimmen gegen das andere politische Lager gegeben?«

»Nein, wir sind alle sehr tolerant und akzeptieren jedermanns Meinung. Wir suchen die offene Diskussion. Vorwürfe aus dem Hinterhalt sind nicht unser Stil.«

»Was hält Ihr Vater von Ihrem politischen Engagement?«

»Das geht ihn nichts an. Ich bin alt genug, mein eigenes Ding durchzuziehen, unabhängig davon, was er davon hält.«

»Wo waren Sie vergangenen Dienstagabend?«, fragte Wankel, während Lachermeier seinen Latte kostete. Er schmeckte vorzüglich.

»Hier natürlich«, antwortete Wendlandt stolz. »Nur mittwochs und donnerstags gönne ich mir eine Auszeit und überlasse den Laden meinen Mitarbeiterinnen.«

»Haben Sie an dem fraglichen Dienstagabend allein Dienst geschoben?«

»Nein, zwei Kellnerinnen habe ich da gehabt. Allein ist der abendliche Andrang nicht zu bewältigen.«

»Wann hat Ihr Dienst geendet?«

»Gegen ein Uhr morgens.«

»Nennen Sie uns bitte die Namen der beiden Kellnerinnen, die an dem Abend mit Ihnen hier waren.«

»Weshalb denn? Bin ich irgendwie verdächtig? Ich meine, die beiden Toten sind doch von einem Raubtier angefallen worden, oder?«

Da Frau Großrausch die Presse noch nicht aufgeklärt hatte, war dies noch immer die offizielle Meinung. Nur der Mörder wusste es besser.

Wankel fixierte Wendlandt grimmig. »Die Namen.«

Wendlandt nannte sie ihm, Wankel notierte sie mitsamt der Adresse. Wendlandts Alibi klang stichfest, doch wollte Lachermeier nicht ausschließen, dass es beim routinierten abendlichen Betrieb vielleicht gar nicht weiter auffiel, wenn der Chef seine Kellnerinnen mal für eine Stunde allein im Laden ließ.

Den Kerl aus Kufstein wollte Lachermeier eigentlich zurückhalten, bis sich Jandl gemeldet hatte, doch nun brachte er ihn kurz entschlossen doch zur Sprache.

»Ein junger Mann aus Kufstein ist häufig bei Ihnen zu Gast«, sagte er. »Was können Sie uns über ihn erzählen?«

»Ich habe oft Gäste aus Österreich«, betonte Wendlandt. »Aber ich glaube, ich weiß, wen Sie meinen. Den Olaf. Olaf Schmalzl, oder?«

Lachermeier antwortete nicht, zeigte auch keine Regung, was Wendlandt zum Weiterreden animierte.

»Nun, der Olaf vermehrt unser Budget. Er ist Anlageberater.«

»Ihr Verein finanziert sich überwiegend durch Mitgliederbeiträge und Spendengelder, nehme ich an«, sagte Lachermeier. »Kommt denn da so viel zusammen, dass ein Anlageberater damit arbeiten kann?«

»Wenn Sie wüssten, wie viele Menschen wir mit unseren Ideen erreichen und begeistern«, erklärte Wendlandt stolz. »Zuwendungen kommen manchmal von ganz unerwarteter Stelle. Wir legen die Gelder kurzfristig an. Die Renditen sind überschaubar, aber ein bisschen was kommt schon rum. Der Olaf hat da ziemlich was drauf.«

***

Als Lachermeier und Wankel vor der Polizeiinspektion Kiefersfelden anhielten, zog sich die Sonne bereits in Richtung Brünnstein vom Himmel zurück. In einem Schnellimbiss hatten sie ein provisorisches Abendessen erstanden und es weniger aus Genuss, sondern der Notwendigkeit wegen auf einem Parkplatz verspeist.

Mit Wehmut hatte Lachermeier bei jedem Bissen an seine sonnige Terrasse gedacht, auf der sich seine Mädels gerade in aller Gemütlichkeit an einer umfänglichen Brotzeit vergingen. Frischer Schnittlauch aus dem Garten, Tomaten, Presssack mit Essig und Zwiebeln, saure Gurken, Obazter, kaltes Bratenfleisch, dazu einen deftigen fränkischen Meerrettich und ein wohltemperiertes Weißbier. Stattdessen war Fast Food in Wankels Auto angesagt.

In der Wache fanden sie Obermeisterin Strauss vor, der Wankel prompt den Auftrag erteilte, den beiden Kellnerinnen Wendlandts auf den Zahn zu fühlen.

»Mit Kappls Manifest bin ich durch«, berichtete sie. »Es enthält keine weiteren Überraschungen. Nichts, worauf man nicht auch schon durch das Inhaltsverzeichnis schließen konnte. Allerdings ist es unfertig.«

»Was fehlt denn?«, fragte Lachermeier.

»Nichts laut dem Inhaltsverzeichnis, trotzdem fehlt eine Art Schluss, eine Konklusion, ein Rückbezug, eine Zusammenfassung, ein Lösungsweg oder ein abschließendes Statement von ihm. Ich bin davon überzeugt, dass Kappl noch ein paar Kapitel hinzugefügt hätte, wäre er noch am Leben.«

»Wäre er noch am Leben«, wiederholte Lachermeier. War er das womöglich tatsächlich noch? War er Agnes Kerns heimlicher Küsser, dem Wankel gestern anhand ihres Lippenstiftes auf die Spur gekommen sein wollte?

Gerade als Lachermeier den heutigen Arbeitstag als beendet erklären wollte, traf Glaubrecht ein. Verschwitzt und unverkennbar geschlaucht, ließ sich der aufstrebende Kommissar in den nächstbesten Drehstuhl fallen.

»Dieses blöde Vieh«, grummelte er leidend. »Es führt uns absichtlich an der Nase herum, so scheint's mir.«

»Also gibt's morgen keine Tatzelwurm-Burger zum Frühstück«, folgerte Wankel.

»Wir sind seinen Spuren am Hocheck vorbei in Richtung Mühlbach gefolgt«, erläuterte Glaubrecht. »Dann hat er seinen Kurs südwärts korrigiert und schien geradewegs auf Ried und Kiefersfelden zuzusteuern. Dort hat Sammüller ihn dann aber erst mal verloren. Später hat er ihn wiedergefunden. Da war er wieder nach Norden unterwegs.«

Lachermeier dachte an das drachenartige Fabeltier, das er kürzlich auf einer Zeichnung gesehen hatte, und stellte sich schauderhaft vor, wie dieses Ungetüm Feuer speiend seinem Wohnviertel auf die Pelle rückte. »Hat Sammüller inzwischen eine konkrete Vorstellung, worum es sich bei dem Vieh handelt?«

»Er tippt auf einen Leoparden, will sich aber nicht festlegen«, antwortete Glaubrecht.

Lachermeier rief sich die Fotos der japanischen Touristen ins Gedächtnis. Er hatte darauf etwas Dunkles gesehen, aber ganz bestimmt keinen Leoparden.

»Ist dieser Großwildjäger zu was zu gebrauchen?«, fragte Wankel.

»Oh ja, sehr«, beteuerte Glaubrecht. »Er hat uns den ganzen Tag geführt. Ein paar der Jäger halten ihn für einen aufgeblasenen Schaumschläger, aber die sind wahrscheinlich bloß eifersüchtig, weil wir jemanden von außen hinzugezogen haben. Morgen früh geht's weiter.«

»Für jeden von uns«, sagte Lachermeier. »Macht Feierabend, Leute. Das Wochenende war kurz genug. Gönnt euch wenigstens noch einen schönen Sonntagabend.«

»Hast du Lust auf ein Weißbier auf der Terrasse?«, fragte Lachermeier Wankel, als der ihn zu Hause absetzte.

»Hab schon schlimmere Drohungen gehört«, entgegnete Wankel und stellte den Motor ab. »Je später ich nach Hause komme, desto eher kapiert meine Frau vielleicht, dass wir hier wirklich was zu arbeiten haben.«

Kaum hatte er die Haustür aufgeschlossen, sah sich Lachermeier seiner Frau und seiner kleinen Tochter gegenüber.

»Hast du schon gegessen, Schatz?«, fragte Trudi. »Es steht noch reichlich im Kühlschrank, falls du … oh, hallo Erich.«

»Trudi«, grüßte Wankel zurück und streifte sich auf der Türmatte vorbildlich die Schuhe ab. »Na, du kleine Süße«, sagte er zu Michaela und zwinkerte ihr aufdringlich zu.

Michaela versteckte sich halbseitig hinter ihrer Mutter und kicherte verschmitzt.

»Liebling, es wäre ganz zauberhaft, wenn du uns eine kleine Platte zusammenstellen könntest«, sagte Lachermeier. »Würdest du das für uns tun?«

»Wie könnte ich den Obersheriffs von Kiefersfelden eine solche Bitte ausschlagen?«, entgegnete Trudi spitz. »Na, Erich, alles klar bei dir?«

»Nein.«

Während Trudi an den Kühlschrank ging und Wankel es sich auf der Terrasse bequem machte, holte Lachermeier zwei Hefeweizen aus dem Keller und kredenzte zwei Stutzen mit einer beispielhaften Schaumkrone.

»Darauf freue ich mich schon seit unserem Biergartenbesuch«, bemerkte er, als er einen Stutzen an Wankel weiterreichte.

»Was meinst du, müssen wir demnächst Angst vor Tatzelwürmern in unseren Gärten haben?«, meinte Wankel nach einem schaumreichen Schluck.

»Bislang hat das Vieh von größeren Menschenansammlungen Abstand gehalten«, sagte Lachermeier. »Warum sollte es seine Verhaltensweise jetzt ändern?«

»Vielleicht ist es auf den Geschmack von Menschenfleisch gekommen. In Afrika hat's da mal zwei Löwen gegeben, die über hundert Leute von einer Eisenbahngesellschaft getötet haben.«

»Ja, ich weiß, ich habe den Film auch gesehen.«

»Er beruht auf einer wahren Begebenheit. Solange dieses Vieh nicht geschossen worden ist, lasse ich meine Familie nach Einbruch der Dunkelheit nicht mehr raus.«

»Das finde ich etwas übertrieben. Würden wir in einem abgelegenen Weiler wohnen, wäre es etwas anderes, aber hier in Kiefersfelden habe ich keine Bedenken, wenn Martha nachts noch unterwegs ist.«

»Hast du schon mal daran gedacht, dass dieses Vieh auch irgendwo in der Nähe des Hotelparkplatzes lauern könnte? Ist dir da nicht unwohl, wenn deine Tochter Spätschicht machen muss?«

Am liebsten hätte Lachermeier Wankel nun sein Bier ins Gesicht gekippt. Unrecht hatte sein Kollege allerdings nicht, wie er zugeben musste. In der Nähe des Hotels hatte sich das Tier Kappl und Sichelbauer geholt. Gut möglich, dass es die Hotelgegend im Auge behielt. Er würde Martha sicherheitshalber noch einmal einschärfen, nach Schichtende ohne zu ratschen zum Auto zu gehen und sofort heimzufahren.

In dem Moment hoppelte Michaela am Rasen vorbei und sang: »Es tanzt ein Bri-Bra-Brummelmann in unserm Haus herum, fidelbum!«

»Die Leute sind gewarnt, mehr können wir nicht tun«, sagte Lachermeier. »Mir bereitet unser eigentlicher Fall mehr Kopfzerbrechen. Nach wie vor fehlt mir ein brauchbares Motiv, Jochen Sichelbauer umzubringen. Hat er vielleicht eine heimliche Affäre gehabt? Falls ja, warum war sie geheim?«

»Du denkst, er hatte etwas mit einer Verheirateten oder so etwas in der Art? Glaube ich nicht, Edi. Ist nur ein Gefühl, aber ich glaube es nicht. Sein Dahinscheiden hat etwas mit dieser Finanzierungssache zu tun.«

»Wir müssen weitere Möglichkeiten zumindest ins Auge fassen«, wandte Lachermeier ein, stimmte dem Kollegen aber weitestgehend zu. »In Bezug auf die Finanzierungssache haben wir bis jetzt drei Möglichkeiten: Vinzenz Wendlandts politischer Ortsverein, das Christophorusheim oder die Oberaudorfer Flugschule.«

»Die Flugschule würde ich ausschließen«, meinte Wankel. »Was Schaller uns erzählt hat, erscheint mir plausibel, und da lief nichts Krummes, wofür man irgendjemanden umbringen müsste.«

»Zumindest nicht nach unserem bisherigen Kenntnisstand«, bestätigte Lachermeier. »Dasselbe trifft auf das Christophorusheim zu. Bleibt noch der progressive Verein.«

»Ich wette, da liegt der Hund begraben, den wir suchen. Wir müssen irgendwie tieferen Einblick bekommen. Glaubst du, du kannst was mit der Riesensuff tüfteln?«

»Was denn? Einen Durchsuchungsbeschluss des Vereinslokals? Ohne irgendwelche dringlichen Hinweise oder Verdächtigungen sicherlich nicht. Jandl ruft mich morgen an. Vielleicht kommen wir über Olaf Schmalzl an Wendlandt ran.«

»Das Alibi von Schmalzl sollte dein Tiroler Kumpel auch umgehend prüfen.«

Lachermeier stimmte zu. »Ich frage mich, wie der Mörder zum Tatort raufgelangt ist. Ist er Sichelbauer heimlich gefolgt? War er mit ihm vielleicht sogar verabredet? Wo hat er seinen Wagen abgestellt? Hat er überhaupt einen gebraucht? Oder hat Sichelbauer seinen Mörder sogar selbst im Auto mit hoch genommen?«

»Falls uns jemand vom Hotel bestätigt, dass sich Sichelbauer oder Kappl dort in letzter Zeit herumgetrieben haben, ist das Hotel die Nummer vier, die in die Sache verwickelt sein könnte«, meinte Wankel. »Wobei die Liste im Prinzip kein Ende nimmt. Vielleicht denken wir eine Nummer zu groß. Vielleicht hat Sichelbauer nur sein eigenes Erspartes irgendwo anlegen wollen und ist dabei einer Betrügerei auf die Spur gekommen. Damit wären wir bei dem Österreicher. Vielleicht hat er dem sein Geld anvertraut, und der hat ihn beschissen.«

»Weißt du, was mir am meisten aufstößt?«, erwiderte Lachermeier. »Die Zeitdifferenz von fast zwei Stunden. Sichelbauer hat gegen zwanzig Uhr das Christophorusheim verlassen. Um einundzwanzig Uhr neununddreißig hat Kappl seine SMS bekommen. Als er und Agnes Kern oben ankamen, war Sichelbauer tot.«

»Behauptet das Madl zumindest«, ergänzte Wankel.

»Mir fällt kein Grund ein, weshalb sie lügen sollte«, sagte Lachermeier. »Allerdings sollten wir in Betracht ziehen, dass die Textnachricht gar nicht von Sichelbauer geschrieben wurde, sondern nur mit seinem Handy. Dornbacher hat darauf zwar keine fremden Fingerabdrücke gefunden, aber das hat wenig zu sagen.«

»Hmm … guter Gedanke.« Wankel nickte anerkennend. »Ich nehme an, selbst die Spezialisten in München werden sich nicht auf einen exakten Todeszeitpunkt festlegen können. Falls nicht Sichelbauer, sondern sein Mörder die SMS geschrieben hat, könnte Sichelbauer auch schon eine Stunde früher umgebracht worden sein.«

»So ist es. Wenn Sichelbauer von Brannenburg aus direkt zum Tatzelwurm gefahren ist, könnte er schon zwanzig nach acht an der Hangstufe eingetroffen sein. Das wiederum macht Tobias Schallers Alibi hinfällig. Denn der hat ausgesagt – und seine Freunde haben es bestätigt –, dass er erst gegen neun auf Basti Hutters Grillparty eingetroffen ist. Vielleicht ist er vorher am Tatzelwurm gewesen. Allerdings fragt sich dann, wie er um einundzwanzig Uhr neununddreißig eine SMS an Kappl schreiben konnte. Er hätte das Handy mitnehmen müssen. Wie ist es dann aber wieder nach oben gelangt?«

»Vergiss nicht, dass das Handy erst am nächsten Tag gefunden wurde. Schaller hätte also die ganze Nacht Zeit gehabt, es dort hinzulegen.«

»Welches Motiv hätte er, Sichelbauer umzubringen? Sein Zwist wegen der Flugschule war doch mit Kappl.«

»Behauptet er zumindest.«

»In Dr. Kalinka haben wir einen handfesten Zeugen.«

»Vielleicht ist er der geheime Investor?«

»Kalinka?«

»Könnte doch sein, oder? Allerdings fehlt mir noch ein plausibler Grund, weshalb ein Mörder nach begangener Tat eine SMS an die Freunde des Opfers schreiben sollte. Ergibt für mich keinen Sinn.«

Allmählich wurde es Lachermeier zu viel für diesen Tag. Es war Zeit, die Dinge ruhen zu lassen und darüber zu schlafen. Er lehnte sich zurück und trank aus seinem Weizenkelch.

»Dann wäre da noch der Besucher in Kappls Wohnung«, fuhr Wankel fort. »Er scheint sich ausgekannt und außerdem einen Schlüssel benutzt zu haben. Wer könnte das gewesen sein?«

Lachermeier hielt seinem Kollegen den Stutzen hin. »Lassen wir es für heute gut sein, Erich«, sagte er. »Morgen ist auch noch ein Tag.«

Sie stießen an und tranken. Im nächsten Augenblick servierte Trudi eine fein gedeckte Fleischplatte mit Tomaten, Gurken und ordentlich Meerrettich. Lachermeier wollte sie dafür küssen – exzessiv.

***

Es war ein entsetzlicher Sonntag, obwohl die Sonne warm und lange schien. Vinzenz und seine Selbstverliebtheit, Gerlinde und ihre Naivität, vage Verdächtigungen und ihre Unbeweisbarkeit und nicht zuletzt seine Mutter und ihre Verzweiflung. All das hatte Jürgen ohne Unterlass beschäftigt.

Nachmittags dann die schreckliche Trauerfeier. Viele Wiedersehen, viele Beileidsbekundungen, viel Anteilnahme. Und doch schien das alles das Loch in seinem Inneren nur noch weiter aufgerissen zu haben. Er hatte seinen Bruder verloren. Er würde erst wieder richtig schlafen können, wenn er

Antworten hatte, wie es dazu kommen konnte und wer dafür verantwortlich war.

Jürgen war klar, dass Hauptkommissar Lachermeier wahrscheinlich nicht sehr begeistert von seinem eigenmächtigen Schritt sein würde, doch seine Entscheidung war gefallen. Er glaubte, alle Rätsel lösen zu können, wenn er nur in Erfahrung brächte, was Jochen am Montagabend getrieben hatte. Falls er im »Café Hahn« gewesen war, musste es dafür Zeugen geben. Diese mussten gefunden werden. Die örtliche Tageszeitung würde ihm dabei helfen.

Montag

Die Tageszeitung war aufgrund zweier Meldungen fallrelevant für Lachermeier. Zum einen hatte Staatsanwältin Großrausch in einem Pressestatement klargemacht, dass zwar noch kein Gutachten der Rechtsmedizin vorlag, Staatsanwaltschaft und Polizeibehörden aber davon ausgingen, dass wenigstens eines der beiden Tatzelwurm-Opfer einem Verbrechen zum Opfer gefallen war.

Zum anderen fand sich im Regionalteil bei den Kleinanzeigen neben einem Foto des Mordopfers eine interessante Annonce:

Haben Sie diesen jungen Mann vergangenen Montagabend gesehen?

Darunter waren zwei Rufnummern angegeben, an die sachdienliche Hinweise zu richten waren. Die eine Nummer war die der Kiefersfeldener Polizeiinspektion, die andere eine Handynummer. Jürgen Sichelbauers Handynummer, wie Lachermeier wusste. Dass Jürgen weiterhin aktiv blieb, konnte er ihm nicht verdenken. Dass er ihn nicht vorher zurate gezogen hatte, gefiel ihm weniger. Nun ja, wenigstens hatte er die Polizei nicht ausgeschlossen. Doch was bezweckte er damit? Warum hielt er den Montagabend für relevant?

Gegen neun Uhr rief jemand vom Tatzlwurm-Hotel an und erklärte, dass sich die Angestellten einvernehmlich einig seien, dass weder Jochen Sichelbauer noch Gernot Kappl je auf dem Hotelgelände gesehen worden waren. Damit zerstreute sich die vage Theorie, Sichelbauers gewählter Treffpunkt könnte mit dem Hotel zu tun haben.

Bedeutend gehaltvoller war das Gespräch mit Chefinspektor Jandl gegen zehn.

»Seinen Namen habe ich mittlerweile selbst in Erfahrung

gebracht«, sagte Lachermeier. »Olaf Schmalzl, von Beruf Anlage- und Vermögensberater.«

»Das scheint nur einer seiner Berufe zu sein«, entgegnete Jandl süffisant. »Also pass auf, Edi: Olaf Schmalzl, zweiunddreißig Jahre alt, gebürtiger Wiener, ist schon seit Jugendjahren in Kufstein daheim. Er ist kein unbeschriebenes Blatt. Hat es mit kleinen Betrügereien und Schwarzhandel probiert. Bisheriger Höhepunkt seiner kriminellen Karriere war der Import von geklauten Fahrrädern aus Italien. Er hat dafür ein Jahr gesessen. Heute ist er offiziell Vermögensberater.«

»Und inoffiziell?«

»Du hast Glück, mein lieber Edi, dass Schmalzls Name gerade auch wegen einer Schwarzgeldsache in unser Visier geraten ist.«

»Ich kann mein Glück kaum fassen. Also los, erzähl mir mehr davon. Um was für Schwarzgeld geht es da?«

»Geld aus der organisierten Kriminalität. Schmalzl verdingt sich nach unseren Erkenntnissen als Stroh- oder Mittelsmann, um Schwarzgelder über Offshore-Banken und zweifelhafte Anlagengeschäfte zu waschen. Er handelt mit Firmenanteilen von Scheingesellschaften.«

»Habt ihr Einsicht in seine Transaktionen?«

»Ein Beschluss ist erwirkt. Ich werde dir bald mehr sagen können.«

»Mich interessiert vor allem einer seiner Kunden: und zwar der Ortsverein der Progressiven Jugend Oberaudorf/Kiefersfelden. Kannst du das für mich prüfen?«

»Na klar mache ich das für dich. Wie geht's eurem Tatzelwurm?«

»Verweigert sich nach wie vor der Festnahme.«

»Hab's heute Morgen schon aus der Zeitung erfahren«, sagte Jandl. »Mindestens einer der beiden Burschen war schon tot, als ihn das Vieh geholt hat. Hat Schmalzl irgendwie damit zu tun?«

»Das wäre möglich«, bestätigte Lachermeier. »Erscheint mir im Augenblick sogar sehr wahrscheinlich.«

»Hast du noch alles im Griff, oder haben sie dir schon ein paar Kriminalspezialisten für Tötungsdelikte geschickt?«

»Bis jetzt habe ich das vermeiden können.«

»Das ist mein zuversichtlicher Edi! Ach ja, bevor ich's vergesse: Ein Zirkus oder ein Zoo, der ein Tier vermisst, hat sich noch nicht gemeldet. Ich glaube trotzdem an die Theorie mit dem vierbeinigen Landesflüchtling. Es sei denn, ihr habt es doch mit einem ganz besonderen Vieh zu tun, das die letzten paar Jahrhunderte überwintert und heuer plötzlich wieder Hunger bekommen hat.«

»Wir werden sehen. Rufst du mich wieder an, wenn du mehr zu Schmalzls Geschäftskontakten sagen kannst?«

»Verlass dich da mal ganz auf die Tiroler Gendarmerie, mein Bester.«

Im Verlauf des weiteren Vormittages holte Lachermeier den Papierkram nach, der im Laufe der vergangenen Woche liegen geblieben war.

»Der Dornbacher hat vorhin angerufen«, verkündete Wankel, als er kurz vor Mittag in sein Büro marschierte. »Bei dir war belegt, da hat er mich angewählt.«

»Hab mit der Großrausch telefoniert«, erklärte Lachermeier. »Gibt's etwa schon was Neues aus München?«

»Nein, es geht um die Hauspost, die wir in Kappls Wohnung sichergestellt haben«, erläuterte Wankel. »Es finden sich darauf nur von einer einzigen Person Fingerabdrücke. Da die Post bei diesem Wetter sicher nicht mit Handschuhen rumläuft, können wir wohl davon ausgehen, dass sie vom Postboten stammen.«

»Demnach müsste der nächtliche Besucher Handschuhe getragen haben«, folgerte Lachermeier. »Würde Kappl Handschuhe tragen, wenn er seine eigene Wohnung besucht?«

»Wenn er untertauchen und als tot gelten will, schon.«

»Wie lange will er diese Täuschung aufrechterhalten? Über kurz oder lang werden die Überreste identifiziert sein.«

»Vielleicht hat er dem Raubtier eine gründlichere Arbeit zugetraut.«

Lachermeier schüttelte den Kopf. »Ich glaube nicht, dass er noch lebt. Wir denken viel zu kompliziert, Erich. Er ist da oben von dem Tier dahingerafft worden. Der Einbrecher war ein anderer. Wir sollten uns auf die Lebenden konzentrieren.«

»Laut Kern hat niemand einen Zweitschlüssel zu seiner Wohnung«, wandte Wankel ein. »Wie also ist der Einbrecher ohne Gewalt anzuwenden dort hineingelangt?«

»Ein Schlüsseldienst braucht auch keinen Zweitschlüssel.«

»Wenn das stimmt und Kappl tatsächlich tot ist, hat Agnes Kern schon einen neuen Freund.«

»Bist du dir mit dieser Lippenstiftsache wirklich sicher?«

»Hundertprozentig. Hab's gestern Abend noch mit meiner Frau ausprobiert.«

»Ah. Also herrscht wieder Eintracht im Hause Wankel?«

»Wenn wir nächstes Wochenende den Ötztalwandertag nachholen, dann hoffentlich schon.«

»Ist das Problem mit der Talentshow auch gelöst?«

»Nein, das steht leider noch aus. Reden wir nicht mehr davon. Hat dein Kufsteiner Kumpel angerufen?«

»Ja, hat er. Olaf Schmalzl ist polizeilich bekannt, hat auch schon gesessen. Momentan ermitteln die Kollegen wegen Geldwäsche gegen ihn.«

»Wonach riecht es für dich, wenn sich ein politischer Ortsverein ausgerechnet so einen als Anlageberater angelacht hat?«

»Es riecht recht faulig«, sagte Lachermeier. »Jandl meldet sich wieder, sobald er Einsicht in Schmalzls Transaktionen hat.«

»Wie lange wird das dauern?«

»Die Schlinge um Schmalzl zieht sich bereits zu.«

»Gut. Bis zum Wochenende muss die Sache vom Tisch sein, sonst erschlägt mich meine Frau Freitagabend und fährt mit meiner Leiche ins Ötztal.«

***

Dass er so schnell einen Erfolg würde verbuchen können, hätte Jürgen nicht im Traum angenommen. Im Verlaufe des

Vormittages hatten sich sogar zwei Leute gemeldet, die ihm versicherten, seinen Bruder Jochen am Montagabend im »Café Hahn« gesehen zu haben. Er war ihnen deshalb in Erinnerung geblieben, weil er an dem Abend eine verbale Auseinandersetzung mit dem Chef des Hauses gehabt hatte. Jochen und Vinzenz hatten sich beiden Aussagen nach über die Theke hinweg gestritten, nicht laut, aber unmissverständlich.

Das »Café Hahn« öffnete seine Pforten montags erst um siebzehn Uhr, daher fuhr Jürgen zum Anwesen der Wendlandts raus, wo Vinzenz schon seit seinen Teenagerjahren in einer Dachwohnung residierte. Das Anwesen war ganz der Bilderbuchbauernhof, den es fast nur noch auf Postkarten gab. Es bestand aus zwei Gebäudetrakten. Der eine war das Wohnhaus der Wendlandts mit Schrebergarten, Fischteich und einem großen Scheunenanbau, der andere beinhaltete die Ferienwohnungen. Wie viele es davon gab, wusste Jürgen nicht, doch die Wendlandts lebten seit jeher recht gut von ihren Pacht- und Mieteinnahmen.

Im gepflasterten Hof stellte er seinen Wagen ab. Sechs wohlgeschliffene Stufen aus Naturstein führten zur großen Haustür aus Eichenholz hinauf. Die beiden Klingelknöpfe am Türstock waren mit »Vinzenz Wendlandt« und darunter »Blasius & Gerda Wendlandt« beschriftet. Der Vinzenz hatte noch eine Schwester, die nach Jürgens Kenntnisstand in Erlangen studierte. Er drückte den Klingelknopf.

Vinzenz ließ nicht lange auf sich warten. Seinen vollkommen perplexen Gesichtsausdruck beim Anblick desjenigen, der ihn da besuchen kam, hätte Jürgen gern fotografisch festgehalten. Fast noch besser als seine überraschte Miene aber war der Bademantel mit Tigermuster, in dem er steckte, und den er mit tief geöffneten Flügeln trug. Offensichtlich hatte er jemand anderen erwartet.

»Tut mir leid, der Hostessenservice hat sich wohl verspätet«, sagte Jürgen.

»Wa-wa-was tust du denn hier?«, brabbelte Vinzenz, aus der Bahn geworfen.

Jürgen ging nicht auf die Frage ein. »Hübscher Bademantel. Aber verträgt sich das Muster denn mit deiner so hehren Lebenseinstellung?«

»Verflucht, was willst du hier?«

Allmählich fing sich Vinzenz und strafte seinen unangekündigten Besucher mit aggressiven Blicken, die Jürgen seit ihrer gemeinsamen Schulzeit nicht mehr gesehen hatte. Die Erhabenheit, die Vinzenz hinter seinem Tresen stets ausstrahlte, hatte er wohl oben gelassen.

»Darf ich reinkommen?«

»Nein«, kam die prompte Antwort.

»Na gut, mir soll's recht sein. Sollen auch andere Passanten etwas von deinem lächerlichen Anblick haben.«

Wie auf ein Stichwort wich Vinzenz einen Schritt rückwärts, ließ die Tür aber nicht los.

»Verschwinde hier«, befahl er. »Ich habe jetzt keine Zeit für dich.«

»Für wen hast du dich denn so aufreizend reserviert?«

»Das geht dich, verdammt noch mal, nichts an. Hau ab!«

»Nicht bevor du mir eine Frage beantwortet hast.«

»Was für eine Frage?«

»Worüber hast du dich letzten Montag mit meinem Bruder gestritten?«

»Ich habe dir doch schon gesagt, dass ich keine Probleme mit deinem Bruder gehabt habe.«

»Erzähl mir hier keinen Müll. Ich habe zwei Zeugen, die ich umgehend der Polizei nennen werde. Die waren am Montag in deinem Laden und haben alles gesehen.«

»Mir scheißegal, was du hast. Du verschwindest jetzt oder …«

»Oder was? Rufst du deinen Papi?«

Vinzenz' Miene verfinsterte sich noch weiter. »Pass bloß auf, du armseliger Wicht. Leg dich nicht mit den Falschen an, das würde dir nicht bekommen.«

»Meinem Bruder ist es auch nicht bekommen, was? Erzähl mal. Hast du ihm deine Halskettchen-Gang auf den Hals gehetzt?«

»MACH 'N ABGANG!«, zischte Vinzenz vor Zorn bebend und hatte plötzlich einen Schürhaken in der Hand, der sich hinter der Haustür befunden haben musste. »Oder ich zertrümmere dir damit nicht nur deine Motorhaube!«

Von neuem Respekt ergriffen, tat Jürgen tatsächlich einen Schritt zurück.

Hier offenbarte der sonst so erhabene Vinzenz nun sein wahres Gesicht. Vor seinen Gästen spielte er den Strahlemann, im Kreise seiner Parteischäfchen den souveränen, verständnisvollen Volksmann. Doch hier, auf dem falschen Fuß erwischt, trug er keine seiner Masken zur Schau. Dies war Vinzenz Wendlandt ungefiltert und ungesüßt.

»Hast du denn Erfahrung im Schädeleinschlagen?«, fragte Jürgen, erhielt aber keine Antwort, da nun krachend die Tür zuflog.

Schon in seinem Auto realisierte Jürgen, dass er einen Fehler begangen hatte. Vinzenz war jetzt gewarnt und würde sich vermutlich eine plausible Geschichte zu dem vermeintlichen Streit ausgedacht haben, bevor ihn die Polizei darauf ansprechen konnte.

Jürgen fuhr vom Hof, stellte seinen Wagen aber in der nächsten Straße wieder ab, um sich auf die Lauer zu legen. Er wollte herausfinden, auf wen Vinzenz in seiner Tigermontur wartete.

Eine geschlagene Stunde brachte Jürgen mit der Observation des Wendlandt-Hofes zu. Ein Besucher war nicht auszumachen. Entweder hatte Vinzenz den erwarteten Gast gewarnt und ferngehalten oder ihn – beziehungsweise *sie* – durch eine Hintertür eingeschleust.

Wie dem auch sein mochte, Jürgen hatte das Gefühl, wichtige Zeit vergeudet zu haben. Er hatte zwei Adressen von Leuten, die den Streit am vergangenen Montagabend im »Café Hahn« bezeugen konnten. Der Lachermeier Edi musste davon erfahren.

Vinzenz' Auftritt ließ ihn während der Fahrt nicht los. Wie war sein Verhalten zu bewerten? Dass er mit seiner unbeherrschten Drohung endlich wieder sein wahres Gesicht gezeigt hatte, war nicht weiter schockierend. Warum aber hatte er Jürgen so schnell wieder loswerden müssen? Wieso hatte er sich nicht die Zeit genommen, ihm mit der gewohnten Hochnäsigkeit zu begegnen? War der zu erwartende Gast der Grund dafür? Durfte Jürgen ihm beziehungsweise ihr nicht begegnen?

***

Nachdem Jürgen durch die Sichtscheibe seinen Namen genannt hatte, informierte der Beamte den Inspektionsleiter. Jürgen fühlte sich dadurch nicht privilegiert, doch es tat gut, ernst genommen zu werden.

Der Lachermeier Edi empfing ihn in seinem Büro. Neben ihm war noch ein weiterer Beamter anwesend, den Lachermeier als Oberkommissar Erich Wankel vorstellte.

»Dein Erscheinen trifft sich gut«, sagte Lachermeier. »Wir wollten uns ohnehin mit dir unterhalten. Setz dich.«

Jürgen kam der Einladung nach.

»Was ist der Grund für deinen Besuch? Willst du uns etwas mitteilen, Jürgen?«

Jürgen hielt sich nicht mit Drumherumgerede auf. »Jochen ist am Montagabend im ›Café Hahn‹ gewesen. Vinzenz und er haben über irgendwas gestritten. Ich habe zwei Zeugen dafür.«

»Hast du die durch deine Annonce gefunden?«

»Allerdings. Hab ich damit Ihre Arbeit gemacht?« Jürgen konnte nicht anders, als das zur Sprache zu bringen. Es entschärft als Frage zu formulieren, sollte die beiden Polizisten nicht zu sehr vor den Kopf gestoßen haben.

»Wir sind auch ohne deine freilich gut gemeinte Amtshilfe an Vinzenz Wendlandt dran«, entgegnete Lachermeier nachsichtig. »Sind dir Einzelheiten über das Streitthema bekannt?«

»Nein, leider nicht.« Jürgen überlegte sich, ob er von seiner Begegnung mit Vinzenz berichten sollte. Er entschied sich dagegen.

»Was passiert jetzt?«, fragte er. »Nehmen Sie Vinzenz fest?«

»So einfach geht das nicht«, sagte Lachermeier. »Aber sei versichert, dass wir deine Erkenntnisse in unsere Ermittlungen einfließen lassen.«

»Klingt ja ganz toll. Und was bedeutet das konkret?«

»Ich diskutiere mit dir nicht unsere Ermittlungen, Jürgen. Nicht, bevor sie abgeschlossen sind. Von dir ist der Tipp mit dem Österreicher gekommen. Damit hast du viel beigetragen. Wenn es noch mehr gibt, lass hören. Ansonsten halte dich zurück. Wir finden den Mörder deines Bruders, das verspreche ich dir.«

»Also soll ich zu Hause abwarten, bis Sie den Mörder haben?«

»Genau das. Wenn du stattdessen irgendwelche Eigenmächtigkeiten unternimmst, könnte die Gegenseite davon profitieren. Ich glaube nicht, dass du das willst. Schreib uns bitte die Namen deiner Zeugen auf.«

Jürgen sah ein, dass Lachermeier recht hatte. Mit seinem überstürzten Besuch bei Vinzenz hatte er ihn aufgeschreckt, ihn gewarnt. Bis ihn die Polizisten zu dem Streit befragen würden, hatte er sich garantiert eine passende Erklärung parat gelegt.

Jürgen wog ab, vollkommen reinen Tisch zu machen und auch Fiona Kerschensteiner zu benennen. Als Jochens heimliche Geliebte hielt er sie zwar nicht für tatverdächtig, doch sie hatte immerhin eine gewisse Rolle in Jochens letzten Tagen gespielt. Andererseits würde die Polizei wohl nicht viel mehr von ihr erfahren, als er erfahren hatte. Eher im Gegenteil. Fiona hatte selbst mit ihm, Jürgen, nur sehr zögerlich Kontakt gesucht. Der Polizei gegenüber würde sie vermutlich überhaupt nichts sagen.

Jürgen beschloss, sie weiterhin außen vor zu lassen. Lachermeier sollte sich lieber auf Vinzenz Wendlandt konzentrieren. »Na schön, dann fahre ich jetzt nach Hause und tröste meine Mutter«, sagte er und stand auf.

Er würde dem Gesagten nicht entsprechen, doch er wollte nicht mit Lachermeier streiten.

»Das halte ich für eine ausgezeichnete Idee«, sagte Lachermeier. »Wenn sie so weit ist, würden die Trudi und ich uns freuen, wenn sie sich mal bei uns meldet.«

»Ich werde es ihr ausrichten.«

Jürgen war schon fast an der Tür, als sich erstmals der andere Beamte zu Wort meldete.

»Warte mal«, gebot er. »Hab gehört, du bist Musiker. Ihr spielt harten Rock. Stimmt das?«

»Ähm … ja«, antwortete Jürgen, von dieser simplen Frage etwas überfahren. »Gewissermaßen tun wir das. Man nennt es in der Fachpresse Trash Metal.«

»Taugt ihr was?«

»Würde ich schon sagen. Wir gehen bald ins Studio und spielen unser erstes Album ein. Eine Demo-EP gibt's schon. Ich habe ein Exemplar im Auto. Wollen Sie uns mal hören?«

»Wenn es sich vermeiden lässt, lieber nicht. Aus welchen Instrumenten besteht eure Combo?«

»Bass, Gitarre, Schlagzeug und Gesang.«

»Habt ihr Bedarf an einer Klarinette?«

»Eine Klarinette?«

»Wenigstens in ein oder zwei Liedern. Ich kenne da eine passionierte Klarinettenspielerin, die es neuerdings nach öffentlicher Aufmerksamkeit verlangt. Zufällig handelt es sich dabei um meine Tochter, die eine Riesennervensäge sein kann, wenn sie sich was in den Kopf gesetzt hat. Das hat sie von ihrer Mutter. Sie will bei einer Talentshow im Fernsehen mitmachen, was ich ihr im Moment nicht ausreden kann. Vielleicht könnte ich es, wenn ich ihr stattdessen eine schmackhafte Alternative anbiete.«

»Sie denken dabei an unsere Band?« Dieser Polizist hat offensichtlich nicht die leiseste Ahnung, wie Trash Metal funktioniert, dachte Jürgen.

»Sie soll euch nicht beitreten, aber vielleicht könntet ihr in Betracht ziehen, euren Krach mit ein paar schönen Klängen zu veredeln.«

»Mit schönen Klängen veredeln?«

»Ich glaube, das habe ich gerade gesagt.«

Jürgen schien der Gedanke an eine Klarinette zwischen harten Gitarrenriffs nach kurzer Überlegung gar nicht mehr so abwegig. Der Rage-Klassiker »Back In Time« lebte zum Beispiel von Waldhornklängen. Etwas Vergleichbares wäre theoretisch auch mit einer Klarinette denkbar.

»Ich muss das bei Gelegenheit mit den Jungs besprechen«, stellte er in Aussicht. »Versprechen kann ich nichts, aber wir werden darüber reden.«

»Ruf an, wenn ihr zu einer Entscheidung gelangt seid.«

»Okay. Haben Sie eine Visitenkarte oder so was?«

»Meine Nummer ist 110.«

»Ah … Na dann, guten Tag noch, die Herren Kommissare.«

Nicht völlig sicher, ob er gerade vergackeiert worden war, verließ Jürgen Lachermeiers Büro und strebte dem Ausgang der Polizeiinspektion Kiefersfelden entgegen. Er musste zurück nach Oberaudorf. Der Tag war noch lang. Zeit genug, um sich nach Vinzenz Wendlandts Liebesleben umzuhören.

»Der wird weitergraben«, vermerkte Wankel. »Gefällt mir, der Junge. Hat Schneid und Integrität.«

»Du wirst deine Meinung revidieren, falls er deine Tochter und ihre Klarinette ablehnt«, entgegnete Lachermeier, wogegen sich Wankel aber vehement verwehrte.

»Was jetzt?«, fragte er. »Nehmen wir uns Wendlandt noch einmal zur Brust?«

»Da noch ungewiss ist, wann sich Jandl wieder meldet, warum nicht?«, meinte Lachermeier und erhob sich. »Frau Böhm, Sie nehmen alles detailgetreu auf, sollte Chefinspektor Jandl während meiner Abwesenheit durchklingeln.«

»Selbstverständlich, Herr Hauptkommissar. Verlassen Sie sich ganz auf mich.«

»Aber das tue ich doch immer, Frau Böhm.«

Kurz darauf saßen Lachermeier und Wankel in ihrem Dienstwagen.

»Wendlandt hat uns gestern belogen«, sagte Wankel. »Oder nimmst du's ihm ab, dass er sich an Sichelbauers letzten Besuch nicht erinnern kann?«

»Den Besuch am Abend vor seinem Ableben, der noch dazu

im Streit geendet hat? Mitnichten. Das Früchtchen hat uns dreist ins Gesicht gelogen.«

»Beste Voraussetzung, um Politiker zu werden«, kommentierte Wankel. »Trotzdem ziemlich dumm von ihm. So schlau, wie der tut, müsste ihm doch klar gewesen sein, dass wir das früher oder später rausfinden würden.«

»Entweder ist er nicht so schlau, oder es ist ihm egal.«

Nach kaum zehnminütiger Fahrt kam das imposante Anwesen der Wendlandts in Sicht.

Es bereitete Lachermeier ein grimmiges Vergnügen, mit dem Einsatzwagen vorzufahren und Wendlandts Feriengäste aufzuschrecken. Als Wankel in den Hof einbog, rückte prompt die wohlgenährte Gestalt des Gutsherrn ins Bild. Blasius Wendlandt stand an seinem Fischteich im Garten und musterte das ankommende Fahrzeug mit seinen scharfen Raubvogelaugen.

Lachermeier und Wankel stiegen aus.

»Servus, Blas!«, rief Lachermeier. »Wie geht's denn so?«

»Könnt kaum besser sein, wenn ich Typen wie euch sehe«, raunte Blasius Wendlandt zurück. »Was wollts denn ihr hier?«

»Mit deinem Sohnemann plaudern. Sein hübsches Café ist noch zu, also nehme ich an, dass er hier zu finden ist.« In der offenen Scheune stand das Mercedes Cabrio, das auf Vinzenz zugelassen war. »Ist er oben?«

Mit bedrohlicher Miene kam Blasius aus seinem Garten. Lachermeier hatte ihn schlanker in Erinnerung, ansonsten war er ganz der Alte: obwohl sehr wohlhabend, in alte Bauernkleidung gewandet, um das Bilderbuchpanorama seines Hofes noch aufzuwerten. Den allmählich grau werdenden Haarkranz um die Halbglatze hatte er säuberlich gestutzt. So hatte er sich schon immer präsentiert, ob als Gastwirt der am meisten verrufenen Kneipe der ganzen Umgebung, ob als Grundstücksschacherer oder als Gemeinderatskandidat. An Körpergröße war er Lachermeier ebenbürtig.

»Was muss euch geritten haben, dass ihr deshalb auf meinen

Hof kommts?«, blaffte er Lachermeier ins Gesicht. »Was glaubts ihr denn, wie das für meine Gäste ausschaut?«

»Sag du's mir, Blas. Wie schaut das aus für deine Gäste? Schadet die Polizei deinem Image?«

»Was wollts ihr vom Vinzenz?«

»Er ist Zeuge im Sichelbauer-Fall.«

»Besuchts ihn gefälligst in seiner Kneipe, wenn ihr was von ihm wissen wollt.«

»Unsere Arbeit richtet sich nicht nach seinen Öffnungszeiten. Lässt du mich jetzt durch?«

»Ihr habts also keinen Durchsuchungsbeschluss?«

»Brauchen wir einen, um deinen Sohn zu sehen?«

Blasius musterte ihn feindselig, dann stieg er die Treppen zur offenen Haustür hoch und betätigte in schneller Abfolge mehrfach den Klingelknopf.

»Vinzenz!«, brüllte er hinterher. »Komm runter! Aber dalli! Damit die wieder verschwinden!«

Rumbrüllen und garstige Befehle austeilen war offenbar auch eines der Oberbayern-Klischees, das Blasius seinen Feriengästen nicht vorenthalten wollte. Womöglich bezahlten sie dafür sogar einen Aufpreis.

»Vinzenz!«, wiederholte Blas sein Gesuch. »Jetzt komm schon runter, zefix!«

»Ich komm ja gleich!«, erschallte es von oben.

Kurz darauf kam Vinzenz Wendlandt die Treppen heruntergetrampelt. Er trug Jeans und ein erst halb zugeknöpftes Hemd. »Was ist denn los?« Nun erst realisierte er den Polizeiwagen im Hof und die beiden Beamten. »Oh …«

»Herr Wendlandt«, sagte Lachermeier aufgeräumt. »Wir haben ein paar Worte zu wechseln.«

»Aber … muss das jetzt sein?«

»Kommen wir etwa ungünstig?«

»Er hat wahrscheinlich seine Gspusi oben«, merkte Blasius an.

»Kennen wir die Glückliche?«

»Ist das ein Verhör?«

»Noch nicht, Herr Wendlandt«, sagte Lachermeier. »Wir möchten, dass Sie sich noch einmal Ihre letzte Begegnung mit Jochen Sichelbauer ins Gedächtnis rufen.«

»Ah … okay.« Er kratzte sich am Kopf, als würde er angestrengt nachdenken. »Ja, die war am vergangenen Montag.«

»Gestern haben Sie Schwierigkeiten gehabt, sich daran zu erinnern.«

»Hab wohl nicht richtig nachgedacht. Ihr Besuch hat mich ziemlich durcheinandergebracht, wissen Sie?«

»Sie haben gestern nicht so durcheinandergewirkt, wie Sie es jetzt tun.«

»Was soll das, Edi?«, grantelte Blasius finster. »Was willst du von meinem Jungen?«

»Wissen, worüber er sich mit Jochen Sichelbauer gestritten hat. Am Tag vor dessen Ermordung.«

»Willst du behaupten, der Vinzenz hätte ihn auf dem Gewissen?«

»Passen Sie mal auf, Herr Wendlandt«, meldete sich Wankel gemessen zu Wort. »Ich habe eine phantastische Idee: Sie halten jetzt einfach mal Ihre Schnauze und stören meinen Kollegen nicht länger. Dann sind wir ganz schnell wieder weg. Wenn Sie Glück haben.«

Lachermeier war dankbar für seinen Einwurf aus dem Off, denn damit hatte er Wendlandt senior erst mal ruhiggestellt, der es nicht gewohnt war, so angeredet zu werden. Schon gar nicht von Leuten, die er kaum oder gar nicht kannte. Üblicherweise hielt sich Wankel bei Befragungen im Hintergrund. Ihm mangelte es an Fingerspitzengefühl, was er nur zu gut wusste. Seine Qualitäten waren andere, durch die sich Lachermeier perfekt ergänzt fühlte.

»Worum ist es bei Ihrem Streit gegangen, Herr Wendlandt?«

»Halt um das Übliche«, erwiderte Vinzenz harsch. »Sichelbauer und Kappl haben ständig unsere Institution angegriffen. Das habe ich doch schon gesagt.«

»Gestern haben Sie noch eingeräumt, dass der politische Disput zwischen den hiesigen Progressiven und den beiden

Reputschisten nicht so schlimm war. Was stimmt denn nun, Herr Wendlandt?«

»Bis zu dem Abend war alles friedlich zwischen uns. Der Gernot hat sich mehrfach abfällig geäußert, aber mehr war's nicht. An dem Abend ist dann aber auch der Sichelbauer ein wenig pampig geworden.«

»Und diese Szene haben Sie so weit verdrängt, dass Sie sich gestern nicht einmal daran erinnern konnten?«

»Wie gesagt, ich war ziemlich durcheinander, gestern.«

»Selten einen schlechteren Lügner gesehen«, kommentierte Wankel.

»Jetzt reicht's aber!«, empörte sich der Blasius. »Ihr werdets jetzt auf der Stelle meinen Hof verlassen! Verstanden?«

»Mein lieber Blas, willst du uns allen Ernstes vom Hof jagen?«, fragte Lachermeier und legte in die Worte so viel souveräne Aufrichtigkeit, wie er konnte. »Glaubst du, dass du damit deinem Jungen hilfst? Dein Junge lügt. Bestenfalls erzählt er uns nur die Hälfte. Denkst du, wir können das einfach so stehen lassen? Es geht hier um einen Mord.«

Blasius kochte innerlich, das war nicht zu übersehen, doch er riss sich am Riemen. Dass er seinen zornigen Blick dann auf seinen Sohnemann richtete, deutete der anscheinend als unmissverständlichen Befehl, sofort eine Erklärung abzuliefern.

»Der Jochen hat behauptet, ich würde Spendengelder von unserem Verein für private Zwecke missbrauchen«, gab er zögerlich zur Antwort. »Darum ist es gegangen.«

»Ist an dieser Behauptung etwas dran?«

»Aber nein. Unsere Kasse kann von jedem Mitglied zu jederzeit eingesehen und geprüft werden. Alles ganz nach Vorschrift und Satzung. Ich habe es nicht nötig, aus diesem Topf Gelder zu veruntreuen. Mein Café wirft genug ab.«

»Wie kommt Jochen Sichelbauer dann zu dieser Behauptung?«

»Weiß ich nicht. Vielleicht hat ihm Kappl das eingepflanzt.«

»Weshalb sollte er das tun? Wer hätte etwas davon?«

»Keine Ahnung, was in denen vorgeht.«

Die Geschichte klang wenig überzeugend, im Augenblick war sie jedoch nicht zu widerlegen. Für Lachermeier stand dennoch fest, dass er an der richtigen Stelle bohrte. Es brauchte nur noch den richtigen Bohrer. Diesbezüglich baute er im Moment ganz auf Jandl.

»Das war es für den Moment, wir melden uns bald wieder«, stellte Lachermeier in Aussicht. Er wandte sich zum Auto um, hielt dann aber noch mal inne. »Eine Frage noch, Herr Wendlandt. Bei welcher Gelegenheit haben Sie Olaf Schmalzl kennengelernt?«

»Den Olaf? Ähm, das war letzten Winter beim Skilaufen in Ischgl.«

Die Antwort war sehr zügig gekommen, woraus Lachermeier ableitete, dass er ihr Glauben schenken durfte. Alles Vorangegangene war gelogen, darauf wollte er seine Schallplattensammlung verwetten.

***

Es dauerte eine Weile, bis Gerlinde an ihr Handy ging.

»Na endlich. Bist du mit irgendwas beschäftigt?«

Jürgen spielte darauf an, dass sie womöglich gerade in Vinzenz' Armen gelegen hatte, doch ihre nachfolgende Antwort machte deutlich mehr Sinn.

»Es ist Montagnachmittag, verflixt«, erwiderte sie. »Wo werde ich wohl sein? In der Praxis. Ich arbeite.«

»Oh, tut mir leid«, sagte Jürgen aufrichtig. »Verzeih. Hast du ein paar Augenblicke Zeit zum Reden?«

»Nur wenn es schnell geht. Also?«

»Was weißt du über Vinzenz' Liebschaften?«

»Wie bitte?«

»Mit wem ist er gerade zusammen? Welche Freundinnen hat er in den letzten Jahren gehabt? Gab es erinnerungswürdige Trennungen und Tränen?«

Jürgen fasste ins Auge, dass Vinzenz und Jochen vielleicht einmal dasselbe Mädel geliebt haben könnten. Er glaubte nicht, dass Lachermeier Derartiges in Betracht zog. Der war viel zu pragmatisch veranlagt.

»Darüber willst du mit mir reden?«

»Ja. Spricht was dagegen?«

»Du störst mich in der Praxis, weil du über Vinzenz' Verflossene reden willst? Verdammt, Jürgen, ich kenne Vinzenz erst seit der Gründung des Ortsvereins näher. Keine Ahnung, mit wem der es früher getrieben hat. Und überhaupt, was soll das denn?«

»Wer könnte etwas darüber wissen?«

»Warum fragst du nicht einfach ihn selbst?«

»Ich möchte nicht seinen Schürhaken über den Kopf gezogen bekommen.«

In dem Moment kam Jürgen ein Gedanke. War dieser Schürhaken womöglich die Waffe, mit der sein Bruder getötet worden war? Wie könnte man eine Tatwaffe besser verstecken, als sie nach Gebrauch einfach als Alltagsgegenstand wieder in den Haushalt aufzunehmen?

»Ich meine das ganz im Ernst«, sagte Gerlinde. »Frag ihn doch einfach. Er wird dir sicher helfen, wenn es darum geht, den Mörder deines Bruders zu finden.«

»Ja, klar wird er das, der gute Vinzenz. Er ist ja so ein lieber, hilfsbereiter Kerl, nicht wahr?«

»Spar dir bitte den Sarkasmus. Wenn du ihm gegenüber von Anfang an wertschätzender aufgetreten wärst, bräuchtest du über solche Fragen erst gar nicht nachdenken, weil du sie ihm ganz unverblümt und freundschaftlich stellen könntest.«

»Du kannst mir also rein gar nichts über Vinzenz' Liebschaften erzählen?«

»Nein.«

»Dann entschuldige die Störung.« Jürgen beendete die Verbindung. Er konnte nicht vollends ausschließen, dass es nicht doch Gerlinde gewesen war, auf die Vinzenz gewartet hatte, doch fürs Erste wollte er ihr glauben.

***

»Sie kommen gerade recht, Herr Hauptkommissar«, sagte Frau Böhm, als Lachermeier das Vorzimmer seines Büros durchmaß. »Chefinspektor Jandl ist in der Leitung. Er sagt, er hätte interessante Neuigkeiten für Sie.«

»Ah, phantastisch. Legen Sie ihn bitte in mein Büro. Danke.«

»Immer gern, Herr Hauptkommissar.«

Schwungvoll umrundete Lachermeier seinen Schreibtisch und nahm in seinem Sessel Platz. Das Telefon läutete bereits. Er atmete noch einmal tief durch, dann hob er ab.

»Lachermeier. Servus Moritz.«

»Da ist er ja, unser Edi«, entgegnete Jandl. »Halten sie dich ordentlich auf Trab, na?«

»Kann man so sagen. Was hast du für mich?«

»Du meinst, abgesehen von dem hervorragenden Südtiroler Lagrein, den wir bei eurem nächsten Besuch unbedingt entkorken müssen? Na, da wären zum Beispiel ein paar Einzelheiten zu den Geschäftspraktiken unseres Freundes Olaf Schmalzl.«

»Lass hören.«

»Du wirst es nicht glauben, aber unser Kleingauner spielt mittlerweile mit den Großen. Nach unseren Erkenntnissen wäscht er beträchtliche Mengen Geld für die organisierte Kriminalität.«

»Wie macht er das?«

»Er investiert in Scheingesellschaften, von denen nach einer kurzen Anlagezeit ganz beträchtliche Summen an Zinsen zurückfließen, welche er dann auf seine Klienten umlegt. Das Ganze läuft über verschiedene Offshore-Banken. Wir nehmen an, der vorgebliche Gewinn dieser Geschäfte zehrt in Wahrheit von bar eingezahlten Geldstöcken, über die er bei diesen Banken verfügt. Schmalzl ist da freilich nur der Mittelsmann. Das Geld, mit dem er das Ganze aufziehen konnte, stammt aus dem organisierten Verbrechen. Vielleicht ist es sogar Mafiageld.«

»Gibt es eine Übersicht seiner Klienten?«

»Gibt es. Hab ich dir vorhin aufs Fax gelegt. Deine bezaubernde Frau Böhm sollte damit gleich bei dir sein. Schmalzls Geschäftsidee scheint sich noch in der Aufbauphase zu befinden. Die Anzahl der Kunden ist überschaubar. Es wird dich freuen, dass einer davon jener ist, auf den du bereits getippt hast.«

»Der Ortsverein unserer Progressiven Jugend?«

»Bingo, Edi. Gemessen an den Beträgen, um die es da geht, scheint es in eurer Gegend eine Menge Politbegeisterte zu geben.«

»Wie meinst du das?«

»Schau dir einfach das Fax an.«

Im nächsten Moment klopfte es an der Tür. »Herr Hauptkommissar, ein Fax für Sie aus Österreich.«

»Nur herein damit, Frau Böhm. Moritz, ohne die Papiere eingesehen zu haben, weiß ich, dass du mir sehr geholfen hast. Ich revanchiere mich bei Gelegenheit.«

»Mach das. Und falls du von der österreichischen Polizei noch was lernen willst, das Angebot mit dem Praktikum …«

Lachermeier legte schnell auf. Mit einem zuvorkommenden Lächeln überreichte ihm Frau Böhm eine Handvoll Faxausdrucke. Zehn Minuten später zitierte er Wankel zu sich.

»Zweiunddreißigtausend vor zwei Wochen«, entnahm Wankel den Papieren. »Zwölftausend vor fünf Wochen, elftausend ein paar Tage vorher. Die steigern sich kontinuierlich.«

»Sieht ganz so aus«, bestätigte Lachermeier. »Weitere vierunddreißigtausend findest du auf dem letzten Blatt. Sie sind am vergangenen Freitag an Schmalzl überwiesen worden. Im Vergleich zu seinen anderen Kunden verblassen die Beträge zwar, doch für einen kleinen politischen Ortsverein sind das horrende Summen. Wo haben die solche Beträge her?«

»Letzte Woche hat Schmalzl dem Verein dreiundzwanzigtausendfünfhundert zurücküberwiesen«, las Wankel. »Kann das die Rückzahlung plus Rendite der ersten beiden Tranchen sein? Fünfhundert Euro für vier Wochen wären ziemlich ordentlich. Das bekomme ich in meiner Hausbank nicht.«

»Da laufen unter Garantie weitere Zahlungen«, sagte Lachermeier. »Ich vermute, es funktioniert nach folgendem Schema: Schmalzl hat vom Verein elf- und dann zwölftausend offiziell überwiesen bekommen. Unter der Hand sind auch die spätere Rendite und wahrscheinlich ein Trinkgeld für Schmalzl geflossen.«

»Wendlandt wäscht über Schmalzl also Geld«, folgerte Wankel. »Er bezahlt sich seine Renditen selbst, dafür kann er in den Büchern nachweisen, woher das kleine Vermögen kommt. Das Geld ist gewaschen. Fünfhundert Euro sind ordentlich genug, um seine Geschäftsbeziehung mit Schmalzl plausibel erscheinen zu lassen. Gleichzeitig ist der Betrag zu niedrig, um bei einem flüchtigen Blick misstrauisch zu werden.«

»Richtig. Es geht nicht um Geldmehrung, sondern rein um die Wäsche. Der Ortsverein lässt sich schmutziges Geld spenden, wäscht es über Schmalzl und führt es dann auf noch unbekannten Kanälen zu seinen Spendern zurück. Sicherlich nicht, ohne für diese Dienste irgendwie zu profitieren.«

»Das sollte für einen Durchsuchungsbeschluss inklusive Einsicht in die Kasse des Vereins reichen.«

»Ganz gewiss. Frau Böhm faxt der Staatsanwaltschaft gerade Kopien. Morgen früh können wir in Aktion treten. Wie es ausschaut, hat Wendlandt die Wahrheit in einer Lüge versteckt. Er hat behauptet, Jochen Sichelbauer hätte ihm vorgeworfen, Spendengelder zu veruntreuen. Das aber ist bestenfalls der halbe Sachverhalt. Ich nehme an, Sichelbauer hat herausgefunden, dass der Verein durch schmutziges Geld finanziert wird, und gedroht, das öffentlich zu machen.«

»Das macht Wendlandt zu unserem Hauptverdächtigen.«

»Exakt. Leider scheint er für den Mordabend ein Alibi zu haben.«

***

Jürgen verbrachte den Montagabend in seinem Jugendzimmer und ordnete seine Gedanken. Vor exakt einer Woche hatte Jochen Vinzenz in dessen Café zur Rede gestellt. An jenem Abend mussten auch diese Gangstertypen im Lokal gewesen sein, mit denen Jürgen vorgestern aneinandergeraten war.

Inwieweit hatte Jochen diesen Leuten Stress gemacht? Es lief auf nur eine einzige logische Erklärung hinaus: Der Vinzenz machte unsaubere Geschäfte mit denen. Jochen hatte das herausgefunden und dafür mit seinem Leben bezahlt.

Jürgens Handy klingelte. Ein Blick auf das Display verriet ihm den Anrufer. Es war Fiona.

»Hallo, schön, dass du anrufst«, meldete er sich. »Ich glaube, ich sollte mich entschuldigen, weil ich vorgestern so kurz angebunden und schroff gewesen bin.«

»Dafür habe ich Verständnis«, entgegnete Fiona. »Mach dir darüber keine Gedanken. Ich rufe wegen einer anderen Sache an. Dein Bruder hat mir etwas hinterlassen.«

»Was? Wie ist das zu verstehen?«

»Ich habe heute meine Wohnung sauber gemacht und dabei einen Umschlag gefunden, den dein Bruder zwischen den Couchpolstern versteckt hat.«

»Warum sollte er das tun?«

»Um sich abzusichern, schätze ich. Er hat gewusst, dass er in Gefahr war.«

»Was ist in dem Umschlag?«

»Ein an mich adressierter Brief.«

»Was steht drin?«

»Neben persönlichen Dingen verweist mich Jochen an einen toten Briefkasten, den er kürzlich benutzt hat.«

»Ein toter Briefkasten?«

»Ein nur Eingeweihten bekanntes Versteck, in dem Nachrichten hinterlassen werden.«

»Ich weiß, was ein toter Briefkasten ist, aber wozu hat Jochen so was gebraucht?«

»So hat er sich mit jemandem aus Vinzenz Wendlandts Umfeld ausgetauscht. In seinem Brief steht, es ging um Spendengelder für den Verein, die aus zwielichtigen Kreisen stammen.«

Faszinierend, wie sich der Kreis plötzlich schließt, dachte Jürgen. »Wer war Jochens Kontaktmann im Verein?«

»Das steht hier nicht. Wahrscheinlich hat er es selbst nicht gewusst. Der Sinn eines toten Briefkastens ist, anonym zu bleiben.«

»Wie ist der Kontakt zustande gekommen?«

»Auch davon steht hier nichts. Was hältst du davon, wenn wir den Briefkasten überprüfen? Vielleicht findet sich da noch was.«

»Steht in dem Brief denn, wo er sich befindet?«

»Na und ob. Am Waldparkplatz beim Tatzelwurm.«

Zwanzig Minuten später fuhr Jürgen mit gemischten Gefühlen die Tatzelwurmstraße hinauf. Es wurde bereits dunkel, und noch immer streunte da draußen irgendwo ein Tier herum, das mit Menschen grässliche Dinge anstellte. Trotzdem musste dieser Sache nachgegangen werden.

Jürgen hatte bereits eine Theorie, wie dieser tote Briefkasten zustande gekommen war. Die Initialzündung dazu war vermutlich die anonyme Nachricht, die der Lachermeier Edi in Jochens Nachttisch gefunden hatte. Irgendjemand hatte sie Jochen zugespielt und ihn damit zur Hangstufe bestellt. Jochen war der Einladung nachgekommen. Unter der Annahme, dass der unbekannte Schreiber weiterhin anonym bleiben wollte, hatte Jochen dort wahrscheinlich jedoch keinen Menschen, sondern nur eine weitere Nachricht vorgefunden. Was sich wie eine kindische Schnitzeljagd anhörte, war die Geburtsstunde des toten Briefkastens, den Fiona ihm gleich zeigen würde.

Es blieb die Frage nach der Identität von Jochens Informanten. Es musste jemand aus dem Verein sein. Jemand, der misstrauisch geworden war und sich deshalb nach draußen gewandt hatte. Seine Wahl war vielleicht deshalb auf Jochen gefallen, weil er und Kappl dafür bekannt waren, dass sie die neu gegründete Vereinigung mit Skepsis betrachteten. Sinnvoller wäre freilich gewesen, die Polizei einzuschalten.

Nun hatte Fiona einen Umschlag in ihrer Wohnung gefunden. Warum hatte ihr Jochen einen Brief hinterlassen, in dem er sich erklärte? Hatte er wirklich um sein Leben gefürchtet? Ging es hier um Enthüllungen von einer Tragweite, für die

Menschen mordeten? Was hatte der Vinzenz da in seinem Verein losgetreten?

Der »Feurige Tatzlwurm« kam in Sichtweite. Damit war es nur noch ein Katzensprung hoch zur Sudelfeldstraße.

Die Frage nach dem Warum ließ Jürgen nicht mehr los. Was konnte in einem kleinen politischen Ortsverein vor sich gehen, das einen Mord rechtfertigte? War Jochen womöglich gar nicht wegen dieser ominösen Finanzierungssache getötet worden? Steckte ein anderes Motiv dahinter?

Jürgen ließ sein Fahrzeug in die Sudelfeldstraße einrollen. Weder rechts noch links waren Scheinwerfer in Sicht. Der Asphalt glitzerte im prachtvollen Schein des Vollmonds.

Weshalb hatte Jochen sterben müssen? Wegen der Dinge, denen er auf die Spur gekommen war? Oder doch aus völlig anderen Gründen? Etwa aus Eifersucht? Jürgen schluckte, als ihm Fiona in den Sinn kam. War sie vielleicht auch letzten Dienstag hier oben gewesen?

Ein überaus flaues Gefühl bemächtigte sich seiner, als er nicht viel schneller als Schritttempo in die Zufahrt zum Waldparkplatz einfuhr. Die Scheinwerferlichter seines Autos durchforsteten linksseitig dichte Busch- und Baumreihen. Er hatte sich gleich nach seinem Telefonat mit Fiona auf den Weg gemacht, was jedoch nicht ausschloss, dass sie bereits hier war und auf ihn wartete. Vielleicht hatte sie ihn sogar von hier oben aus angerufen. Konnte er sich so in ihr getäuscht haben? Hatte er sich mit der Mörderin seines Bruders angefreundet? Jürgen beschloss, die Polizei anzurufen. Würde ihm heute Nacht etwas zustoßen, sollte die Polizei wenigstens wissen, weshalb.

Noch während der Wagen ausrollte, holte Jürgen sein Handy aus der Hosentasche. Leider gab es keinen Netzempfang, wie ihm die Displayanzeige verriet. Er sah wieder auf. Der Waldparkplatz lag einsam und verlassen vor ihm. Von Fiona oder einem weiteren Fahrzeug gab es keine Spur.

Was lief hier wirklich ab? Jürgen beschlich eine dunkle Ahnung. War Fiona womöglich Vinzenz' heimliche Geliebte? Hatte er heute Nachmittag auf *sie* gewartet? Hatte er Jochen vielleicht umgebracht, um bei ihr freie Bahn zu haben? Oder hatte Fiona ihn aus noch unbekannten Gründen getötet? Hatte sie schon länger von dem geheimen Briefkasten gewusst? Hatte sie ihn womöglich sogar ins Leben gerufen?

Jürgen stellte den Motor ab und schaltete die Scheinwerfer aus. Ein letzter Rest von Abendlicht verblasste am Himmel. Mit mulmigem Gefühl stieg Jürgen aus dem Wagen aus und schloss bemüht geräuschfrei die Autotür hinter sich. Ein paar Schritte zurück in Richtung Straße überprüfte er erneut sein Handy, streckte es himmelwärts, um vielleicht doch einen Netzanschluss einzufangen. Erfolglos.

Er realisierte, dass er hier oben ganz allein war – allein mit dem Tatzelwurm. Er hastete zum Auto zurück, entschlossen, zum Hotel runterzufahren, um von dort Lachermeier anzurufen. In dem Moment rollte ein weiterer Wagen in den Waldparkplatz ein. Die Scheinwerfer blendeten Jürgen. Der Wagen kam hinter seinem Fahrzeug zum Stehen. Das Scheinwerferlicht erlosch, der Motor erstarb, dann stieg Fiona Kerschensteiner aus.

»Ich hab eine Taschenlampe mit, aber bei dem Mond werden wir die wohl gar nicht brauchen. Wartest du schon lange?«

»Nein«, entgegnete Jürgen wachsam. »Bin soeben erst angekommen.«

»Gut, dann mal los«, sagte sie. »Ich habe übrigens ein Pfefferspray mit, falls uns der Tatzelwurm über den Weg laufen sollte.« Sie ging voraus.

»Wo ist der Briefkasten?«, fragte Jürgen und hielt geflissentlich Abstand, damit sie ihn nicht mit ihrem Pfefferspray oder etwas anderem gefährlich werden konnte.

»Gleich hier.« Fiona deutete voraus. »Die zwei großen Steinplatten hinter dem Abfalleimer. Siehst du? Dazwischen haben sie ihre Nachrichten versteckt, dein Bruder und sein Informant.«

Jürgen sah die Steine im Gras liegen.

»Na los, schau nach, ob was drunterliegt«, ermutigte ihn Fiona.

Jürgen aber zögerte. »Mach du das. Dir hat er das Versteck anvertraut, nicht mir.«

»Na gut, wie du willst«, meinte Fiona und bückte sich.

Womöglich hätte sie auf ihn eingeschlagen, wenn er diesen Job übernommen hätte, überlegte sich Jürgen. Bislang verhielt sie sich ganz natürlich. Ihm aber war die Situation nicht geheuer.

»Schade«, sagte sie im nächsten Moment. »Nichts. Leider.«

»Keine Nachricht?«, fragte Jürgen.

Fiona drehte sich zu ihm um und schüttelte den Kopf. »Fehlanzeige.«

Jürgen versuchte, in ihren Augen zu lesen. War das Ganze ein Trick gewesen, um ihn hierherzulocken? Hatte es diesen toten Briefkasten womöglich gar nicht gegeben? Hatte Fiona sich das ausgedacht, um ihn, Jürgen, hier oben … ja, was eigentlich? Wollte sie ihn ebenfalls umlegen? Ihn mit ihrem Pfefferspray überwältigen und dann erschlagen?

»Damit war unser kleiner Ausflug wohl umsonst«, sagte sie schulterzuckend. »Aber das war es wert. Hätte ja sein können, dass hier noch eine ungelesene Nachricht herumliegt und vermodert.«

Jürgen stimmte ihr mit einem Brummen zu. »Und jetzt?«

»Was meinst du?«

»War's das dann?«

»Schätze schon. Wir könnten freilich noch einen Spaziergang unternehmen, aber davon wird zurzeit vehement abgeraten, oder? Aber wir könnten irgendwo was trinken gehen, wenn du möchtest.«

»Ähm … nein, heute nicht.«

»Okay. Ach ja, bevor ich es vergesse …« Fiona griff in ihre Jacke, worauf Jürgen einen Schritt zurückwich. Nun kommt's, dachte er.

Fiona aber nahm nur ein Stück Papier heraus. »Was ist denn mit dir? Gibt's ein Problem?«

»Ich weiß nicht«, entgegnete Jürgen. »Sag du mir, ob es eins gibt.«

»Kann es sein, dass du ein wenig paranoid bist?«

»Nicht weit von hier ist mein Bruder umgebracht worden. Nicht verwunderlich, oder?«

»Jürgen, du glaubst doch nicht etwa, ich hätte das getan. Oder etwa doch?«

»Vielleicht habt ihr euch gestritten«, entgegnete Jürgen. »Vielleicht hat er mit dir Schluss machen wollen, woraufhin du ausgeflippt bist.«

In Fionas mondhellen Augen las er, dass er sie tief verletzt hatte. Oder sie war eine gute Schauspielerin.

»Dein Bruder«, fauchte sie, »hätte nichts – aber auch gar nichts – tun können, das mich dazu brächte, ihm wehzutun. Merk dir das!« Dann klatschte sie ihm das Papier gegen die Brust. »Nimm das. Das ist sein Brief, den ich bei mir gefunden habe. Er ist zwar an mich adressiert, aber ich dachte mir, du würdest dich über ihn freuen. Na los, nimm ihn schon.«

Jürgen nahm den Brief entgegen, worauf sich Fiona in Bewegung setzte.

»Wo willst du hin?«

»Blöde Frage. Nach Hause, wohin sonst?« Schon saß sie in ihrem Wagen und startete den Motor. »Ein gut gemeinter Rat noch!«, rief sie durch das heruntergelassene Fenster. »Verschwinde hier, bevor dich der Wurm holen kommt!«

Der Rat mochte gut gemeint gewesen sein, doch die Art, wie Fiona ihn ausgesprochen hatte, verhieß wenig Herzlichkeit oder Anteilnahme. Sie wendete mit hoher Drehzahl ihren Wagen und brauste davon.

Jürgen schaute ihr konsterniert hinterher. Hoch über ihm schob sich eine Wolke vor den Mond. Noch ein letzter Rundumblick, dann eilte auch Jürgen zu seinem Wagen zurück, schloss die Tür hinter sich und las im Kabinenlicht Jochens Brief.

Fiona hatte nicht gelogen. In seinen handschriftlich verfassten Zeilen erklärte Jochen, dass es einen kurzen Austausch mit einer ihm unbekannten Person gegeben hatte, wobei die beiden flachen Steine neben dem Abfalleimer als Briefkasten fungiert hatten. Ein anonymer Brief, der ihm zu Hause am Hof zugestellt worden war, hatte die Sache ins Rollen gebracht, wie Jürgen bereits geahnt hatte. Jochen war zur Hangstufe bestellt worden. Dort aber hatte er nur eine weitere anonyme Nachricht vorgefunden. Fortan hatten er und der Unbekannte die Steine am Parkplatz benutzt, um sich auszutauschen. Was bei dem Informationsaustausch im Einzelnen Gegenstand war, ging aus dem Brief an Fiona nicht hervor, doch Jochen schrieb ausdrücklich, dass der Ortsverein der Progressiven Jugend von zwielichtigen Geldgebern finanziert wurde.

Jürgen nahm einen tiefen Atemzug. Die Existenz dieses Briefes legte nahe, dass sich Jochen tatsächlich in Lebensgefahr wähnte. Von wem diese ausging, war nun ebenso klar. Sowohl sein unbekannter Informant als auch sein Mörder mussten aus dem direkten Umfeld des Ortsvereins stammen. Der Brief musste umgehend Lachermeier vorgelegt werden.

Jürgen schaltete das Kabinenlicht ab und startete den Motor. Das Abblendlicht seines Fahrzeugs schoss in die Dunkelheit.

Jürgen stutzte.

Einen unheimlichen Augenblick lang waren die Scheinwerfer bei den nahen Bäumen reflektiert worden. Es mochte eine Sinnestäuschung gewesen sein, doch für Jürgen hatte es wie ein Augenpaar ausgesehen. Er spähte hinaus, konnte aber nichts mehr entdecken. Wahrscheinlich hatten ihm die Lichtverhältnisse einen Streich gespielt. Er wendete sein Fahrzeug und fuhr los.

Dienstag

Der Morgen grüßte mit strahlendem Sonnenschein, als eine Kolonne von vier Fahrzeugen am Wendlandt-Anwesen vorfuhr. Die vorderen beiden waren Polizeifahrzeuge, den schwarzen Audi als dritten im Bunde steuerte Staatsanwältin Großrausch, im vierten saßen Norbert »Nobbi« Riedl und ein Kollege vom Rosenheimer Erkennungsdienst.

Lachermeier und Wankel entstiegen dem Führungsfahrzeug, die Obermeisterin Strauss und der gerade erst von seinem Gardasee-Urlaub zurückgekehrte Hauptmeister Hildebrandt dem Begleitfahrzeug. Sämtliche anderen verfügbaren Kräfte unterstützten die Suche nach dem menschenfressenden Räuber in den hoch gelegenen Wäldern.

»Schönen guten Morgen, die Herrschaften!«, rief Lachermeier den Hausgästen zu, die gerade ihr Frühstück auf der Terrasse einnahmen.

Die Frau, die mit einem großen Brotkorb in ihrer Mitte stand und verdattert auf die Polizisten starrte, glaubte Lachermeier als Blasius' Gattin Gerda zu identifizieren.

»Ganz hübsch hier«, merkte Frau Großrausch mit analytischen Rundumblicken an. »Wo finden wir den jungen Mann?«

»Im oberen Stockwerk des Familienhauses«, antwortete Lachermeier und wies einladend auf den Treppenaufgang. »Möchten Sie vorangehen?«

Schon im nächsten Augenblick wurde ohne ihr Zutun die Haustür aufgestoßen, und ein Mann mit einer monströs verzerrten Fratze trat heraus. Es war der Blasius.

»Sagts mal, seid ihr denn jetzt von allen guten Geistern verlassen?«, donnerte er. »Das wird ein gerichtliches Nachspiel haben, das garantiere ich euch!«

»An einem gerichtlichen Nachspiel werden wir in der Tat nicht vorbeikommen«, entgegnete Frau Großrausch unbeeindruckt. »Ich nehme an, Sie sind Blasius Wendlandt?«

»Wer soll ich denn sonst sein, häh?«

»Gestatten, Großrausch, Staatsanwältin.« Anstatt ihm die Hand zu reichen, hielt sie ihm die Gerichtsverfügung unter die Nase. »Dieser Durchsuchungsbeschluss bezieht sich auf sämtliche Räume, die Ihr Sohn Vinzenz privat nutzt. Wären Sie so freundlich, uns zu führen?«

»Sie haben wohl nicht mehr alle Tassen im Schrank! Edi, was soll dieser Unfug?«

»Kein Unfug, Blas«, entgegnete Lachermeier gemessen. »Dein Junge pflegt enge Kontakte zu einem Geldwäscher aus Mafiakreisen und verfügt über Gelder, deren Herkunft wir auf den Grund gehen müssen.«

»Was? Mafia? Sagts mal, ihr müsst doch einen an der Waffel haben!«

»Ich rate Ihnen, sich mit Ihren Äußerungen zurückzuhalten, Herr Wendlandt«, sagte Großrausch. »Ist Ihr Sohn zu Hause?«

»Ja, aber …«

»Dann machen Sie bitte den Weg frei, wenn Sie schon nicht kooperieren wollen.«

»Kooperieren? Jetzt langt's mir aber! Ihr seid hier auf meinem Grund und Boden! So lasse ich nicht mit mir umgehen!«

»Mach uns das nicht unnötig kompliziert, Blas«, versuchte Lachermeier beruhigend auf ihn einzuwirken. »Der Vinzenz hat uns eine Menge Fragen zu beantworten. Daran führt kein Weg vorbei.«

»Ich werde meinen Anwalt anrufen.«

»Das empfiehlt sich. Schick ihn am besten ohne Umwege nach Kiefersfelden zur Inspektion.«

»Ihr … ihr wollt meinen Jungen mitnehmen?«

»Blas, dein Sohnemann ist in unsaubere Geschäfte verwickelt.«

In Gedanken an seine eigenen Kinder empfand Lachermeier für den alten Gauner mehr Mitleid, als er wollte. »Wie tief der Vinzenz da drinsteckt und inwieweit er die Grenzen der Legalität überstrapaziert hat, werden die nachfolgenden Ermittlungen zeigen. Dafür sind wir allerdings nicht mehr zuständig. Wir leisten nur die Vorarbeit. Alles Weitere wird vom Kriminalfachdezernat 3 in München ausgehen.«

»Kriminal...fach ... aber ...«

»Lass uns einfach unsere Arbeit machen, Blas.«

Lachermeier schob sein Gegenüber einigermaßen behutsam beiseite, woraufhin Frau Großrausch, Wankel und Nobbi die Hausschwelle überschritten und die Treppen zur Dachwohnung hinaufstiegen. Lachermeier schloss sich an, nicht ohne vorher Hildebrandt und Strauss durch Blickkontakt anzuweisen, auf Blasius aufzupassen, damit der keinen Unsinn anstellte.

»Guten Morgen, Herr Wendlandt«, hörte Lachermeier Großrausch ein paar Meter weiter oben sagen. »Bitte lesen Sie das aufmerksam durch.«

»Ich habe schon begriffen, was das ist«, gab der junge Wendlandt barsch zurück. Er hatte den Plausch im Hof wohl mitgehört.

»Gut. Dann lassen Sie uns jetzt bitte in Ihre Wohnung.«

»Verhaften Sie mich?«

Lachermeier stieg die Stufen hoch und erblickte den jungen Wendlandt. Aufrecht, aber doch mit unübersehbarer Beklommenheit, bewachte er seine Wohnungstür.

»Vorläufig nehmen wir Sie nur zu einer Vernehmung mit«, entgegnete Großrausch resolut. »Was weiter geschieht, hängt von Ihrer Bereitschaft zur Zusammenarbeit ab.«

»Was genau werfen Sie mir vor?«

»Das erörtern wir drinnen.«

Der Befehl war subtil, aber unmissverständlich. Lachermeier konnte nicht verhehlen, dass ihm die Art der jungen Staatsanwältin imponierte.

Den ersten Eindruck, den er von Wendlandts Wohnung bekam, hätte er als weltmännisch beschrieben. Dieses Dachapartment schien zwanghaft suggerieren zu wollen, hier lebe ein weit gereister Trendsetter, der auf allen Partys tanzte. Geschmackvolle Schwarz-Weiß-Bilder an den Wänden, hellhölzerne Skulpturen auf Wandhalterungen, gefiederte Vogelmasken an den Wänden der Diele.

Der Wohnzimmer- und Küchentrakt stand dem nicht nach. Zwei Gemälde zeigten Landschaftsbilder mit Dschungel und Wasserfällen, auf einem Beistelltisch neben der Couch stand ein antik aussehender Holzglobus, in den Regalen fanden sich vielfarbige Kristallgebilde und Bücher mit edlen Ledereinbänden.

»Ist noch jemand hier, Herr Wendlandt?«, fragte Frau Großrausch, während Nobbi schon erste Sondierungen vornahm.

»Nein, ich bin allein«, antwortete Wendlandt.

»Aber es war jemand hier, heute Nacht, nicht?«

»Ich glaube nicht, dass Sie das etwas angeht.«

Es war Wankel, der mal wieder für eine Überraschung gut war. »Wie lange schlafen Sie schon mit Agnes Kern?«, fragte er.

Wendlandt machte daraufhin den Eindruck, als wollte er aus dem Fenster springen. »Wie lange ich … wieso …«

»Wieso interessiert mich nicht«, sagte Wankel. »Seit wann, will ich wissen.«

Großrausch suchte Lachermeiers Blick, sichtlich rätselnd, was der Kollege da gerade abzog. Lachermeier zuckte mit den Schultern und wartete gespannt auf Weiteres.

»Muss ich darauf antworten?«, wand sich Wendlandt junior und fuhr zu Großrausch herum. »Das geht doch keinen was an.«

»Es wird nicht Ihr Schaden sein, wenn Sie es trotzdem tun.«

Wendlandt schien mit sich selbst zu hadern, aber schließlich antwortete er: »Das geht schon seit einer ganzen Weile. Schon über zwei Monate.«

»Recht viel älter ist euer progressiver Verein auch nicht, richtig?«, hakte Wankel nach.

»Ja, damals hat es angefangen.«

»Hat Kappl gewusst, dass seine Freundin fremdgeht?«

»Nein, der hat sich doch kaum um die Agnes geschert. Der hatte nie Zeit für sie. War ständig beim Klettern oder Fliegen, der Depp.«

»Hat Sichelbauer von eurem Verhältnis gewusst?«

»Niemand hat davon gewusst.«

»Wie können Sie sich da so sicher sein?«

»Wir haben aufgepasst.«

»Warum hat Agnes Kern ihre Beziehung zu Gernot Kappl nicht einfach beendet?«, schaltete sich Lachermeier ein, in Gedanken bei seiner Tochter Martha, die selbiges im Monatsrhythmus veranstaltete.

»Weil sie ihn immer noch gemocht hat«, antwortete Wendlandt nicht ohne Verdruss. »Aber sie hätte das demnächst schon getan.«

»Soso. Und woher wissen Sie das so genau?«

Wendlandt schnaubte so herrisch wie sein Vater. »Hat sie mir halt gesagt.«

»Wie günstig für Sie beide, dass sich das nun erübrigt hat«, bemerkte Wankel. »Gernot Kappl steht Ihnen nicht mehr im Weg.«

Wendlandt gab dazu keinen Kommentar ab. Wäre Kappl und nicht Sichelbauer das Mordopfer gewesen, wäre Vinzenz als eifersüchtiger Liebhaber der Hauptverdächtige. Allerdings war Kappl allem Anschein nach von einem wilden Tier getötet worden. Damit fiel dieses Motiv aus.

»Wir brauchen Einblick in Ihre Buchhaltung. Damit meine ich in erster Linie Ihre Vereinskasse.«

»Ich kenne meine Rechte. Sie haben einen Durchsuchungsbeschluss, aber ich brauche Ihnen nicht beim Suchen zu helfen – wonach immer Sie auch suchen mögen.«

»Das ist vollkommen richtig, Herr Wendlandt«, bestätigte Großrausch. »Trotzdem scheinen Sie die Lage zu verkennen. Ihre kurze und zugegebenermaßen nicht undilettantische Karriere als Geldwäscher ist zu Ende. Olaf Schmalzl wird dieser Stunden von den österreichischen Polizeikräften verhaftet. Um Sie wiederum wird sich das Münchner K3, zuständig für organisierte Kriminalität, kümmern. Wissen Sie, was das bedeutet? Sie stecken bis zum Hals in einer ziemlich schlimmen Sache. Ob Sie da einigermaßen glimpflich wieder rauskommen, hängt von Ihrer Kooperationsbereitschaft ab. Ich frage Sie also: Wo sind die Bücher?«

»Die Kasse hat Agnes mitsamt allen Unterlagen«, antwortete Wendlandt nach kurzem Zögern. »Sie ist unser Kassenwart.«

»Da wir sie für die nachfolgende Vernehmung sowieso benötigen, trifft sich das ja ganz gut«, bemerkte Lachermeier. »Wer außer ihr steckt noch in dieser Sache mit drin?«

»Niemand mehr.«

»Niemand mehr? Was ist mit den anderen Mitgliedern des Vereins?«

»Die wissen nichts davon«, entgegnete Wendlandt. »Die meisten sind beigetreten, um die Umwelt zu retten oder für unterdrückte Minderheiten und saubere Energie zu kämpfen. Sie wissen schon, der übliche Salm halt.«

»Ja, der übliche Salm, um begeisterte Anhänger zu finden. Sie haben Ihren Verein also nur der Tarnung wegen gegründet?«

Wendlandt nickte. »Wir haben einen glaubwürdigen Rechtsträger gebraucht, ein handlungsfähiges Gebilde. Hören Sie, wir wollten damit nur nebenbei etwas Geld verdienen.«

»Das wollen die meisten.«

»Aber wir haben doch keinerlei Verbrechen begangen. Ich meine, das hat doch niemandem wehgetan, oder?«

»Das Waschen von Schwarzgeldern stellt sehr wohl einen Strafbestand dar. Ob Sie sich dessen schuldig gemacht haben, Herr Wendlandt, und davon bin ich überzeugt, wird das zuständige Dezernat in München ermitteln. Ich darf Sie jetzt bitten, uns nach unten zu folgen, während die Kollegen die Wohnungsdurchsicht vornehmen.«

Auf dem Weg zum Wagen fragte Lachermeier seinen Kollegen: »Woher zum Geier hast du von Agnes Kern gewusst? Geraten?«

Wankel antwortete, ohne eine Miene zu verziehen. »Ich habe ihr Parfüm in seinen Räumen gerochen.«

Großrauschs Blick fiel auf Lachermeier. Der zuckte erneut mit den Schultern und nahm Gegebenes als gegeben hin. Beim exzessiven Küssen hatte Wankel schließlich auch schon ins Schwarze getroffen.

Mit dem jungen Wendlandt im Gepäck, fuhren Lachermeier, Wankel und Großrausch auf direktem Weg zur Inspektion. Hildebrandt und Strauss würden umgehend Agnes Kern nachliefern, während der Nobbi sich ungestört in Wendlandts Dachwohnung austoben konnte. Lachermeier war zuversichtlich, dass der Fall nun seinem Ende entgegenstrebte. Wendlandt und Schmalzl hatten beste Motive, Jochen Sichelbauer aus dem Weg zu räumen, da der ihren Umtrieben auf die Schliche gekommen war. Der handgeschriebene Brief, den Jürgen Sichelbauer heute Morgen vorbeigebracht hatte, belegte das unzweifelhaft.

Wendlandt hatte für den Mordabend ein Alibi durch seine beiden Kellnerinnen, die einheitlich beschworen, er hätte das »Café Hahn« zu keinem Zeitpunkt verlassen. Das machte nun Schmalzl als Täter attraktiv.

Hildebrandt und Strauss trafen in Begleitung von Agnes Kern kurze Zeit später in der Inspektion ein. Sie hatten die Vereinskasse inklusive aller Buchungsbelege dabei. Während Kern in eines der Verhörzimmer gebracht wurde, nahmen sich Hildebrandt und Strauss die Unterlagen vor. Nachdem erste Erkenntnisse über die Vermögensverhältnisse des Ortsvereins eingebracht worden waren, führten Lachermeier und Wankel die Vernehmungen durch. Frau Großrausch und ein von Blasius Wendlandt beauftragter Rechtsanwalt wohnten den Gesprächen bei.

Wendlandt und Kern waren geständig, was nicht zuletzt Frau Großrauschs einschüchternder Art zu verdanken war. Der beisitzende Rechtsanwalt bremste sie ein paarmal aus, doch riet auch er seinen Mandanten aufgrund der Beweislage, kooperativ zu sein.

Wie sich herausstellte, hatte Vinzenz Wendlandt ein zwar leicht durchschaubares, aber durchaus funktionierendes System entwickelt, unter dem Deckmantel politischer Aktivitäten eine Menge Geld zu machen. Dass die anonymen Spender des Vereins bisweilen Beträge in fünfstelligen Bereichen in die Kasse spülten, war den blind idealistischen Anhängern der

Partei offenbar nicht weiter ungewöhnlich vorgekommen. Er hatte dieses Geld an seinen Freund Olaf Schmalzl transferiert, der es über Offshore-Banken kurzfristig in diverse Scheingesellschaften steckte. Nach einem vereinbarten Zeitraum von nur wenigen Wochen überwies Schmalzl das Geld mit einer achtbaren Rendite zurück auf das Vereinskonto, damit Wendlandt den Schein wahren und den Vereinsangehörigen seine Geldpolitik glaubhaft machen konnte.

Das vereinnahmte Geld ließ Wendlandt anschließend einer Werbefirma zukommen, die er offiziell beauftragte, im Sinne des Ortsvereins Themen und Ideen zu bewerben – und deren heimlicher Geschäftsführer niemand anderer als er selbst war. Als solcher wiederum transferierte er nach Abzug von Unkosten das Geld an verschiedene Übersetzungsfirmen, die seine Pamphlete in verschiedene Sprachen übersetzen sollten und dafür ihrerseits Geld nahmen. Man brauchte kein Genie zu sein, um zu erahnen, dass jene Übersetzungsfirmen nur Tarnfirmen all der Gruppierungen waren, die zuvor so anonym und großzügig dem Verein gespendet hatten. So kehrte das Geld gewaschen zu seinen Spendern zurück.

Die Geldmenge verminderte sich im Laufe des Prozesses, da sowohl Schmalzl als Anlageberater als auch Wendlandt als Werbetexter Anteile für sich abzweigten, doch das zurückgeführte Geld war nach dem Kreislauf sauber.

»Wie haben Sie reagiert, als Ihnen Jochen Sichelbauer seine Verdachtsmomente vorgehalten hat?«, fragte Lachermeier.

»Ach, der hat doch gar nichts beweisen können«, tat Wendlandt das Gesagte ab. »Er hat ja auch gar nichts Genaues gewusst. Er hat einfach nur ins Blaue hinein Verdächtigungen aufgestellt. Hat geglaubt, unser Verein würde von Drogendealern unterstützt werden. Völliger Blödsinn.«

»Stimmt, Sie haben deren Gelder ja nicht genommen, sondern nur gewaschen.«

»Ich habe zu keinem Zeitpunkt gewusst, woher das Geld stammt«, versuchte Wendlandt sich zu rechtfertigen.

»Aber Sie haben wohl auch nicht danach gefragt. Und dass

Schwarzgelder nicht aus legalen Geschäften kommen, sollte Ihnen klar gewesen sein.«

Wendlandt kommentierte das auf Anraten seines Anwalts nicht.

»Wie ging es weiter am Montagabend vor einer Woche?«, fuhr Lachermeier fort. »Jochen Sichelbauer ist in Ihr Café gekommen, hat Ihnen Anschuldigungen auf den Tisch geknallt, was ist dann geschehen?«

»Ich habe ihm gesagt, dass er ruhig zur Polizei gehen soll«, sagte Wendlandt. »Unsere Kasse ist ja schließlich sauber. Das hat jeder überprüfen können.«

»Sauber bis auf den kleinen Makel, dass Ihre vereinnahmten Spenden in fünfstelliger Höhe aus kriminellen Kreisen stammten.«

»Das ist noch nicht bewiesen, oder?«

»Das überlassen Sie mal ganz der Polizei. Weiter im Text, Herr Wendlandt. Wer könnte Herrn Sichelbauers Kontaktmann in Ihrem Verein gewesen sein?«

»Kontaktmann? Wieso denn Kontaktmann? Ich habe nicht die geringste Ahnung, wie er auf die hohen Spendengelder gekommen ist. Vielleicht hat er einfach seine Phantasie spielen lassen.«

»Nein, Herr Wendlandt. Es gab jemanden, der den Herrn Sichelbauer mit Informationen über Ihre Kassenpolitik gefüttert hat. Wer könnte das gewesen sein?«

»Ich habe keinen blassen Schimmer. Ehrlich. Davon habe ich nichts gewusst.«

»Dann lassen Sie doch mal Ihre Phantasie spielen.«

»Keine Ahnung. Ich höre wirklich zum ersten Mal davon.«

***

»Ich hab den Gernot sehr gern gehabt«, ließ Agnes Kern wenig später protokollieren. »Aber dem war nur sein blödes Fliegen wichtig. Für Geld hat er kein Händchen gehabt. Vinzenz ist da ganz anders. Das hat mir zu denken gegeben.«

»Und deshalb haben Sie ihm und Schmalzl bereitwillig geholfen, ihr Geschäft aufzuziehen«, sagte Lachermeier.

Kern nickte betreten.

»Haben Sie vorgehabt, die Beziehung mit Herrn Kappl zu beenden?«

»Über kurz oder lang schon.«

»Warum nicht sofort? In Vinzenz hatten Sie doch jemanden gefunden, der ganz auf Ihrer Wellenlänge liegt. Warum haben Sie sich nicht gleich von Kappl getrennt?«

»Habe ich doch schon gesagt. Weil ich ihn trotz allem gemocht habe. Außerdem hat er über … andere Qualitäten verfügt, die bei Vinzenz nicht so ausgeprägt sind.«

»Wer hat sonst noch von Ihren heimlichen Geschäften gewusst?«

»Niemand«, beteuerte Kern, genau wie zuvor Wendlandt.

»Es muss noch jemanden gegeben haben«, stellte Lachermeier klar. »Denn jemand hat Ihre Machenschaften nach draußen getragen. Genauer gesagt, zu Jochen Sichelbauer.«

Kern schaute ungläubig auf. »Wie bitte?«

»Jochen Sichelbauer hat gewusst, dass in Ihrem Verein etwas nicht stimmt. Er hat einen Tipp bekommen, dass Sie sich aus zwielichtigen Kreisen finanzieren lassen. Wenn also neben Ihnen und Herrn Wendlandt niemand von alldem gewusst hat, muss einer von Ihnen beiden Herrn Sichelbauers heimlicher Kontakt gewesen sein.«

»Ich weiß nichts davon.«

»Dann raten Sie doch mal.«

Es ergab keinen Sinn, dass Wendlandt der Informant war, genauso wenig Kern. Es musste also noch jemanden geben, der über alles Bescheid wusste und es öffentlich machen wollte. Doch warum hatte dieser Jemand dafür ausgerechnet Jochen Sichelbauer auserwählt? Und warum schwieg er, seit dieser tot war? Warum hatte er sich nicht der Polizei anvertraut?

Da Agnes Kern ebenfalls schwieg, fuhr Lachermeier fort: »Könnte Ihre Freundin Gerlinde Stockinger davon erfahren haben?«

»Nein, das glaube ich nicht«, entgegnete Kern.

»Hat seit Bestehen des Vereins je jemand außer Ihnen und Herrn Wendlandt die Kassenbücher eingesehen?«

»Nein. Aber selbst wenn: Wir haben für jede Buchung Belege.«

»Das stimmt zwar, Frau Kern, aber Buchungen in dieser Höhe bei einem kleinen politischen Ortsverein sollten eigentlich misstrauisch machen.«

»Weshalb denn? Es geht vordergründig um gute politische Zwecke. Dafür spenden Menschen doch gern.«

»Wollten Sie das Ihren Anhängern beim nächsten Kassenbericht weismachen? Dass man Ihnen Beträge von dreißigtausend Euro anvertraut, damit Sie ein Plädoyer zur Toleranz in verschiedenen Sprachen aufsetzen?«

»Ja, wieso denn nicht? In unserem Land läuft doch genug falsch, oder?«

»Gewiss, aber es erfordert schon eine Menge Naivität, wenn jemand glauben will, dass ausgerechnet Sie und Herr Wendlandt daran etwas ändern könnten.«

»Naivität und Idealismus liegen nahe beieinander.«

»Offensichtlich. Und Leute wie Sie nutzen das schamlos aus.«

Kern senkte kurz den Kopf, dann schaute sie ängstlich zu Frau Großrausch auf, die ein wenig abseits des Vernehmungstisches an der Wand lehnte. »Mit welcher Strafe müssen wir rechnen?«

»Zu Ihrem Vorteil wird sich auswirken, dass Sie noch am Anfang Ihrer Geldwäscherkarriere stehen«, antwortete die Staatsanwältin. »Da Sie beide fürderhin nicht vorbestraft sind, dürfen Sie mit weiteren Vergünstigungen rechnen. Ihr Freund Schmalzl scheint eine Menge Kontakte in der organisierten Kriminalität zu pflegen. Die Beträge, mit denen Sie und Herr Wendlandt gearbeitet haben, lassen hingegen darauf schließen, dass Sie es nur mit kleineren Kalibern zu tun hatten. Näheres wird das K3 in München eruieren. Die kriminelle Energie hinter Ihrer Idee ist dennoch nicht zu verachten. Ginge es nach meinem Ermessen, dürften Sie von mindestens drei Jahren Gefängnis ausgehen.«

»Dazu wird es nicht kommen«, sagte Wendlandts beisitzender Rechtsanwalt hüstelnd und lächelte süffisant.

»Gehen wir eine Woche zurück, Frau Kern«, fuhr Lachermeier fort. »Können Sie sich an Jochen Sichelbauers Handy erinnern?«

»Wie meinen Sie das?«

»Wo hat es gelegen, als Sie Herrn Sichelbauers Leiche gefunden haben?«

»Verzeihung, aber auf ein Handy habe ich angesichts einer blutüberströmten Leiche nicht geachtet.«

Durchaus nachvollziehbar, wie Lachermeier still einräumen musste.

Kurz vor der Mittagspause saßen Lachermeier, Wankel und Großrausch bei einer Tasse Kaffee beisammen.

»Wir haben hier eine ziemliche Sauerei aufgedeckt, aber Sichelbauers Mörder sind wir trotzdem nicht näher gekommen«, fasste Lachermeier zusammen. »Mich irritiert, dass dieser geheime Kontaktmann seit Sichelbauers Tod schweigt. Warum meldet er sich nicht bei uns? Denkt an die Nachricht, die er Sichelbauer zugestellt hat. Aus der geht eindeutig hervor, dass Sichelbauer schon vor dieser ersten Kontaktaufnahme von den Machenschaften des Vereins gewusst haben muss. Wir übersehen da noch etwas sehr Wichtiges.«

»Vielleicht auch nicht«, sagte Großrausch. »Nach meinem Dafürhalten deutet alles darauf hin, dass Olaf Schmalzl den jungen Sichelbauer umgebracht hat. Andernfalls war es Wendlandt.«

»Der hat ein Alibi«, brummte Wankel.

»Er könnte einem seiner kriminellen Geldspender einen Wink gegeben haben. Der hat es dann für ihn erledigt.«

»Ich glaube nicht, dass die für ihn morden würden. Jedenfalls nicht ohne brauchbare Vorteile für sich selbst.«

»Sie bekommen von Wendlandt ihr Geld gewaschen zurück, ist das nicht Vorteil genug, Herr Oberkommissar?«

»Nein, verehrte Frau Staatsanwältin.«

»Sichelbauer hat den Betrieb gestört. Wenn nicht Schmalzl, dann war es jemand aus Wendlandts Umfeld. Ist seinem Vater eine solche Tat zuzutrauen, um seinen Sohn zu schützen?«

»Der Blas ist durchaus einer, der es mit Gesetzen nicht so genau nimmt, aber dass er jemanden umbringt, glaube ich nicht«, sagte Lachermeier. »Er schien mir ehrlich überrascht, als wir heute früh unsere Anschuldigungen gegen seinen Sohnemann vorgebracht haben.«

»Wie gut kennen Sie den Herrn?«

»Früher hat es öfter mal Ärger mit ihm gegeben. Als er noch eine recht verrufene Kneipe geführt hat. Heute ist er Gemeinderatsmitglied.«

Die Staatsanwältin lehnte sich zurück und verschränkte die Arme. »Wie stellen Sie sich die weiteren Ermittlungen vor?«

»Erst mal warten wir ab, was die österreichischen Kollegen bei der Vernehmung von Olaf Schmalzl aufdecken.«

»Nehmen wir Wendlandt und Kern jetzt in Untersuchungshaft?«, fragte Wankel.

»Nein. Das bekomme ich bei keinem Richter durch. Da beide hier ihre Wurzeln haben, ist die Fluchtgefahr sehr gering.«

»Wo sind bloß die Prioritäten in diesem Land geblieben?«, brummelte Wankel vor sich hin.

»Fühlen Sie sich frei, Ihnen auf die Spur zu kommen, Herr Wankel«, entgegnete Großrausch. »Wir behalten die beiden bis heute Abend hier, damit sie für weitere Fragen zur Verfügung stehen, dann lassen wir sie gehen.«

»Aber es kann doch noch Tage dauern, bis die vom K3 aktiv werden.«

»Die Beweise sind sichergestellt, ich sehe keine Gefahr der Verdunklung.«

Lachermeier musste ihr zustimmen, wenngleich es ihm stets gegen den Strich ging, eindeutig überführte Kriminelle wieder auf freien Fuß zu setzen. Auch für die weiteren Ermittlungen im Fall Sichelbauer konnte es sich als Fehler erweisen. Es gab den Verdächtigen Gelegenheit, etwaige Beweise zu vernichten.

In Absprache mit Wankel würde er die beiden von Hildebrandt und Strauss observieren lassen.

***

Gegen sechzehn Uhr meldete sich Chefinspektor Jandl aus Kufstein. Sie hatten Olaf Schmalzl gehörig durch den Wolf gedreht. Zu fast allen Vorwürfen bekannte er sich schuldig, war sogar bereit, weitere Namen zu nennen, wenn man ihm Strafminderung zusicherte. Von einem Mord am Tatzelwurm wollte er aber nichts wissen. Er behauptete sogar, das Opfer nicht einmal gekannt zu haben. Als Alibi für den fraglichen Dienstagabend benannte er eine Prostituierte in Innsbruck. Die Tiroler Kollegen waren noch dabei, das zu überprüfen.

Lachermeier lehnte sich in seinem Sessel zurück und dachte nach. Dornbachers Worte fielen ihm ein, wonach dem Täter eine Menge soziopathischer Energie zu eigen sein müsse. Wer also war hier der Soziopath? Der Blas? Wohl kaum. Der war ein Gauner, aber kein Killer.

Lachermeier versuchte, ein paar frühere Theorien mit seinen neuerlichen Erkenntnissen zu verknüpfen. Sie hatten auf Sichelbauers Handy keine fremden Fingerabdrücke entdeckt, was aber keineswegs ausschloss, dass ein anderer, nämlich der Mörder, jene SMS geschrieben hatte, die Kappl und Kern zum Tatzelwurm hinaufgelockt hatte. Weshalb aber sollte der Mörder die beiden da oben gehabt haben wollen? Lachermeier fand keinen Sinn darin.

Ihm kam eine gänzlich neue Idee. Die Leiche von Gernot Kappl war bis zum gegenwärtigen Zeitpunkt noch nicht identifiziert. Was, wenn Wankel auch in dieser Sache recht behielt? Was, wenn Kappl noch lebte? Was, wenn die zweite aufgefundene Leiche folgelogisch der Mörder war, der sich in jener Nacht natürlich ebenfalls dort oben herumgetrieben hatte und dem Raubtier zum Opfer gefallen war?

Dieses Gedankenspiel begann Lachermeier zu beschäftigen. Lag der Mörder womöglich längst in München auf einem Obduziertisch? Falls ja, wer war er? Vermisst wurde nämlich niemand. Zumindest niemand aus seinem Zuständigkeitsbereich. Und falls die unidentifizierte Leiche der Mörder war, wie war er zum Tatort gelangt? Ein herrenloses Auto war nirgendwo gefunden worden.

Das wiederum brachte Lachermeier auf eine andere Theorie zurück: War der Mörder womöglich ein Hotelgast? Das Management hatte zwar niemanden als vermisst gemeldet, doch möglicherweise handelte es sich um jemanden, der am Dienstagabend ohnehin hatte abreisen wollen und infolgedessen nicht vermisst wurde.

Lachermeier wählte Hildebrandts Tischapparat an und bat ihn, im Hotel anzurufen und sämtliche Gäste, die am Dienstag abgereist waren, zu überprüfen. Anschließend war dem Hauptmeister auferlegt, Wendlandt nach dessen Freilassung im Auge zu behalten. Der arme Hildebrandt wurde an seinem ersten Arbeitstag schon wieder voll rangenommen, was Lachermeier jedoch keinerlei Gewissensbisse verursachte. Polizist wurde man nicht der unkomplizierten Freizeitgestaltung wegen.

Wendlandt und Kern wurden gegen siebzehn Uhr entlassen. Es lag nahe, dass sie sich nach der Aufregung irgendwo besprechen wollten. Lachermeier tippte auf das »Café Hahn«. Hildebrandt und Strauss hatten den Auftrag, sich an sie dranzuhängen.

Lachermeier war schon in Feierabendvorbereitungen, als Kommissar Glaubrecht mit zwei Kollegen seines Suchteams eintraf. Allmählich sah man ihnen die Frustration ob der nach wie vor erfolglosen Jagd nach dem Tatzelwurm deutlich an.

***

Nach einem gemeinsamen Abendessen mit Trudi und Michaela – Martha hatte Spätdienst im Hotel – zog Lachermeier sich auf seine geliebte Terrasse zurück und genoss die letzten Sonnenstrahlen des Tages, während sich Trudi eine Vorabendserie im Fernsehen ansah. Michaela spielte in Lachermeiers Sichtweite mit ihrem Puppenhaus im Garten.

Hatte es heute Vormittag noch so ausgesehen, als wäre die Lösung des Falles in greifbarer Nähe, so sah sich Lachermeier nun leider nach wie vor mit ungeliebt vielen Fragen konfrontiert, auf die er keine Antworten hatte.

Falls Sichelbauer die SMS nicht selbst geschrieben hatte, konnte er bereits eine Stunde früher erschlagen worden sein. Dadurch ergab sich ein Zeitfenster, bei dem Tobias Schallers Alibi noch nicht wirksam war. Da Jochens Handy am nächsten Morgen auf der Hangstufe gefunden worden war, hätte er es nach der Grillparty zum Tatzelwurm hochgefahren und am Tatort platziert haben müssen. Leider gab es für diese Theorie nicht die geringsten Indizien. Agnes Kern konnte sich nicht mehr erinnern, ob sie beim Auffinden der Leiche ein Handy hatte herumliegen sehen oder nicht.

Die erst am Nachmittag aufgeworfene Theorie, nach der es sich bei der unidentifizierten Leiche um den Mörder handeln könnte, während Gernot Kappl noch putzmunter war, litt an der Tatsache, dass am fraglichen Dienstag nicht ein einziger Gast im Hotel ausgecheckt hatte, wie Hildebrandt sich vom Hotelmanagement hatte sagen lassen. Und wenn es niemand vom Hotel war, stellte sich die Frage, wie der Mörder zum Schauplatz gelangt war. Es gab zwar auch Busverkehr zwischen Oberaudorf und dem Hotel, doch Lachermeier wollte nicht glauben, dass jemand, der einen kaltblütigen, brutalen Mord plante, den Pendelbus nahm. Sollte es irgendjemand aus den nahe gelegenen Weilern gewesen sein? Eine Vermisstenanzeige lag bislang nicht vor.

Lachermeier verlangte es nach Zerstreuung. Ein musikalischer Abend mit Bowie, Pink Floyd oder Black Sabbath fiel heute flach, weil Trudi unbedingt einen Spielfilm mit ihrer nicht ganz so heimlichen Obsession in Gestalt von Harald Krassnitzer sehen wollte.

»Pack jetzt zusammen und komm rein, Spätzchen!«, rief Lachermeier seiner kleinen Tochter zu. »Es wird schon bald dunkel.«

»Kommt dann der Tatzelwurm aus seiner Höhle heraus?«, fragte sie.

»Nein, der bleibt heute Nacht, wo er ist.«

»Hat er denn keinen Hunger mehr?«

Lachermeier erhob sich aus seinem gepolsterten Gartenstuhl und sprang leichtfüßig, wie es agile Männer in den besten Jahren so machten, über die Blumenrabatte zum Rasen hinab. Bei seiner Jüngsten angelangt, ging er in die Hocke und hob sie hoch.

»Hör mal«, sagte er, »du brauchst keine Angst zu haben. Wenn es einen Tatzelwurm gibt, dann kommt der ganz bestimmt nicht ausgerechnet zu uns.«

»Warum nicht?«, erwiderte sie mit einem unerwartet enttäuschten Ausdruck.

Lachermeier hatte angenommen, seine Tochter würde sich vor dem menschenfressenden Ungeheuer fürchten, doch den Eindruck machte sie nicht. »Möchtest du etwa, dass er kommt?«

Zu seinem Erstaunen nickte Michaela. »Ich habe ihm was zu essen gemacht, damit er keine Leute mehr auffressen muss«, antwortete sie und deutete auf einen Teller voll Frühstückscornflakes, den sie hinter ihrem Puppenhaus aufgestellt hatte. »Muss ich das jetzt wieder wegräumen?«

»Nein, Spätzchen«, sagte Lachermeier einsichtig und küsste sie auf die Wange. »Wir lassen das heute Nacht hier draußen stehen. Falls der Tatzelwurm hier vorbeikommt, wird er sich bestimmt freuen.«

»Jaaaa«, sagte Michaela glücklich und schmiegte sich an ihren Papa.

Nachdem er seine Tochter erfolgreich ins Bett gebracht hatte und seine Frau an diesem Abend keine weiteren Ambitionen zu haben schien, als sich von Harald Krassnitzer betören zu lassen, rief Lachermeier Wankel auf seinem Handy an. Vielleicht hatte der Kollege Lust auf einen Biergartenbesuch. Der sommerliche Abend lud geradezu dazu ein.

Es dauerte eine Weile, bis Wankel sich meldete.

»Hallo, Erich. Was treibst du gerade?«

»Lasse mich von meiner Tochter beschimpfen«, gab Wankel zurück. »Diese scheiß Talentshow! Wenn ich ein Terrorist wäre, dann würde ich …«

»Ja, das glaube ich dir aufs Wort«, unterbrach ihn Lachermeier. »Möchtest du mir den Rest vielleicht bei einem Bier erzählen?«

»Du bist dran mit Fahren«, entgegnete Wankel.

Wenig später saßen die beiden Kommissare in einem örtlichen Biergarten bei einem Weißbier.

»Fast habe ich ein schlechtes Gewissen«, sagte Lachermeier, als er nach einem ersten wohltuenden Schluck seinen Stutzen absetzte. »Hildebrandt und Strauss sind noch an Wendlandt und Kern dran, während wir hier gemütlich den Abend ausklingen lassen.«

»Hildebrandt kommt gerade vom Gardasee zurück«, wischte Wankel das Gesagte beiseite. »Auf den brauchst du keine Rücksicht zu nehmen. Und die Strauss hat auch nichts Besseres vor.«

»Ach ja? Woher weißt du das?«

»Hab gehört, sie hat mit ihrem Freund Schluss gemacht.«

»Du hörst eine ganze Menge.«

»Das fasse ich als meine Pflicht auf.«

»Kennen wir ihn?«, fragte Lachermeier.

»Irgendein Skilehrer, habe ich mal läuten hören.«

»Bei der wäre es allmählich Zeit für Kinder. Wie alt ist sie? Die kann der fünfunddreißig nicht mehr fern sein, oder?«

Wankel zuckte mit den Schultern. »Der pressiert's halt mit Kindern nicht so.«

»Uns hat es auch nicht pressiert, aber irgendwann passiert's halt. Mit fünfunddreißig hatte ich schon zwei. Du auch. Hast du das je bereut?«

»Meine Kinder? Nein, natürlich nicht. Mir ist nie im Leben etwas Besseres passiert als meine Frau und die beiden Büchsen.«

Lachermeier nickte vor sich hin. »Sehe ich genauso. Ich

kann nicht verstehen, warum die jungen Leute von heute das zuweilen auf die lange Bank schieben.«

»Die glauben halt, was Besseres vorzuhaben. Wenn sie ihren Irrtum dann bemerken, ist es meistens zu spät. Schätze, das fällt unter ›Tragik des Lebens‹.«

»Die Großrausch hat auch noch keine Kinder.«

»Die meint anscheinend, eine bessere Anwältin als Mutter zu sein. Vielleicht hat sie recht damit. Sollte sie aber eines Tages bemerken, dass sie falschgelegen hat, wird es auch für sie zu spät sein. Sie wird dann als arme, einsame, verbitterte alte Frau enden.«

Lachermeier sah es an der Zeit, das Thema in andere Bahnen zu lenken.

»Mir hat sie heute jedenfalls imponiert, die Großrausch«, sagte er.

»Hätte schlimmer ablaufen können«, bestätigte Wankel, was in seinem Fall einem Riesenkompliment gleichkam.

Lachermeiers Handy klingelte. Der Anrufer war seine Tochter Martha. Wahrscheinlich sprang Johannas Auto mal wieder nicht an, und jetzt brauchten die beiden jemanden, der sie vom Hotel abholte.

»Was kann ich für dich tun, Schatz?«

Die Verbindung war so schlecht wie immer, wenn sich einer der Gesprächspartner irgendwo da oben aufhielt und vom Handy aus anrief.

»Papa ... kommen«, vernahm Lachermeier. »... Badesee und da ist etwas ... Insel geschwommen, aber ... nicht genau, was es ist! Kannst du ...«

»Jetzt mal ganz langsam«, entgegnete Lachermeier. »Was ist los? Wo seid ihr? Springt das Auto nicht an?«

»Nein, Papa. Der Tatzelwurm.« Martha sprach nicht laut, aber sehr verängstigt, was Lachermeier nicht entging. »Ich glaube, er ist hier irgendwo. Wir sind ... haben gesehen, wie ... und dann ...«

Lachermeier glaubte, verstanden zu haben, und sprang auf. »Wo bist du, Martha? Wo finde ich dich?«

»Badesee« und »Hotel« war alles, was er nachfolgend aufnahm, und das war genug. Er stürmte aus dem Biergarten zu seinem Wagen. »Wir müssen zum Hotel rauf, Erich!«

»Was ist los, Edi?«, fragte Wankel, nachdem Lachermeier losgefahren war. »Warum lassen wir unser Weißbier stehen und rasen zum Tatzlwurm-Hotel hoch? Hat es deine Tochter so eilig, Feierabend zu machen?«

»Wenn ich sie richtig verstanden habe, haben sie da oben den Tatzelwurm gesichtet«, antwortete Lachermeier. »Versuch, Glaubrecht zu erreichen. Der soll unseren Großwildjäger aktivieren.«

»Das ist bestimmt falscher Alarm«, merkte Wankel an, zückte aber anstandslos sein Handy. Nach dem kurzen Telefonat mit Glaubrecht steckte er es in die Jackentasche zurück und holte seine HK P7 hervor. »Das kann ja was werden«, meinte er und überprüfte wohl eher der Theatralik wegen das volle Magazin.

»Wo kommt die denn her?«, fragte Lachermeier.

»Blöde Frage. Aus meiner Tasche.«

»Du hast deine Pistole dabei, wenn du mit mir im Biergarten sitzt?«

»Wir bearbeiten einen Mordfall und haben außerdem einen gefräßigen Tatzelwurm in der Gegend. Bei solchen Gelegenheiten bin ich immer auf alles vorbereitet.«

Das klang ein wenig so, als käme es alle paar Wochen zu vergleichbaren Situationen. Nichtsdestotrotz war Lachermeier froh, dass wenigstens sein Beifahrer bewaffnet war. Wenn er Martha richtig verstanden hatte, besuchte das Raubtier gerade das Hotelgelände.

Der beeindruckende Hotelkomplex war des Nächtens nicht übermäßig, aber zweckdienlich beleuchtet. Der Vollmond leistete zur Kulisse tatkräftig seinen Beistand.

Zuunterst, am jüngst gebauten Gästetrakt, befand sich der hoteleigene und vollkommen ökologisch betriebene Natur-Badesee. Dort irgendwo sollte Martha stecken, wenn Lachermeier ihre abgehakten Sätze richtig interpretiert hatte.

Ungeachtet der gepflegten Rasenfläche lenkte er seinen Wagen auf die weiche Hangschräge neben dem Gebäude, sodass das eingeschaltete Fernlicht auf den mittigen Teil des Badesees fiel. Die kleine Insel samt Steg rückte ins Blickfeld. Von dort winkten ihnen zwei Gestalten entgegen. Ansonsten schien niemand da zu sein.

Lachermeier hatte erwartet, hier alles in heller Aufregung vorzufinden. Wankel und er stiegen aus.

»Papa! Papa!«

Kein Zweifel, eine der beiden Personen auf der Insel war seine Martha. Die andere vermutlich ihre Freundin Johanna. Wieso planschten die in der Dunkelheit im See herum? Es sah ein wenig so aus, als hätte sie jemand auf der Insel ausgesetzt, und nun waren sie sich zu fein, die paar Meter zum Ufer zu schwimmen.

Auf den Balkonen des Gästetrakts hatten sich ein paar Leute eingefunden, wie Lachermeier bemerkte, während er sich dem Ufer annäherte. Wankel ging mit gezückter Waffe wachsam neben ihm her.

»Es ist da hinten!«, rief Martha herüber. »Da! Im Wasser!«

Lachermeier spähte hinaus, konnte im Scheinwerferlicht aber nur ein paar Wellen erkennen.

»Was ist da?«

»Keine Ahnung! Vielleicht der Tatzelwurm!«

Angestrengt stierte Lachermeier zum abgedunkelten Ufer außerhalb des Scheinwerferlichts. Der Licht-Dunkel-Kontrast machte es ihm fast unmöglich, irgendetwas zu erkennen, doch dort war tatsächlich etwas. Und es bewegte sich schnell! Fahl vom Mond beschienen, huschte es zu den Büschen.

»Hast du das gesehen?«, sagte er zu Wankel.

»Allerdings«, bestätigte der grimmig. »Wahrscheinlich die vermaledeite Großkatze. Weißt du noch, was wir im Wald über diese Viecher gesagt haben?«

»Dass die Kaliber unserer Pistolen zu klein sind, um sie zu erlegen.«

Wankel nickte abschätzig. »Das stellt uns möglicherweise vor ein ernst zu nehmendes Problem.«

»Nicht, wenn es gerade abgehauen ist«, meinte Lachermeier hoffnungsvoll und wandte sich an die Mädchen. »Seid ihr in Ordnung da drüben?«

»Ja! Ja!«, rief Martha zurück. »Aber es war hinter uns her, Papa! Es ist ins Wasser gekommen, kurz bevor ihr um die Ecke gebogen seid! Und es ist groß!«

»Habt ihr es erkennen können?«

»Nein!«

»Bleibt, wo ihr seid!«, erwiderte Lachermeier und suchte den Badesee ab, ob das Getier nicht doch wieder die Mädchen anvisierte.

Die lauten Worte hatten inzwischen einige weitere Gäste auf die Balkone gelockt. Lachermeier vernahm Gemurmel, was ihn noch nervöser machte. »Vielleicht ist es wirklich abgehauen«, verlieh er seiner vagen Hoffnung Worte. »Das Geschrei, das Licht, vielleicht hat es das verjagt.«

»Ja … vielleicht«, kommentierte Wankel seelenruhig und wächsern.

»Es ist unter den Bäumen hervorgekommen!«, rief Martha herüber. »Von da drüben! Wir haben es nur wegen dem hellen Mond bemerkt!«

»Warum seid ihr denn nicht ins Haus zurück?«

»Schrei nicht so, Edi«, brummte Wankel leise. »Sonst kann ich es nicht hören.«

»Wir waren schon zu weit weg!«, rief Martha. »Es ist am Gebäude vorbeigeschlichen, da sind wir ins Wasser geflüchtet! Erst war es verschwunden, aber dann haben wir es plötzlich am Teich gesehen! Es hat ihn umrundet! Dann ist es ins Wasser gekommen!«

»Okay, Schatz, ihr bleibt vorerst auf der Insel! Ganz ruhig! Nichts mehr sagen, okay?« Der Erich hört sonst den Tatzelwurm nicht, verkniff er sich wohlweislich zu sagen.

Lachermeier hätte viel dafür gegeben, jetzt seine Dienstwaffe in den Händen zu halten. Er sah sich im mondbeschienenen Gras und am Ufer nach einer Waffe um, dachte an einen massiven Stock oder wenigstens einen faustgroßen Stein, entdeckte aber nichts Brauchbares. Ihm fiel ein, dass im Kofferraum seines Wagens sein stählernes Schlüsselkreuz zum Reifenwechseln lag. Gegen eine ausgewachsene Raubkatze war das nicht viel, aber besser als nichts.

»Ich gehe schnell zum Wagen zurück und hole mir den Radschlüssel«, flüsterte er Wankel zu.

»Nein, Edi«, raunte Wankel finster. »Es kommt. Wir müssen weg vom Licht, um nach allen Seiten Sicht zu haben.«

»Es kommt?«

Wankel nickte wie in Zeitlupe, während er sich angestrengt und mit vorgehaltener Waffe im Uhrzeigersinn um die eigene Achse drehte. Lachermeier war sich nicht sicher, was ihm intensivere Gänsehaut bescherte: der schaurige Anblick seines Kollegen oder die Gegenwart eines gefährlichen Raubtieres.

Er schaute sich erneut um. Wankel hatte recht. Das helle Licht der Autoscheinwerfer war zum Handicap geworden, denn was außerhalb des Lichtkegels vor sich ging, konnten auch die schärfsten Augen nicht wahrnehmen. Wenn sich das Tier von dort anpirschte, bliebe es bis zuletzt unentdeckt.

Gemessen langsam wichen Lachermeier und Wankel aus dem beleuchteten Bereich und näherten sich den Gebäudelichtern, wo sie zumindest Rückendeckung hätten. Die Verlockung, mit schnellen Schritten ins Innere zu flüchten, war immens, doch ohne seine Tochter würde Lachermeier die Tür nicht hinter sich schließen. Die grellen Autoscheinwerfer würden das Tier von den beiden Mädchen hoffentlich fernhalten, aber eine Garantie waren sie nicht.

»Papa, da bewegt sich was!«, rief Martha und deutete auf die gegenüberliegende Seite des Badeteiches.

Lachermeier war sich nicht sicher, ob er etwas gesehen hatte. Durch den Vollmond sollten die nächtlichen Lichtverhältnisse eigentlich optimal sein, doch das Wechselspiel zwischen Scheinwerferlicht, dezenter Hofbeleuchtung und Dunkelheit überforderte seine Sehkraft – und er glaubte nicht, dass das eine altersbedingte Erscheinung war. Er musste jedoch einräumen, dass Wankel weitaus sicherer und konzentrierter wirkte, so als wüsste er genau, was sich in den Schatten abspielte. Dass dem nicht so war, äußerte sich nur darin, dass er mal in diese, mal in jene Richtung spähte.

»Siehst du was?«

Wankel schüttelte den Kopf. »Aber ich höre was.«

Der Gästetrakt gab ihnen Rückendeckung. Sollte das Tier die Fassade entlangschleichen, würde einer der Zaungäste auf den Balkonen sie hoffentlich rechtzeitig alarmieren.

»Von wo aus würde es angreifen? Von wo aus würde es kommen?«, brummte Wankel in sich hinein. »Von wo würde *ich* kommen?«

»Sicher nicht durch den Lichtkegel«, meinte Lachermeier.

»Nein, aber Raubtiere nutzen es aus, wenn ihre Opfer geblendet sind.«

Wankel fuhr herum.

Lachermeier sah etwas Dunkles hinter seinem Wagen hervorpreschen und auf sie zusprinten, registrierte weiße Augenopale und Zähne. Wankel begann zu schießen. Das Tier war zum Sprung gekommen, doch es flog an Lachermeier vorbei ins Leere. Nahe am Wasser aufgeschlagen, machte es ein paar unkontrollierte Zuckungen und Sprünge, dann blieb es reglos liegen.

Wankel behielt seine Pistole im Anschlag. Lachermeier hatte nicht mitgezählt, wie viele Schüsse er abgegeben hatte, doch von seinen acht Schuss konnten bestenfalls noch zwei übrig sein. Die beiden Polizisten näherten sich vorsichtig dem Tier. Am Ufer fanden sie den Kadaver eines ausgewachsenen Panthers.

»Siehst du?«, sagte Wankel. »Ich hab's ja gesagt. Man braucht ihm bloß ins Auge zu schießen.«

In der Tat hatte eine der Kugeln das rechte Auge des Tieres durchschlagen. Die Frage, ob Wankel das tatsächlich so beabsichtigt hatte, verkniff sich Lachermeier, da ihn die Antwort wahrscheinlich beunruhigt hätte.

»Saubere Arbeit, Erich«, lobte er nur und klopfte dem Freund und Kollegen auf die Schulter. »Zum Dank übernehme ich das Weißbier, das wir unten im Biergarten stehen lassen haben.«

»Darauf hätte ich bestanden«, entgegnete Wankel.

»Habt ihr es erwischt?«, rief Martha herüber.

»Ja, Liebling, es besteht keine Gefahr mehr, falls es nicht noch mehr von den Viechern gibt«, antwortete Lachermeier erleichtert. »Ihr könnt zurückkommen.« Kurz darauf schloss er seine durchnässte Tochter in die Arme.

Johanna bedankte sich bei Wankel, was der lapidar mit der Bemerkung »Ist halt unser Job« quittierte.

Die Schüsse hatten den Großteil der Hotelgäste geweckt und auch das Management alarmiert. Dass der Betrieb unter den Ereignissen litt, bezweifelte Lachermeier. Hier war gerade der »Tatzelwurm« erlegt worden, genau eine Woche, nachdem er nicht weit von hier einen Menschen angefallen und zerfleischt hatte. Nebenbei waren auch noch ein liebender Vater und seine sich in Lebensgefahr befindende Tochter im Spiel gewesen. Eine solche Show war mit konventioneller Werbung gar nicht aufzuwiegen.

Das tote Tier wurde auf unzähligen Fotos verewigt, und das noch bevor die Presse eintraf. Natürlich wollten die Fotografen vor allem die beiden heldenhaften Polizisten ablichten, doch Lachermeier und Wankel konnten sich dem erfolgreich entziehen. Stattdessen durften Martha und Johanna ausführlich posieren und berichten.

Kommissar Glaubrecht und Großwildjäger Sammüller ließen nicht lange auf sich warten. Glaubrecht war anzusehen, wie froh er war, nicht länger die Wälder nach dem Vieh durchkämmen zu müssen. Sammüller wiederum nutzte die Gunst der Stunde, die Presse und die umstehenden Touristen mit seiner reichhaltigen Erfahrung im Umgang mit Raubkatzen zu beeindrucken. Er rückte sich damit ordentlich in Szene.

Erst ein kleines Mädchen, das in bezaubernd sächsischer Zunge die schlichte Frage ausformulierte, warum er das Tier nicht selbst erwischt hätte, brachte ihn kurzfristig aus dem Konzept.

Wenig später saßen Lachermeier und Wankel im Gasthof des Hotels und holten ihr wohlverdientes Weißbier nach. Martha und Johanna nahmen indessen eine heiße Dusche. Den Abtransport des Kadavers übernahmen Glaubrecht und Sammüller.

»Wenigstens den Teil des Falles haben wir jetzt gelöst«, bewertete Wankel zufrieden. »Du weißt ja, ich habe am Wochenende eine zwingende Verabredung mit dem Ötztal.«

»Dieses Vieh hat Kappl umgebracht – beziehungsweise den, den wir für Kappl halten, solange keine Identifizierung erfolgt ist«, sagte Lachermeier versonnen. »Dem Mörder von Sichelbauer bringt uns das aber nicht näher. Wer könnte letzte Woche noch hier oben gewesen sein? Wer hat Sichelbauer den Schädel eingeschlagen?«

»Lassen wir den Fall jetzt hinter uns«, schlug Wankel vor. »Für heute ist genug getan, denke ich. Es braucht auch mal Zeit für uns und unsere Familien. Ob Fall oder nicht, ich freue mich aufs Wochenende. Wann unternimmst du mal wieder was mit deiner Familie?«

»Wir haben derzeit nichts in Planung. Die Kleine möchte in einen Zoo. Auch wenn es da keine Tatzelwürmer gibt.«

»Ich habe mal irgendwo gelesen, dass man, wenn man auf dem Sterbebett liegt und sein Leben Revue passieren lässt, nur eines als wirklich wichtig bewertet: die Zeit, die man mit geliebten Menschen verbracht hat.«

»Diese Weisheit hat wohl jemand kurz nach seinem Tod verfasst, wie? Sodass er weiß, wovon er spricht.«

»Der Punkt ist, Edi, dass Zeit kostbar und unwiederbringlich ist«, klärte ihn Wankel auf. »Die Zeit, die uns gegeben ist, sollten wir sinnvoll nutzen. Und was könnte sinnvoller sein, als sie mit geliebten Menschen zu verbringen? Na? Fällt dir was ein?«

»Wusste gar nicht, dass du dich mit solchen Grundsatzfragen beschäftigst«, entgegnete Lachermeier, während in seinem Gehirn noch ein anderer Denkprozess in Gang gesetzt wurde.

»Ich beschäftige mich andauernd mit Grundsatzfragen«, beteuerte Wankel.

»Die gemeinsame Zeit, ja«, sagte Lachermeier. Er dachte an Jochen Sichelbauer, Gernot Kappl und Agnes Kern.

»Zefix, Erich, ich hab's«, formten seine Lippen, während sich noch ein paar letzte Einzelheiten zusammenfügten. »Das hat mich von Anfang an irritiert.«

»Was denn? Hab ich dich auf eine neue Lebensphilosophie gebracht?«

»Nein, aber mit deiner Lebensphilosophie habe ich gerade den Fall gelöst.«

»Du nimmst mich auf den Arm.«

»Komm mit, wir haben jemanden festzunehmen.«

Lachermeier erhob sich und ließ damit zum zweiten Mal an diesem Abend ein fast unangetastetes Weißbier zurück.

»Bedienung!«, rief er kurz vor dem Ausgang und gewann sofort die Aufmerksamkeit der hübschen Blondine. »Bitte sagen Sie meiner Tochter, dass ich leider nicht warten konnte. Der Dienst ruft noch einmal.«

»Klar, richte ich aus, Herr Lachermeier.«

Dann hatten die Ermittler es sehr eilig, zu ihrem Wagen zu kommen.

»So, und jetzt erzähl mal, welche Hummel dich da vorhin gestochen hat«, forderte Wankel, als sie die Tatzelwurmstraße nach Oberaudorf zurückfuhren.

»Mich hat schon die ganze Zeit eine Sache an dieser SMS gestört«, antwortete Lachermeier. »Der Versender hat in der Mehrzahl geschrieben. ›Trefft mich umgehend an unserer Hangstufe.‹ Verstehst du? *Trefft!* Er hat in der Mehrzahl geschrieben! Also hat er gewusst, dass Kappl und Kern zu dem Zeitpunkt zusammen waren.«

»Das zu erraten, war ja wohl nicht so schwer«, hielt Wankel dagegen. »Immerhin waren die beiden ein Schnackselpärchen. Ist doch klar, dass man als solches zusammen ist.«

»Ja, aber bei ihnen war es wohl nicht so oft der Fall, wie es bei anderen Pärchen üblich wäre. Erinnere dich, was wir über sie wissen und was man uns darüber hinaus erzählt hat. Kappl ist bei jeder Gelegenheit entweder auf dem Berg oder in der Luft gewesen. Bei seinen sportlichen Aktivitäten hat er seine Freundin nicht dabeigehabt. Davon zeugen auch die Fotos in seiner Wohnung. Vinzenz Wendlandt hat uns das ebenfalls bestätigt. Kappl hat nicht viel Zeit für seine Freundin gehabt, weil ihm das Fliegen wichtiger war.«

»Und weiter?«

»Hannes Kern hat uns erzählt, dass seine Tochter seit Gründung des Ortsvereins fast nur noch damit beschäftigt ist. Auch der Silvio von der Eisdiele hat gesagt, er hätte die beiden schon seit längerer Zeit nicht mehr bei sich bewirtet.«

»Das stimmt, aber worauf willst du hinaus?«

»Sie haben zuletzt kaum noch was zusammen unternommen. Darauf will ich hinaus. Trotzdem hat der Nachrichtenversender gewusst, dass sie an jenem Dienstagabend zusammen waren.«

»Die werden Sichelbauer halt erzählt haben, dass sie in die Eisdiele wollten.«

»Schon möglich, dass er es gewusst hat. Ich glaube aber nicht, dass Jochen Sichelbauer der Absender der SMS war. Keine Frage, sie ist von seinem Handy gekommen, aber ich glaube nicht, dass er sie abgeschickt hat. Ich wette, Sichelbauer war zu dem Zeitpunkt schon tot.«

»Warum sollte jemand Sichelbauer umbringen und dann mit seinem Handy seine beiden besten Freunde zum Tatort rufen? Was soll da für ein Sinn dahinterstecken?«

»Ein sakrisch guter«, entgegnete Lachermeier. »Der Mörder hat das sehr geschickt eingefädelt. Allerdings hat er nicht mit dem Tatzelwurm … ich meine, mit dem Panther gerechnet. Wie auch? Ein Panther in den bayerischen Alpen …«

»Was hat der Panther jetzt mit dem Mörder zu tun?«

»Er hat seinen Plan gehörig durcheinandergebracht.«

»Das Vieh hat deiner Meinung nach also auch den Mörder angegriffen?«

»Das habe ich so nicht gesagt.«

In der Tiroler Straße parkte Lachermeier seinen Wagen hinter einem dunkelblauen Kleinwagen. Es war der zivile Dienstwagen, den Obermeisterin Strauss heute Nacht benutzte. Vom Fahrersitz aus blickte sie ihren beiden Vorgesetzten sichtlich erstaunt entgegen. Auf dem Beifahrersitz lag eine Thermoskanne. Vermutlich voll Kaffee, die landläufige Polizeidroge.

Strauss ließ die Seitenscheibe herunter. »Ich rieche Bespitzelung am Arbeitsplatz.«

»Wir sind nicht Ihretwegen hier, Frau Kollegin«, sagte Lachermeier. »Ihr beispielhafter Dienst ist für heute beendet. Es sei denn, Sie wollen noch dabei sein, wenn wir den Mörder festnehmen.«

»Den Mörder festnehmen?«, erwiderte sie. »Hier?«

»Ich gehe davon aus, dass er in diesem Haus zu finden ist.«

Strauss entschied sich für die Mörderfestnahme statt für den Dienstschluss. Lachermeier hatte nichts anderes erwartet.

Zu dritt betraten sie das Grundstück, das Strauss observiert hatte. Im Haus brannte keinerlei Licht. Es war schon fast elf, wahrscheinlich lagen die gesundheitsbewussten Herrschaften bereits in den Federn. Nicht zum ersten Mal würden sie gleich Dornbachers Soziopathen gegenüberstehen, wie sich Lachermeier vergegenwärtigte, bevor er die Klingel drückte. Es war noch ein zweites Mal nötig, bevor in der Diele das Licht anging. Kurz darauf öffnete jemand die Haustür. Eingewickelt in einen dunkelroten Morgenmantel, stand Hannes Kern den drei Polizisten gegenüber.

»Ja, sagen Sie mal, wissen Sie denn nicht, wie spät es ist?«

»Das ist uns durchaus bekannt, Herr Kern«, entgegnete Lachermeier. »Es hat sich etwas sehr Wichtiges ergeben. Wir wären Ihnen verbunden, wenn Sie Ihre Tochter wecken könnten.«

»Also gut, wenn es denn unbedingt sein muss.«

»Es muss sein.«

Hannes Kern schlich in seine Diele zurück. Die drei Polizisten traten ein paar Schritte ein. Strauss regte an, ob sie dem Hausherrn folgen sollte, was Lachermeier verneinte.

Kurz darauf erschien Agnes in Begleitung ihres Vaters. Auch sie trug einen Morgenmantel.

»Was ist denn los?«, fragte sie. »Die Staatsanwältin hat doch gesagt, wir wären bis auf Weiteres frei.«

»Keine Sorge, hier geht alles mit rechten Dingen zu, Frau Kern«, sagte Lachermeier und bemühte sich eines Lächelns. »Sagen Sie, Frau Kern, bei welcher Gelegenheit hat Jochen Sichelbauer Einsicht in Ihre Vereinskasse nehmen können?«

»Wie bitte? Was meinen Sie?«

»Ich frage Sie, wie Jochen Sichelbauer Ihnen und Vinzenz auf die Schliche gekommen ist.«

»Wieso Einsicht? Sie haben doch behauptet, dass er einen Informanten bei uns gehabt hat, oder?«

»In der Tat hatte er den. Der aber hat sich bei ihm erst zu einem Zeitpunkt gemeldet, als unser Herr Sichelbauer bereits eine Ahnung von Ihren krummen Machenschaften gehabt hatte. Ich frage Sie also nach einer Gelegenheit, bei der Herr Sichelbauer Ihre Kasse eingesehen haben könnte.«

»Ich habe nicht die geringste Ahnung, worauf Sie hinauswollen, Herr Lachermeier.«

»Haben Sie nicht? Nun, Frau Kern, wir wiederum haben mittlerweile die Gewissheit, dass niemand anderer als *Sie* Jochen Sichelbauers anonymer Informant und Briefschreiber waren.«

»Warum sollte ich den Jochen mit Informationen über unsere Tätigkeiten versorgen?«

»Ich will Ihnen nicht die Gelegenheit nehmen, von sich aus auszupacken.« Lachermeier schaute sie auffordernd an, doch sie blieb stumm. Er fuhr fort: »Frau Kern, wir haben in Jochen Sichelbauers Schlafzimmer eine anonyme Nachricht gefunden. Wissen Sie, von welcher Nachricht ich spreche? Hat Jochen sie Ihnen vielleicht einmal gezeigt?«

»Nein«, erwiderte Kern vehement. »Ich habe doch schon heute Nachmittag ausgesagt, dass ich nichts von einem geheimen Informanten gewusst hab.«

»Dann frage ich mich, wie Ihre Fingerabdrücke auf das Papier der anonymen Nachricht gekommen sind.«

Lachermeier konnte beinahe zusehen, wie die junge Frau

erbleichte. »Bitte erklären Sie mir, wie das sein kann«, lud er sie ein.

Kern schwieg.

Lachermeier hatte natürlich gepokert. Es gab keinerlei Fingerabdrücke, und selbst wenn es welche gegeben hätte, wären sie nicht zuzuordnen gewesen, da die von Agnes Kern nie aufgenommen und archiviert worden waren. Doch er hatte sie damit verunsichert, was seiner Absicht entsprach. Nun musste er noch ein wenig weiterbluffen.

»Wir sind unter anderem hier, um alle sich in diesem Haus befindlichen PCs, Notebooks und Drucker für eine Untersuchung zu konfiszieren. Ich bin sicher, dass unsere Spezialisten bald bestätigen können, dass die anonyme Nachricht mit einem Gerät aus diesem Haus verfasst und ausgedruckt worden ist. Möglicherweise sind Sie schlau genug gewesen, Handschuhe zu tragen, als Sie die Nachricht verfasst haben. Der Fingerabdruck könnte auch beim Papiernachlegen zustande gekommen sein. Nun ja, das ist einerlei. Was haben Sie uns dazu zu sagen, Frau Kern?«

»Ich … habe nichts zu sagen.«

»Sie wollen uns nicht sagen, weshalb Sie Ihrem Freund Jochen anonyme Nachrichten zukommen lassen haben?«

Kern schwieg weiterhin, stierte Lachermeier nur wütend und resigniert an.

»Also, jetzt hört doch mal auf«, flehte Hannes Kern. »Was denn konfiszieren? Und was für Spezialisten? Was soll das denn alles?«

Lachermeier ignorierte ihn. »Nun gut, dann überlassen Sie das mir«, sagte er zu Agnes. Er fühlte sich in seinem Element und hatte das sichere Gefühl, dass nun nichts mehr schiefgehen könnte. »Jochen Sichelbauer ist Ihren Machenschaften auf die Schliche gekommen und hat gedroht, an die Öffentlichkeit zu gehen. Da haben Sie einen anonymen Informanten ins Spiel gebracht, um ihn noch ein wenig hinzuhalten, bis Ihnen und Vinzenz eine Lösung eingefallen war. Sie haben Herrn Sichelbauer geködert, und er ist drauf reingefallen. Er hat geglaubt, da würde jemand aus den Reihen des Vereins auspacken wollen. Vielleicht haben Sie ihn als vorgebliches Mitglied sogar darum gebeten, noch ein wenig zu warten, bevor er zur Polizei gehen sollte. Nun, das scheint funktioniert zu haben. Und es erklärt, warum der Informant wie vom Erdboden verschluckt ist, seit Herr Sichelbauer tot ist.«

Agnes Kern schwieg weiterhin.

»Möchten Sie selbst weitererzählen, Frau Kern?«, bot Lachermeier an. »Jedes Entgegenkommen Ihrerseits wird sich zu Ihren Gunsten auswirken.«

»Aber sie hat doch heute Nachmittag schon alles gestanden!«, rief ihr Vater verzweifelt dazwischen. »Was tut ihr uns denn da jetzt noch an? Was wollt ihr noch von meiner Tochter?«

Lachermeier ignorierte ihn abermals. »Frau Kern, ich frage Sie noch einmal: Wie hat Herr Sichelbauer Einblick in Ihre Vereinskasse erhalten?« Er sah, wie Agnes hinter ihrer steinernen Miene mit sich selbst haderte.

»Auf meiner Party«, gab sie schließlich zur Antwort. »Am Samstag.«

»Auf dieser Party hat Herr Sichelbauer einen Blick in Ihre Bücher erhascht?«, fragte Lachermeier.

»Er hat nicht ›einen Blick erhascht‹«, erwiderte Agnes zornig. »Er hat es wahrscheinlich den ganzen Abend darauf angelegt. Er wollte uns gezielt ausspionieren. Ihm und Gernot war unser Ortsverein von Anfang an ein Dorn im Auge.«

»Und da hat Herr Sichelbauer die großen Zahlungen entdeckt, mit denen Ihr Verein gesegnet ist.«

Kern nickte zaghaft.

»Hat er Sie dann zur Rede gestellt?«

»Ja.«

»Und dann?«

»Hab ihm gesagt, dass es dafür eine schlüssige Erklärung gibt. Dass wir großzügige Spender hätten. Was ja auch irgendwie stimmt.«

»Wie hat er reagiert?«

»Uneinsichtig. Er hat mir nicht geglaubt. Hat gesagt, dass

da etwas faul sein müsse und dass er diese Sauerei öffentlich machen würde. Dabei hat er gar nicht kapiert, was er da überhaupt gesehen hat. Er hatte keine Ahnung von dem, was wir tun.«

»Aber er hat es öffentlich machen wollen. Daraufhin haben Sie beschlossen, dass etwas passieren muss. Oder war es der Vinzenz?«

Kern gab darauf keine Antwort.

Das brachte Lachermeier in die Bredouille. Würde er sich nun auf die falsche Person versteifen, könnte sein Argumentationsgebilde in sich zusammenstürzen. Er verließ sich auf seinen Instinkt. »Sie haben ihm daraufhin den anonymen Brief zukommen lassen. Wann war das? Sonntagmorgen? Sie haben ihn zur Hangstufe bestellt, wo Sie ihm durch eine weitere Nachricht einen toten Briefkasten genannt haben. Herr Sichelbauer hat sich darauf eingelassen. In Erwartung, mehr Hintergründe über Ihr Treiben zu erfahren. Habe ich recht?«

Kern schwieg. Womöglich überlegte sie, inwieweit sie Vinzenz belasten sollte – oder konnte.

Lachermeier entschied, aufs Ganze zu gehen und es darauf ankommen zu lassen. Eine letzte Chance wollte er ihr noch geben. »Möchten Sie uns den Rest erzählen? Es würde sich gut für Sie machen.«

»Aber was reden Sie denn da!«, empörte sich Hannes Kern erneut. »Sie reden ja fast, als ob meine Agnes irgend...«

Lachermeier überging ihn auch dieses Mal. Da Agnes ebenfalls stumm blieb, knüpfte er an seinen Monolog an. »Montagabend hat Jochen Sichelbauer Ihren heimlichen Geliebten Vinzenz im ›Café Hahn‹ zur Rede gestellt. Wahrscheinlich hat er sich von Ihren nichtssagenden Nachrichten nicht länger hinhalten lassen und wollte zur Polizei gehen. Vinzenz Wendlandt hat seine Vorhaltungen nicht allzu ernst genommen. Zumindest behauptet er das. Sie aber, Frau Kern, haben sie sehr ernst genommen, nicht wahr? Der beste Freund Ihres Freundes ist zu einem Problem geworden.«

»Worauf spielen Sie da an?«, entfuhr es Hannes Kern. »Wollen Sie meiner Tochter etwa noch ein Verbrechen anhängen? Reicht es denn immer noch nicht, was Sie uns schon angetan haben?«

»Ich bin mit Gernot zusammen gewesen, als der Jochen umgebracht worden ist«, sagte Agnes Kern bedeutend gefasster. »Wir waren in der Eisdiele. Das wissen Sie doch.«

»Als Sie und Herr Kappl die Eisdiele betraten, war der Herr Sichelbauer bereits tot«, sagte Lachermeier. »Wahrscheinlich starb er schon sehr bald, nachdem er gegen zwanzig Uhr das Christophorusheim verlassen hatte. Er ist von dort aus auf direktem Weg zur Hangstufe gefahren, weil ihn sein anonymer Informant da oben treffen wollte. Er traf gegen zwanzig Uhr zwanzig ein, vielleicht in Erwartung, neue und wichtige Informationen zu den Umtrieben im Ortsverein der Progressiven Jugend zu erhalten. Nun, sein geheimer Informant hat tatsächlich auf ihn gewartet. Nicht wahr, Frau Kern? Sie haben ihm, vermutlich hinter einem Busch versteckt, auf der Hangstufe aufgelauert. Als er dann in eine günstige Richtung geschaut hat, haben Sie zugeschlagen. Was haben Sie benutzt? Einen Radschlüssel?«

Agnes Kern schluckte und schwieg.

Lachermeier sah ihr an, dass er ins Schwarze getroffen hatte, und setzte nach: »Sie haben ihm den Schädel eingeschlagen. Was ist mit der Tatwaffe geschehen? Haben Sie sie am Wasserfall entsorgt oder mit nach Hause genommen? Nun, wie auch immer, was Sie auf jeden Fall mitgenommen haben, war Herrn Sichelbauers Handy. Schlau wie Sie zweifelsohne sind, haben Sie es nur mit Handschuhen oder einem Taschentuch angefasst. Sie haben es mit nach Oberaudorf genommen, wo Sie Ihrer Verabredung mit Gernot Kappl in der Eisdiele nachgekommen sind. Sie hatten seinem Busenfreund gerade den Schädel eingeschlagen, aber Sie haben es zustande gebracht, mit ihm gemütlich ein Eis zu essen. Das finde ich wirklich beachtlich. Genauer gesagt, finde ich es erschreckend abgebrüht. Irgendwann sahen Sie die Zeit gekommen, für Ihr Alibi zu sorgen. Das war um einundzwanzig Uhr neununddreißig. Entweder haben Sie sich auf die Toilette verzogen, oder Herr Kappl hat gerade nicht aufgepasst, Sie jedenfalls haben sich Jochen Sichelbauers Handy bedient, um eine Nachricht auf den Weg zu bringen. Herr Kappl hat sie gelesen und erwartungsgemäß reagiert. Sie haben Ihre Zeche bezahlt und sind zum Tatzelwurm hochgefahren. Wichtig für Sie war, dass der Gernot Sie bei dem Ausflug mitnahm. Deshalb haben Sie in der Nachricht ausdrücklich die Mehrzahl betont. Gernot Kappl hätte nicht allein zum Tatzelwurm hochfahren dürfen. Er musste Sie unbedingt mitnehmen, damit Sie Gelegenheit hätten, Herrn Sichelbauers Handy zu seiner Leiche zurückzubringen. Das hat bestens geklappt. ›Trefft mich an unserer Hangstufe‹, haben Sie geschrieben. Herr Kappl hat dem entsprochen, womit Ihr Plan aufging. Sie wollten mit Ihrem Freund Kappl Jochen Sichelbauers Leiche auffinden und der Polizei hernach schockiert berichten.«

Mit Genugtuung überschaute Lachermeier, wie sich das Puzzle in seinem Kopf Stück um Stück zusammensetzte. »Die SMS sollte erfolgreich suggerieren, dass Sichelbauer um einundzwanzig Uhr neununddreißig noch am Leben war, zu einer Zeit, als Sie nachweislich mit Ihrem Freund in Silvios Eisdiele gesessen haben. Kappl hätte bezeugt, dass Sie die ganze Zeit bei ihm waren. Eines aber haben Sie unmöglich voraussehen können. Nämlich, dass das ausgetretene Blut von Sichelbauer ein gefährliches Raubtier angelockt hat. Als Sie und Kappl zur Hangstufe hochstiegen, war es bereits nahe. Sie hatten noch Gelegenheit, wie geplant Jochens Handy zu platzieren, aber dann geschah etwas völlig Unerwartetes: Ihr Freund Kappl ist von dem Raubtier angefallen worden. Ihr Schockzustand, als man Sie am nächsten Morgen auf dem Hotelparkplatz gefunden hat, war selbstverständlich echt, Frau Kern. Selbst ein kaltblütiger Mörder ist geschockt, wenn der Freund vor den eigenen Augen von einem vermeintlichen Fabelwesen getötet wird. Ja, Ihr Schockzustand war vollauf echt. Sie hatten sich darauf eingestellt, Ihren Freund Kappl über der Leiche seines besten Freundes trösten zu müssen, und gleichzeitig darauf gebaut, dass Ihnen durch ihn und die Textnachricht ein Alibi geschenkt wurde. Dass Kappl in derselben Nacht von einem Raubtier angefallen und verschleppt wurde, lag allerdings außerhalb Ihrer Planung. Das ist selbstverständlich verzeihlich. Auch kein Meisterstratege hätte mit so etwas rechnen können. Dass neben Kappl am nächsten Morgen auch noch Jochen Sichelbauers Leiche vom Tatort verschwunden war, weil sich das Tier auch ihn geholt hatte, hätte sich schlussendlich sogar noch sehr günstig für Sie auswirken können. Ich gehe davon aus, dass Sie sich bereits Hoffnungen gemacht haben. Wenn wir Sichelbauers Leiche nämlich nicht gefunden hätten, weil sie im Magen eines Raubtiers gelandet ist, hätten Sie, Frau Kern, überhaupt kein Alibi nötig gehabt, weil nie jemand herausgefunden hätte, dass Sichelbauer nicht von dem Tier, sondern von einem Menschen umgebracht worden ist.«

Lachermeier ließ die Worte auf die Anwesenden wirken. Hannes Kern schien entsetzt, seine Tochter hingegen stierte noch finsterer als zuvor.

Dort steht er, der Soziopath, dachte Lachermeier. Das verzogene Stück, das für ihre schmutzigen, kleinen Geschäfte in Kauf genommen hatte, einen Menschen, sogar einen Freund, kaltblütig zu ermorden.

»Ich habe den Gernot wirklich gern gehabt«, verlautete sie gefasst. »Aber er war halt keiner, mit dem man dauerhaft hätte leben können. Der Vinzenz ist da anders. Er hat verstanden, worauf es im Leben ankam: um Geld und nichts anderes. Und er hat einen Weg gefunden, wie man es macht. Das hat uns der Jochen kaputt machen wollen, dieser feige, nichtsnutzige Verlierer. Ausgerechnet der!«

»Sie haben sich also zwischen Geld und Freundschaften entscheiden müssen«, fasste Lachermeier zusammen. »Tja, und Sie haben sich entschieden. Haben den Freundschaften abgeschworen und für ein bisschen Geld sogar einen Mord begangen. War das ein gutes Gefühl?«

Hannes Kern fuchtelte panisch mit seinen Händen. »Agnes, sag jetzt nichts mehr. Du redest dich noch um Kopf und Kragen.«

Ein gut gemeinter väterlicher Rat, wenn auch etwas spät.

Lachermeier hatte weiterhin Agnes im Blick. »War das bisschen Geld, das Vinzenz mit seiner Geldwäscherei verdient, es wirklich wert, jemanden umzubringen?«

»Ich wollte mehr als das«, erwiderte Agnes. »Schauen Sie mich an. Ich bin Verkäuferin in einem Biokost-Laden. Ich habe in der Schule gute Noten gehabt, hatte immer Freunde, bin intelligenter als die meisten, aber ich bin Verkäuferin in einem Biokost-Laden für acht fünfundfünfzig die Stunde. Soll das mein Leben sein? Soll es das sein? Nein. Der Vinzenz hat mir gezeigt, wie es anders geht. Wie man wirklich etwas erreicht im Leben. Und das hätte ich mir durch Jochen Sichelbauer kaputt machen lassen sollen? Oh nein!«

»Agnes, jetzt sei doch still!«, rief Hannes verzweifelt. »Du darfst nichts mehr sagen, Liebling!«

»Darauf kommt es jetzt auch nicht mehr an«, bemerkte Strauss, die das Verhör schweigend mitverfolgt hatte. »Darf ich sie in Gewahrsam nehmen, Chef?«

»Ich bitte darum, Frau Kollegin«, sagte Lachermeier.

Agnes Kern war bereits in Handschellen, als Lachermeier nachlegte: »Was haben Sie eigentlich in Herrn Kappls Wohnung gesucht? Sie haben geleugnet, einen Zweitschlüssel zu haben, aber das stimmt nicht, nicht wahr?«

Da sie erneut schwieg, fügte Lachermeier hinzu: »Was versprechen Sie sich jetzt noch davon, zu schweigen, Frau Kern? Verbessern werden Sie Ihre Lage dadurch ganz gewiss nicht.«

Agnes atmete resigniert aus.

»Mir ging es nur um seine Post«, antwortete sie. »Ich hatte befürchtet, der Jochen könnte seine Verdächtigungen gegen uns in einem regulär aufgegebenen Brief an Gernot dokumentiert haben. Das habe ich überprüfen wollen. So etwas hätte Jochen jedenfalls ähnlich gesehen. Er hat was übrig gehabt für Briefe. Er hat sogar manchmal welche an sich selbst geschickt, um dem Inhalt anhand des Poststempels eine Art Dokumentenkraft zu verleihen, solange er sie ungeöffnet ließ.«

»Sie haben Herrn Sichelbauer sehr gut gekannt«, entgegnete

Lachermeier. »Er hat sein Wissen tatsächlich dokumentiert. Allerdings hat er den Brief nicht eingeworfen und an Kappl oder an sich selbst adressiert, sondern ihn seiner Freundin in Brannenburg hinterlassen.«

»Er hat ... er hat eine Freundin gehabt?«

Lachermeier gestikulierte zur Haustür. »Ein Einsatzwagen wird gleich da sein. Frau Kollegin ...«

Strauss führte Agnes Kern ab.

»Bitte! Ihr könnt mir nicht meine Tochter wegnehmen«, flehte Hannes kränklich. »Bitte, das könnt ihr nicht tun. Wenn meine Frau wiederkommt und davon erfährt ...«

»Sie können Ihre Tochter morgen gern besuchen, Herr Kern«, sagte Lachermeier. »Nun lassen Sie uns unsere Arbeit tun.«

Lachermeier und Wankel folgten Strauss und der Festgenommenen zu den Autos und dem soeben eingetroffenen Einsatzfahrzeug hinaus.

»Das war ein erfolgreicher Tag«, merkte Wankel an. »Meinen Respekt, Edi, wie du das auf die Reihe gekriegt hast. Wie bist du drauf gekommen?«

»Letzten Endes hat ein einziges Wort den Ausschlag gegeben«, antwortete Lachermeier zufrieden. »Das ›Trefft‹.«

Bei den Autos angelangt, platzierte Obermeisterin Strauss Agnes Kern auf den Rücksitz des Einsatzwagens. »Fahrt los, Kollegen, ich folge euch.«

»Nichts da, Frau Obermeisterin«, widersprach Lachermeier und trat vor sie hin. »Sie machen jetzt Feierabend und genießen morgen einen Tag Sonderurlaub für Ihre stets herausragende Pflichterfüllung. Ich schlage vor, Sie gehen heute Nacht noch auf die Piste und suchen sich einen neuen Freund.«

Strauss' ratloser Ausdruck, als Lachermeier sich seinem Wagen zuwandte, war der krönende Abschluss dieses rundum erfolgreichen Tages.

Feierabend

Die morgendliche Pressekonferenz von Frau Großrausch, in der sie nicht nur die Aufklärung des Mordes an Jochen Sichelbauer, sondern auch das Ende der Gefahr durch ein bislang unbekanntes Raubtier proklamieren konnte, schaffte es selbstverständlich nicht mehr in die aktuelle Ausgabe der Tageszeitung dieses Mittwochs. Die Verhaftung einer jungen Oberaudorferin und die abenteuerliche Geschichte von den beiden Polizisten, die letzte Nacht am Hotel »Feuriger Tatzlwurm« einen ausgewachsenen Panther erlegt hatten, war im Raum Oberaudorf und Kiefersfelden jedoch auch ohne mediale Unterstützung bereits in aller Munde.

Der Obduktionsbericht aus München räumte alle verbliebenen Zweifel aus. Der zweite Torso aus dem Vorratsspeicher des Raubtiers war Gernot Kappl. Agnes Kern, die ihren Freund als Alibi missbrauchen wollte, hatte ihn damit unfreiwillig dem Tatzelwurm serviert.

Für Lachermeier war es ein überaus entspannter Morgen in der Polizeiinspektion Kiefersfelden. Da Wankel wenig auskunftsfreudig war, musste er es übernehmen, in der vormittäglichen Kaffeepause von der beeindruckenden Treffsicherheit des Oberkommissars zu berichten. Zu Sammüllers Auftritt kam er nicht mehr, weil Frau Böhm ihn ans Telefon bestellte. Der Anrufer war Moritz Jandl, den Lachermeier nicht versetzen wollte. Er begab sich in sein Büro.

»Moritz, altes Haus, wie geht's denn so?«, fragte er.

»Recht gut, Edi«, erwiderte Jandl mit gewohnter Energie. »Unser Olaf Schmalzl singt wie eine Nachtigall. Ich schätze, durch ihn werden wir bald noch ein paar weitere Leute einkasteln können. Der kleine Gauner hat doch tatsächlich Kontakte bis nach Neapel, so wie's ausschaut. Den Mord an dem jungen Mann leugnet er aber weiterhin. Und weißt, Edi, ich glaub nicht, dass er ihn umgelegt hat. Den Mörder müsst ihr bei euch suchen.«

»Ist schon geschehen, Moritz«, verkündete Lachermeier nicht ohne Stolz. »Die Mörderin ist überführt worden. Wir haben sie letzte Nacht festgenommen. Sie ist ziemlich geständig. Der Fall ist damit abgeschlossen.«

»Ah, na dann, meinen Glückwunsch. Sag mir nur eins: Womit hast du dieses Madl bestochen, damit sie für dich die Mörderin spielt?«

»Das werde ich dir gerade sagen.«

»Da ist noch was, Edi: Wir haben zwischenzeitlich herausgefunden, mit was für einem Vieh ihr es da oben wahrscheinlich zu tun habt. Eine hundertprozentige Sicherheit kann ich dir natürlich nicht anbieten, aber ich muss euch zu höchster Vorsicht raten. Ein Wanderzirkus hat ein Tier verloren und ist erst auf Nachfrage damit herausgerückt. Höchstwahrscheinlich habt ihr es mit einem ausgewachsenen schwarzen Leoparden zu tun.«

»Ach, was du nicht sagst.«

***

Nach einer langen Woche voller Ungewissheit und Fassungslosigkeit sah Jürgen endlich wieder mit fast alltäglicher Gelassenheit den bevorstehenden Tagen und Nächten, in denen er vielleicht wieder ruhiger würde schlafen können, entgegen. Er wollte nichts erzwingen, doch in den nächsten Tagen und Wochen konnte er sich zusammen mit seiner Mutter ganz der Trauerarbeit hingeben. Nun endlich war an eine Verarbeitung zu denken.

Jochens Tod war gewissenhaft aufgeklärt worden, und seine falsche Freundin Agnes würde hoffentlich die volle Härte des Gesetzes zu spüren bekommen. Die Münchner Rechtsmedizin hatte Jochens Leichnam noch nicht freigegeben, aber das würde vermutlich umgehend geschehen. Nach einer zeremoniellen Bestattung konnte dann möglicherweise ein Anschein von Frieden ins Leben der verbliebenen beiden Sichelbauers einkehren.

In Augsburg warteten einige Pflichten auf ihn, aber Jürgen

hatte es mit seiner Rückkehr nicht eilig. Seine Mutter musste versorgt werden. Er traute ihr vorbehaltlos zu, allein auf dem Hof zu leben, doch brauchte sie regelmäßigen Beistand, den er ihr von Augsburg aus nicht gewährleisten konnte. Holz musste verrichtet, dann und wann eine Dachrinne repariert oder einfach nur der Rasen gemäht werden. Von fern würde Jürgen diesen Anforderungen nicht gerecht. Darüber hinaus hatte sich ihr Verhältnis trotz oder gerade wegen des Trauerfalles nicht verbessert. Er zog in Betracht, seine Tante, die Schwester seiner Mutter, hinzuzuziehen. Gemeinsam würden sie eine Lösung finden.

Gegen achtzehn Uhr kündigte Jürgens Handy einen Anrufer an. Es war Gerlinde. Jürgen drückte die Annahmetaste und meldete sich.

»Hi, Jürgen! Gut, dass ich dich erreiche, bist du gerade zu Hause am Hof?«, kam es seitens Gerlinde gehetzt zurück. »Ich bin nämlich gerade auf dem Weg zu dir. Sag mal, du weißt doch bestimmt mehr über das, was da jetzt alles abgeht, oder? Die Agnes ist verhaftet worden, das weiß ich schon. Hat sie wirklich deinen Bruder umgebracht? Das hätte ich im Leben nicht gedacht, dass sie zu so etwas fähig ist. Ich meine, gut, allzu sehr habe ich sie ja nicht gekannt. Erst durch den Ortsverein bin ich ihr wieder etwas nähergekommen, aber trotzdem. Die Agnes eine Mörderin, Mann, das ist echt unfassbar. Ach ja, und der Ortsverein soll wahrscheinlich aufgelöst werden. Es heißt, die Polizei hätte die Kasse und alle Belege eingezogen. Weißt du, was da dran ist? Der Vinzenz hat ja angeblich irgendwelche Nebengeschäfte abgewickelt. Manche behaupten, er hätte sich mit dem organisierten Verbrechen eingelassen. Also echt, das kann ich mir beim besten Willen nicht vorstellen. Der Vinzenz wollte die Welt verbessern, aber doch kein Krimineller werden. Trotzdem soll ihn die Polizei abgeholt haben. Na ja, die verhaften doch immer aufs Geratewohl, Hauptsache, sie haben so getan, als würden sie arbeiten. Das ›Café Hahn‹ hat heute aus nachvollziehbaren Gründen zu. Ich kenne da aber ein anderes hübsches Café, in das wir gehen könnten. Ich lade dich ein, okay? Wir reden über alles und summieren unsere Erkenntnisse. Ich kann einfach nicht glauben, dass der Vinzenz ein Gauner ist. Sag mal, bist du überhaupt noch dran, Jürgen?«

»Ja, Gerlinde, ich höre dir zu.«

»Gut. Unser Ortsverein war vielen unsympathisch, da wundert es mich nicht, dass jetzt so eine Schmutzkampagne gegen uns losgetreten wird. Bei uns in der Gegend sind doch alle so konservativ. Kaum hören die was von Veränderung und Vorschlägen, blocken die ab. Leute mit Visionen, so wie wir, haben's da einfach schwer. Aber falls doch etwas an den Vorwürfen dran sein sollte, muss das ja nicht das Ende des Ortsvereins bedeuten. Wir können auch ohne Vinzenz etwas auf die Beine stellen. Du bist ein heller Kopf, Jürgen, und wärst eine Bereicherung für den Verein. Willst du es dir nicht noch einmal überlegen? Ich meine, klar, du musst demnächst nach Augsburg zurück, aber online ist heute doch eigentlich alles möglich. Du hast doch eine Band, stimmt's? Habt ihr euch schon mal überlegt, dass ihr für irgendetwas eintreten könntet? Viele Musiker unterstützen doch gewisse Charity-Projekte und andere Aktionen. Ihr könntet euch zum Beispiel für mehr Toleranz oder auch irgendetwas anderes starkmachen, um euch damit ein Image aufzubauen.«

»Du glaubst, wir bräuchten euch als Ideengeber, um uns ein Bandmotto oder gar Liedtexte auszudenken?«

»Das käme euch doch zugute. Wenn ihr in euren Liedern Botschaften verbreitet, werdet ihr auf jeden Fall gehört. Gleichzeitig könntet ihr bei euren Konzerten unser Vereinslogo und unsere Standpunkte publik machen. Wäre das nicht eine beiderseits zweckdienliche Sache? Fast alle bekannten Bands stehen für etwas.«

»Sollen sie meinetwegen. Wir werden für ehrlichen Trash Metal stehen. Und zwar, ohne uns irgendwo anzubiedern.«

»Ach Jürgen, ich habe ja fast geahnt, dass du so was sagen würdest«, erwiderte Gerlinde und seufzte theatralisch. »Überlegt es euch trotzdem mal, okay? Hey, es geht wie überall ums Geld, nicht? Und Geld macht man auch durch ein positives

Image. Ihr seid doch letztendlich auch nur daran interessiert, eure Musik zu verkaufen.«

»Nein, wir sind daran interessiert, Musik zu machen.«

»Das ist doch dasselbe. Ich bin schon an eurer Auffahrt. Wo bist du?«

»Betrete gerade unseren Hof durch die Vordertür«, sagte Jürgen und sah, wie Gerlindes Wagen einfuhr.

Die Handyverbindung wurde gekappt, Gerlinde hielt vor ihm an und stieg mit einem gewinnenden Lächeln aus dem Auto. »Puh, was für ein elend heißer Tag, was? Ich habe heute mangels Patienten früher Schluss machen können. Wie sieht's aus, können wir gleich los?«

»Wohin?«, entgegnete Jürgen.

»In das Café, von dem ich dir erzählt habe.«

»Wir beide, meinst du?«

»Sag mal, habe ich vorhin russisch gesprochen?«

»Ich habe keine Zeit für dich, Gerlinde«, sagte Jürgen. »Ich habe schon eine Verabredung. Wir sind gerade auf dem Sprung.«

In dem Moment trat Fiona durch die Hauspforte nach draußen.

»Hi«, grüßte sie Gerlinde zwanglos.

Gerlinde wiederum beäugte sie mit unverhohlenem Abscheu, vielleicht aufgrund ihrer Dicklichkeit.

»Wer ... wer bist du denn?«, kam ihr über die Lippen.

»Fiona ist mein Name«, sagte Fiona. »Und du bist Gerlinde, stimmt's? Hab schon von dir gehört. Freut mich.«

Gerlinde schien einen Moment lang sprachlos, fand dann aber doch wieder zu Worten. »Wieso gehst du mit ihr aus?«, fragte sie Jürgen.

»Mit ihr anstatt mit dir, meinst du?«, erwiderte der gelassen. »Nun ja, in erster Linie, weil ich sie bedeutend attraktiver finde als dich.«

»Ich habe Jochen gekannt und sehr gemocht«, ergänzte Fiona unangebracht höflich. »Jürgen und ich wollen versuchen, den Verlust gemeinsam zu verarbeiten.«

»Wir müssen jetzt los«, sagte Jürgen. »Hab einen schönen Abend in deinem Café, Gerlinde.«

Jürgen legte einen Arm um Fiona und hielt mit ihr auf sein Auto zu.

»Wo … wo fahrt ihr denn hin?«, rief ihnen Gerlinde hinterher.

»Nach Rosenheim zu einem Gig von Masterplan«, antwortete Jürgen.

»Was ist das denn?«

»Nichts für Kulturbanausen. Mach's gut, Gerlinde.«

***

In der Donnerstagsausgabe der Tageszeitung war schließlich in gebotener Ausführlichkeit zu lesen, was Dienstagabend am Tatzlwurm-Hotel und eine Woche zuvor an der Hangstufe geschehen war. Der Wissensdurst der Bevölkerung wurde dadurch schlussendlich befriedigt – wobei der Großteil schon vorher durch Mundpropaganda Bescheid gewusst hatte.

Nicht wenig hatten die beiden Beinahe-Opfer des Raubtiers dazu beigetragen. Martha und ihre Freundin Johanna wurden nicht müde, von ihrem Erlebnis zu berichten. Der Volksmund war mit dem dramatischen Ausgang dieser denkwürdigen Geschichte weitgehend zufrieden. Nur Michaela Lachermeier war betrübt und enttäuscht, weil der Brummelmann den Tatzelwurm erschossen hatte, bevor der Gelegenheit gehabt hatte, die extra für ihn bereitgestellten Cornflakes aufzufressen.

Am beschaulichen Sommerabend dieses Tages saß Lachermeier wieder auf seiner Terrasse und rauchte seine Pfeife. Meistens war er allein, wenn er das tat, aber an diesem Abend setzte sich Martha zu ihm.

»Woran denkst du?«, fragte sie ihren Vater.

»An nichts Bestimmtes«, antwortete Lachermeier. »Ich erfreue mich dieses schönen Abends, am erfolgreichen Abschluss des Falles und an der Tatsache, dass ich eine großartige Familie habe.«

Martha bettete ihren Kopf auf seine Schulter.

»Kommt Kasim am Sonntag wieder zum Essen?«

»Nein«, antwortete Martha. »Ich gehe nicht mehr mit ihm.«

»Was?«

»Ich hab gesehen, wie er die Marianne angegraben hat. Da habe ich mit ihm Schluss gemacht. Jetzt gehe ich mit seinem älteren Bruder Semir.«

»Ah. Na, dann ist ja wieder alles in Ordnung«, sagte Lachermeier und legte den Arm um seine Tochter.

»Ja, Papa. Alles ist in Ordnung.«

***

Oberkommissar Erich Wankels vierzehnjährige Tochter nahm nicht an der Talentshow teil. Stattdessen veredelte sie mit ihrer Klarinette zwei Songs auf dem Debütalbum von Jürgen Sichelbauers Trash-Metal-Band.

Danksagung

Mein herzlichster Dank gilt meiner Literaturagentin Alisha Bionda von der Agentur Ashera, ohne die meine Arbeiten nur ein trostloses Dasein auf meinem Rechner fristen würden. Weiteren herzlichen Dank an das gesamte Emons-Team für die wunderbare Zusammenarbeit sowie an Außenlektorin Susann Säuberlich für die unschätzbaren Feinarbeiten an meinem Text. Dank auch an den Tatzelwurm, dass er mich nicht aufgefressen hat, während wir uns die Geschichte ausgedacht haben.